KB038712

서금석 · 이종보 실전체험소설

숨은 나이 찾기

'숨은 보험금 찾기' 보다 더 확실한 건강보험!

숨은 나이 찾기

서금석 · 이종보 실전체험소설

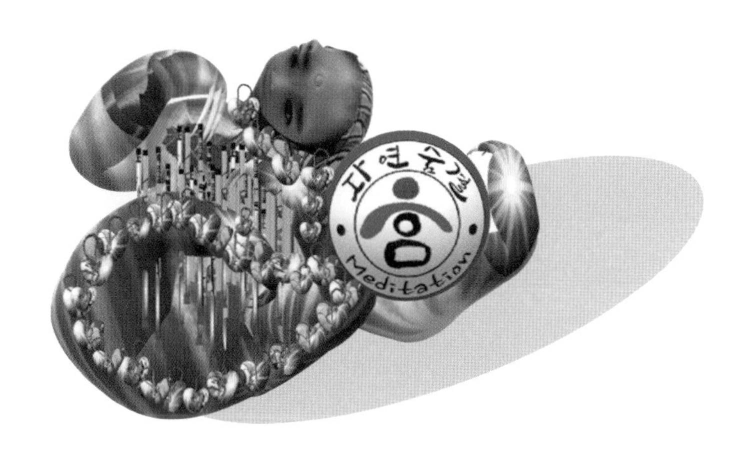

한누리미디어

지구상에 사는 우리는 어머니 뱃속에서 새 생명으로 만들어지는 순간부터 죽어서 흙으로 흩어질 때까지 은하 우주방사선에 3년에 한 번 꼴로 피폭이 되고 그 궤적에 원자사슬이 생기므로 거꾸로 우리의 몸 안에 박힌 원자사슬의 개수를 알고 거기에 3을 곱하면 대략 우리의 나이를 알 수가 있다.

이 원자사슬은 일반적인 방법으로는 몸 안에서 사라지지 않는데, 다행스럽게도 우리가 삼지상상을 열심히 하면 원자사슬이 조금씩 무너지면서 온몸에서 번개가 치고 이때 생긴 노폐물이 림프계를 통해 비워지면 몸 안에 '숨은 나이 찾기'를 한 효과가 나타나 우리는 언제라도 젊음을 유지할 수 있다.

이 삼지상상 기법은 얼빔힐링 대전수련원장 서금석과 얼빔힐링 인천수련원장 이종보가 그동안 얼빔힐링을 개발하고 보급하면서 체득한 실전경험을 '다음 카페'를 통해 공유하면서 우리 인류에게 피할 수 없는 십자가를 지워주는 은하 우주방사선 피폭장애를 효과적으로 힐링시킬 수 있는 실전체험소설 《숨은 나이 찾기》를 공동으로 집필하는 계기가 되었다.

《숨은 나이 찾기》에서는 우리의 몸 안에 숨어 있는 원자사슬을 찾아내는 것이 가장 중요한데, 이것은 현재까지 개발된 어떠한 검사 장비를 사용해도 탐지할 수가 없고 오로지 원자사슬이 만들어 내는 양자파를 몸으로 느껴서 감지하여야 하며, '몸 느끼기'는 이종보 원장이 개발한 '자연숨결명상'을 수련하면 해결된다.

제1부 〈얼빔힐링 대전수련원〉은 서금석 작가가 얼빔힐링을 터득하게

된 기이한 사연이 세세하게 소개되어 있다.

제2부 〈얼빔힐링 인천수련원〉은 이종보 작가가 얼빔힐링을 독학으로 수련하게 된 멋진 사연이 소개되어 있으며, 더불어 주변의 친지들에게 얼빔힐링으로 도움을 주는 흥미진진한 이야기들이 가득하다.

제3부 〈자연숨결명상호흡원〉은 이종보 작가가 다년간 단전호흡 수련을 수행한 근간으로서 새로운 호흡법을 바탕으로 자연숨결명상호흡 수련법을 정립하여 자연숨결명상호흡의 기초과정인 몸 느끼기 수련과 임맥 유통 수련요결을 정리하고 이를 바탕으로 수련을 통해 체험한 내용을 일기 형식으로 작성하였다.

제4부 〈얼썸 · 얼키힐링〉은 서금석 작가가 은하 우주방사선 피폭장애를 힐링하는 얼빔힐링에서 한 발 더 나아간 얼썸과 얼키힐링을 소개하고, 이러한 힐링법의 숨겨진 로고스를 2차원의 홀로그램으로 제작하신 시몬 조광호 신부님과 도룡동성당, 그리고 가톨릭 교회와의 관련 내력을 간략하게 소개하였다.

제5부 〈숨은 나이 찾기〉는 서금석 작가와 이종보 작가가 공동 집필한 것으로 은하 우주방사선 피폭궤적에 기존의 방법으로는 탐색할 수 없는 원자사슬이 생기지만 '자연숨결명상' 의 몸 느끼기를 사용하여 원자사슬을 탐지하고 '삼지상상' 을 사용함으로써 그것을 소멸시켜 '숨은 나이 찾기' 를 한 힐링 효과를 얻는 방법과 힐링 사례를 구체적으로 소개하였다.

더불어 자연숨결명상호흡의 입문 과정인 '몸 느끼기 수련요결' 을 정리할 수 있도록 성심을 다해 도와주신 상선님께 감사의 말씀을 올리는 바이다.

2021. 10. 10.

서금석 · 이종보 올림

차례

'숨은 보험금 찾기' 보다 더 확실한 건강보험!

숨은 나이 찾기

제 1 부

얼빔힐링 대전수련원

| 서금석 |

서살바토르에 대한 얼빔힐링 작전

나는 2013년 6월 말에 대전광역시 유성구 송강동에 있는 구룡고개 위에 도착한 전용 UFO를 타고 비얼나라로 와서 새로 신설된 얼빔부서의 부서장 살바토르 성인의 얼빔 담당 비서가 되었다.

내가 전격적으로 비얼나라로 불려 올라오고 더욱 파격적으로 살바토르 성인의 얼빔 담당 비서가 된 것은 비얼나라의 새로운 전략으로 지구인의 몸속에 만연한 얼룩을 비워내는 정책이 수립되었는데, 그것을 지구에서 수행할 대리인으로 내 남편이었던 서살바토르가 선정되었기 때문이다.

남편은 2010년 8월 15일에 세례를 받으면서 세례명으로 살바토르(스페인어로 구원자를 의미함)를 선택하였는데, 어쩌면 이때에도 비얼나라의 살바토르 성인이 내 남편의 머릿속에서 넌지시 뭔가를 속삭인 것 같다.

서살바토르가 대리인으로 선정이 된 것은 태어나기 전부터 살바토르 성인이 이끄는 비얼나라 힐링사업단에서 장기 작전을 수립하여 대리인들을 육성시킨 결과인데, 그중에서 서살바토르가 좋은 성적을 내서 선택되었고 그날 바로 나는 대전 유성구 도룡동연구원 현대아파트 103동에서 있었던 구역미사 현장에서 식사 도중 심장에 은하 우주방사선을 맞고 깜빡 잠이 들었다.

나는 잠결에 남편이 기도하면 하나님과 소통을 할 수 있는 은사를 받은 K집사에게 전화하여 내 상태를 물어보는 소리를 듣고 "지금 잠자고 있으니 걱정하지 말아요~!" 하고 말해 주었다. 그런데 30분쯤 지나서 어떤 떠꺼머리총각이 나를 이동침대에 눕히고 어딘가로 가는 것을 남편이 뒤따라오다가 시체 안치대 앞에 서더니 남편보고 본인 확인을 하라고 흰 가운을 걷는데, 그냥 멀뚱멀뚱 보기만 하면서 잠깐 망설이다가 고개를 끄덕인다.

나는 깜짝 놀라 "아니~! 지금 잠자고 있다고 했잖아요~!" 하고 소리쳤는데, 다시 흰 가운이 얼굴에 덮이고 덜컹 소리가 나더니 천지가 온통 다시 어둠 속으로 덮인다.

그리고 다음 주 월요일 남편이 연구소로 출근하려고 구룡마을 입구 쪽으로 차를 몰고 오는 시간에 맞추어 마주 보이는 구룡고개 위로 흰 구름에 덮인 UFO를 오게 하고 마침 그 너머 동쪽에서 떠오르는 햇빛을 받아 모아 사방으로 휘황찬란하게 비치게 하자 남편이 그 광경을 보고 차에서 내려 핸드폰 카메라로 열심히 수십 장의 사진을 찍는다.

그러더니 사무실에 가서 그 사진들을 계속 확대하다가 입을 크게 벌리고 있는 돌고래 모양의 UFO가 나타나자 원자력연구원 홈페이지 게시판에 사진들을 올린다.

나와 남편이 UFO를 타고 있는 사진도 만들고 그 당시에 막 돌이 지난 손자의 사진도 올린다.

어쨌든 그 사진에 있는 UFO는 내가 비얼나라에서 가끔 지구로 출장을 올 때 이용하는 내 전용기인데, 크기는 작아도 외모가 예뻐 다른 직원들이 은근 부러워한다.

내가 비얼나라로 오고 다음 해 벚꽃이 질 무렵 어느 화창한 봄날 오후에 남편이 원자력연구소 정문을 나와 사거리 교차로에서 좌회전 신호를 기다리는데, 내가 사브를 몰고 슬그머니 남편 차 옆을 지나며 백미러에 내 얼굴이 비치게 하자 남편이 깜짝 놀라 고개를 돌려 내 차를 쳐다본다.

내가 좌회전 신호를 하면서 그 차 앞으로 새치기하자 남편이 친절하게도 자기 차를 살짝 뒤로 물려서 내 차가 앞으로 들어가게 해 준다.

마침 신호가 바뀌어 송강 쪽으로 가는데 남편도 같은 방향인지 내 차 뒤를 따라오는 것이 백미러로 보인다.

나는 몇 백 미터 앞에 있는 롯데마트 주차장 안쪽으로 들어가고 남편도 주차장 입구에 차를 대느라고 허둥대는데, 내 차는 그곳 맨 안쪽에 주차하고 기다리고 있던 일행의 차를 타고 바로 주차장을 빠져 나오는 중에 남편은 차만 흘끗 보고 그 안에 있는 나를 미처 보지 못한다.

남편은 멀리 끝 부근에 주차된 내 차를 보다가 한참 기다려도 아무런 동정이 없자 다가와 차 안을 들여다보는데, 아무도 없자 깜짝 놀라며 주변을 둘러보다가 앞서 입구를 빠져 나간 차를 타고 내가 사라진 것을 문뜩 깨닫고 망연자실하더니 내 차 창문에 있는 스티커들을 사진으로 찍는다.

그리고 입구에서 무려 3시간을 기다려도 내가 돌아오지 않고 날은 어둑어둑해지자 포기하고 구룡1동 주말농장 하우스에 있는 우리가 살던 판잣집으로 간다.

다음 날 남편은 아침 8시경에 롯데마트 주차장으로 오더니 내 차가 사라진 것을 보고 한참 이리저리 따지더니 뭔가 마음을 정했는지 차를 몰고 북대전 톨게이트를 지나 대전–서천 간 고속도로를 타고 가면서 뭐가 좋은지 흘러간 옛날 노래 몇 곡을 부르다가 드디어 자기의 속마음을 그대로 드러내는 솔베이지 송을 큰 소리로 부르면서 마치 자기가 드디어 페어킨트가 되어 객지를 돌다 수십 년 만에 고향으로 돌아가고 거기에서 노래를 부르는 첫사랑의 연인 솔베이지를 다시 만나는 상상을 하며 싱글벙글 차를 몬다.

'와~ 내가 이럴 줄 알았지!~!'

'야~ 니 꼬맹이는 시집가서 애를 셋이나 낳고 잘 살고 있는데, 무슨 솔베이지 타령이니~!'

나는 사브를 조수에게 몰게 하고 뒷자리에 앉아 모니터로 남편 차에 몰래 설치한 몸캠 영상을 보는데, 아니꼬워 저절로 투덜거리게 된다.

'쳇~!'

이것은 남편 안에 숨어있는 최대의 얼룩 중 하나인 군산 꼬맹이와의 40년 전의 약속을 비워내기 위한 얼빔힐링 작전의 일환이었다.

최근에 우리 부서 작전팀 요원들이 남편의 꿈속에서 군산 꼬맹이의 예전 집 모습과 그곳에서 하숙하고 단체 과외 수업을 하는 학생들이 집 안 여기저기에서 복작대는 모습을 몇 번 보여주고 남편이 궁금하게 생각하도록 하였다.

그리고 추가로 내가 파견 와서 낮에 남편 몰래 바람피우는 못된 여편네 연기를 하여 나를 그만 잊고 꼬맹이하고 40년 전의 약속을 이행하러 가게 유도하였다.

남편은 오랜만에 군산에 온 것이어서 내비게이션에 의지하여 길을 찾으며 옛날 기억과 많이 달라진 군산의 모습에 연신 놀란다.

그리고 신영동 92번지를 찍고 가는데, 엉뚱한 곳으로 안내하여 내비게이션을 포기하고 기억을 더듬어 몇 번 헤맨 후에 옛날 살던 집 근방에 도착한다.

옛날 남편이 살던 집은 길쪽으로 몇 개의 상점이 들어서 있고 코너 요지에는 제법 큰 정육식당이 있다.

남편은 자기의 옛집에는 별로 관심이 없고 길 건너 맞은편 코너에 있는 꼬맹이의 옛집으로 가서 이리저리 둘러보고 아직도 낡은 대문에 걸려 있는 꼬맹이 아버지 이름이 적힌 문패를 한참동안 물끄러미 쳐다본다.

그리고 문틈 사이로 대문 안쪽을 엿보는데, 사람이 오랜 동안 살지 않은 모습이 역력하다.

남편은 옆 건물에 있는 방앗간으로 가서 푸짐하니 사람 좋게 생긴 주인아주머니에게 인사하며 옆집은 사람이 안 사느냐고 물어본다.

그 아주머니는 아까부터 남편이 옆집을 기웃거리는 것을 눈여겨보았던지라 바로 "집 보러 오셨어요?" 하고 되물어본다.

남편이 "아니요. 제가 50여 년 전에 저 앞집에서 살았던 사람인데, 건넛집 식구들과 친하게 지냈어요. 오늘 오랜만에 왔는데, 옆집 주인아저씨 문패가 아직도 있어서 여쭈어봤어요" 하자 그 아주머니는 옆집 이야기를 시시콜콜 거의 30분간이나 자세히 들려준다.

그래서 꼬맹이 집의 정보는 대충 알았는데, 그 아주머니도 이사한 동네만 알지 정확한 주소는 모른다고 한다.

그래도 몇 가지 중요 정보가 있어서 정리 요약하면 주인아저씨는 몇 년 전에 돌아가셨고 아주머니는 군산의 신흥 개발지역인 수성동에 있는 큰 아파트로 이사하여 두 딸과 함께 산다고 한다.

큰아들과 작은아들은 장가가서 잘 살고 있고, 큰딸과 셋째 딸 꼬맹이는 시집가서 잘 사는데, 둘째 딸이 시집을 갔다가 소박을 맞고 친정으로 왔고, 막내딸은 시집을 가지 않은 채 노처녀로 어머니를 봉양한다고 한다.

'아니~!'

그 집에는 솔베이지가 없다고 생각했는데 막내딸이 작은 꼬맹이 노릇을 한다고 그런다.

그 소리를 들은 남편은 신이 나서 자기 막냇동생에게 전화해서 그 집 막내아들 전화번호를 물어본다.

그리고 바로 전화해서 안부 인사를 잠시 나누더니 자기가 지금 군산에 와서 옛날 살던 동네를 둘러보다가 그 집 아버지 성함이 문패에 그대로 남아 있어서 온 김에 어머니를 찾아뵙고 문안을 드리고 싶다고 하자 어머니 집 주소와 집 전화번호를 알려준다.

바로 알려준 아파트 단지로 가서 집으로 전화하자 마침 작은 꼬맹이가 전화를 받으며 방금 자기 작은 오빠한테 연락을 받았다고 하며 어머니가 지금 오셔도 된다고 했다고 그런다.

남편은 아파트 상가에 있는 상점에서 딸기 3박스를 사서 들고 그 집으로 가서 문을 열어주는 작은 꼬맹이에게 인사를 하고 선물 보따리를 안겨준다.

작은 꼬맹이는 남편 얼굴을 보다 선물 보따리 보기를 몇 번 하다가 깜짝 놀란 듯 길을 비켜주며 자기 어머니가 있는 거실로 안내한다.

아마도 작은 꼬맹이는 자기 집을 방문하는 손님 중에서 딸기 3박스를 안겨주는 사람을 처음 본 듯하다.

'엥~! 딸기 3박스가 뭐라고 노처녀의 심장을 한순간에 흔들어 놓을까?~?'

남편이 딸기 3박스를 사서 간 속뜻은 그중에 한 박스는 주말에 놀러 올지도 모르는 꼬맹이에게 전달되기를 바라서였는데, 그것이 딸기 화살이 되어 작은 꼬맹이의 심장을 먼저 파고 들어간 것이다.

꼬맹이의 어머니는 오랜만에 그리운 옛 얼굴을 보아서인지 남편 집 식구들의 소식을 이것저것 물어보는데, 모두 이미 고인이 되었다는 이야기를 듣고 서운해 하시며 군산에 있는 남편 친척들은 자주 만나느냐고 물어본다.

그래서 못 만난 지가 아주 오래되었다고 하자 군산에 자주 와서 친척들을 찾아보라고 하며 남편의 결혼생활에 관하여 물어본다.

남편은 결혼하고 딸과 아들을 하나씩 두고 둘 다 결혼을 하였다가 딸은 이혼하고 아들은 남자아이 둘을 낳고 잘 사는데, 지난해 6월에 안사람인 내가 갑자기 하늘나라로 갔다고 하자 깜짝 놀라며 어떻게 그런 일이 생겼느냐고 안타까워 하신다.

내가 구역미사 후에 식사하는 자리에서 갑자기 쓰러진 상황을 조금 자세하게 이야기해 드리는데, 거실에 달린 부엌에서 점심을 준비하던 작은 꼬맹이가 남편이 하는 이야기를 듣느라고 점심을 준비하던 손길을 멈추고 열심히 귀를 기울인다.

내가 좀 더 자세히 감정을 담아 그때의 상황을 이야기하는데, 남편의 눈에서 눈물이 나오고 목소리가 잠긴다.

꼬맹이의 어머니는 아주 독실한 천주교인이어서 수송동성당에서는 아주 존경을 받는 신자인데, 내가 구역미사를 보고 신부님과 수녀님이 함께 교우들이 30여 명 모이고 남편, 아들, 며느리, 그리고 큰 손자, 며느리 배 속에 있는 둘째 손자까지 같이 있는 자리에서 식사하는 도중에 갑자기 하늘나라로 갔다는 남편의 이야기를 들으면서 어떻게 위로의 말도 해 주지 못하고 속으로 성모송을 열심히 외우며 나의 안식을 위한 기도를 하고 계신다.

그런데 남편의 이야기를 부엌에서 점심을 준비하며 엿듣고 있던 작은 꼬맹이도 성모송을 외우고 있는지 그 자리에 서서 꼼짝하지 않는다.

남편도 자신의 이야기에 서러움이 복받쳐 눈을 감고 한참 앉아 있는데, 작은 꼬맹이가 점심을 먹으시라고 이야기한다.

벽에 있는 시계가 2시를 가리키고 있는 것을 보니 작은 꼬맹이가 점심을 준비하는 데 무려 2시간이 걸린 것 같다.

이것은 도중에 남편이 하는 슬픈 이야기를 듣느라고 늦어진 것이고, 예전 어렸을 때 창문 아래에서 곱발을 딛고 힘들게 훔쳐보던 기억이 어렴풋이 나는 이웃집 오빠에게 점심 한 끼라도 맛있게 먹이고 싶은 여동생스런 마음이 우러나서 좀 더 정성을 기울여 준비한 것 같기도 하다.

식탁에 꼬맹이 어머니와 우리 남편만 마주 앉아 식사 전 기도를 하면서 밥상을 보니 국과 밥에 십여 가지의 반찬이 정갈하게 놓여 있는데, 가운데 접시에 뼘치 크기의 박대가 6마리 구워져 있다.

남편이 작은 꼬맹이보고 같이 식사를 하자고 하자 자기의 밥과 국을 가져와 옆자리에 앉으며 박대는 뼘치 크기가 가장 맛있다고 하면서 군산에서는 여자가 맨손으로 박대를 찢어서 손님에게 드리는데, 그렇게 해야 제맛이 난다며 애교를 살짝 섞어서 여우짓을 한다.

나는 모니터를 보며 "야~! 그건 내가 쓰는 레퍼토리야~! 우리 남편은 너무 잘 알아~!" 하고 소리치는데, 남편은 능청을 떨며 "아~! 그렇군요. 그래서 박대가 이처럼 고소롬하네요~!" 하며 맞장구를 쳐준다.

남편은 식사를 끝내고 거실 소파에 앉아 작은 꼬맹이 엄마에게 비우기 안마를 해 주면서 이 안마는 자기 어머니 병을 고치기 위해서 개발한 것이라며 그 사연을 줄줄이 엮는데, 작은 꼬맹이도 자기 방문을 활짝 열어놓고 한 자도 놓치지 않고 열심히 들으면서 자기 어머니를 따라 군데군데 고개를 끄덕이며 감탄을 한다.

'와~! 우리 남편이 저 정도로 대단한 이야기꾼이었네~! 와~!'

2시간 가량의 이야기로 모녀의 가슴을 말랑하게 녹이던 남편은 거실 옆방에 있는 작은 꼬맹이한테 가서 전화번호를 얻고 둘이 나란히 붙어 인증샷을 찍는다.

'와~! 저 불여시 봐라~!'

나는 모니터링을 때려치우고 쫓아가서 한바탕 해 주려는데, 남편이 그 집을 나와 엘리베이터로 가고, 작은 꼬맹이가 군산에 오시면 자기 집에도 들르시라 하자 남편도 조만간 다시 온다고 그런다.

엘리베이터가 도착하여 남편이 그 안으로 들어가자 그 작은 불여시가 양손을 공손히 마주 잡고 정중하게 고개를 숙이며 "잘 다녀오세요~!"라며 작별 인사를 한다.

나는 또 모니터를 보고 "야~! 그건 내가 남편 출근할 때에 하던 인사야~! 지금 그 양반이 대전으로 출장 가니~!" 하고 소리쳤지만 아무렇지도 않게 엘리베이터 문이 스르륵 닫힌다.

남편은 그 집에서 나오자마자 연신 싱글벙글하며 차를 몰고 부둣가 어판장 근처로 가더니 뻠치 박대를 한 보따리 사고 대전에 있는 판잣집으로 돌아와 바로 군산에서 있었던 작은 꼬맹이 이야기를 글로 써서 자기 카스(카카오 스토리)에 올린다.

그리고 작은 꼬맹이 카스를 뒤져서 그 안에 있는 작은 꼬맹이의 내숭 떠는 사진들을 카피하여 자기 갤러리에 옮겨 담는다.

또 그 안에 있는 꼬맹이 4자매들이 함께 찍은 사진을 보면서 그중에서 제일 이쁜 꼬맹이 얼굴을 뚫어져라 들여다보며 고민에 고민을 한다.

남편의 고민은 카스에 올린 솔베이지 이야기를 K집사에게 문자로 보내 기도를 부탁하자 이 여자가 남편의 새로운 짝꿍으로 허락되었다는 이야기를 듣고 내심 좋기는 한데 그러면 사진 속에서 예쁘게 웃고 있는 꼬맹이와의 묵은 약속과 앞으로 자주 만나면 어떻게 대할 것인지 고민을 한다.

그러다가 일단은 작은 꼬맹이하고의 새로운 인연을 이어가기로 마음을 정하고 K집사에게 문자를 보내 이번 주말에 군산에 가려고 한다고 하자 한 시간쯤 지나 지금 가지 말고 그쪽에서 연락이 올 터이니 그때 가라고 한다.

남편은 내가 비얼나라로 간 후에 무슨 일이 있으면 바로 미국에서 사는 K집사에게 카톡을 보내 기도를 부탁하고 그 응답에 따라 다음 진로를 정하곤 한다.

그동안 남편의 주변 친지로부터 좋은 사람이 있는데, 부담 없이 여자 친구로 사귀라는 권유를 몇 번 받았지만 K집사의 기도 응답에 따라 모두 거절하다가 이번에 드디어 작은 꼬맹이가 '남편의 새로운 짝꿍' 이라는 응답을 받은 것이다.

K집사의 기도 응답에는 이번 경우처럼 가까운 미래에 일어날 일을 미리 알려주는 경우가 여러 번 있었는데, 모두 시간이 지나면 그 일이 그대로 일어나서 남편도 K집사의 기도 응답에 전적으로 의지하고 산다.

요즈음 K집사의 기도 중에 남편과 관련된 것은 기도 응답 천사 대신에 내가 직접 응답을 해 주곤 한다.

이번에도 작은 꼬맹이가 남편의 새로운 짝꿍이라고 기도 응답을 하고 또 며칠 후에 그쪽에서 연락이 올 거라고 한 후에 꼬맹이 집 식구들을 꼬드겨서 '서살바토르에 대한 얼빔힐링 작전' 을 본격적으로 진행하는 중이다.

작은 꼬맹이의 작은 오빠는 동생 사랑이 지극한데, 자기 동생이 노처녀가 되도록 혼자서 어머니를 모시는 것을 늘 안타깝게 생각해 오다 이번에 예전에 살던 집 이웃 형이 다녀간 후에 어땠느냐고 물어보니 어머니도 여동생도 그 형 칭찬이 자자하다.

그래서 호감과 호기심이 생겨 그 다음 주에 오랜만에 자기 아버지 산소에도 들르고 그 형도 군산에 오게 해서 한 번 만나보기로 계획을 세운다.

그러한 동정을 내가 그 집에 설치한 몸캠으로 알아내고 K집사에게 알려주어 남편이 물어오면 기도 응답을 하도록 했다.

오랜만에 즉흥적으로 군산에 꼬맹이 소식을 들으러 갔다가 만난 작은 꼬맹이가 자기의 새로운 짝꿍 후보라는 기도 응답을 듣고 남편은 꼬맹이와의 관계를 어떻게 정리해야 할지 고민을 한다. 그러다가 지금 시집가서 잘 살고 있다는 꼬맹이 대신에 어머니를 모시고 살면서 솔베이지 역할을 하는 작은 꼬맹이와 일단 사귀어 보기로 마음을 정하고 다음 주 일요일에 군산에 가기로 한다.

이번에도 고속도로를 달리며 솔베이지 송을 부르는데, 이번에 부르는 솔베이지는 진짜로 노부모님을 모시고 사는 노처녀인 작은 꼬맹이를 향한 노래여서 좀 더 실감이 난다.

이러한 남편의 모습을 얼빔 모니터로 지켜보며 이번 '서살바토르에 대한 얼빔힐링 작전' 제1단계를 이 정도에서 마무리하기로 했다.

남편은 수송동성당에 조금 일찍 도착하여 주변을 둘러보고 시간을 맞추어 성당 입구로 가니 조금 있자 작은 꼬맹이가 운전하는 차에서 어머니, 작은 오빠 부부가 내리고 작은 꼬맹이는 남편을 한 번 쳐다보더니 그냥 가버린다.

미사 시간이 다 되어 대충 인사를 하고 성당 안으로 들어가 나란히 앉아 미사를 보는데, 남편은 지금 상황을 잘 알 수가 없어 속으로 별별 생각을 다 한다.

미사를 끝내고 가까운 식당에 가서 점심을 먹는데, 그저 평범한 인사말만 하다가 마지막으로 헤어지면서 작은 오빠가 남편에게 자기 동생이 남편을 사귀고 싶어 하지 않는다는 말을 남기고 가버린다.

이것이 '서살바토르에 대한 얼빔힐링 작전' 제1단계의 허망한 결말인데, 이러한 엉뚱한 작전을 얼빔힐링 부서에서 진행한 이유는 내가 비얼나라에 오고 혼자서 쓸쓸하게 지내는 남편에게서 꼬맹이를 한순간이나마 배반하게 하여 그녀를 그리워하는 마음을 캐내기 위해서였다.

이러한 작전이 효과를 보았는지 남편은 모든 여자를 멀리하고 각종 힐링법을 개발하고 자기 카페에 열심히 글을 올린다.

그러다 2020년 어느 봄날 살바토르 성인이 나를 불러서는 서살바토르가 첫사랑의 연인을 만나게 하라고 명한다.

나는 깜짝 놀라 그 충격으로 잠시 넋을 놓고 서 있는데, 살바토르 성인이 "뭐하나~! 가서 일 보지 않고~?"라며 다그쳐 다시 깜짝 놀라 도망치듯 자리에서 물러나왔다.

나는 내 자리로 돌아와서 이리저리 궁리를 해 봤지만 내 전남편이 스스로 꼬맹이를 찾아가게 할 방법이 없어 남편이 나오는 내 전용 모니터를 보고 있는데, 마침 남편이 '청평악' 이라는 중국 드라마를 열심히 보면서 거기에 나오는 예쁘장한 여주인공이 붓글씨를 쓰는 것에 관심을 보인다.

드라마 속에서는 때마침 남자 주인공이 나와 여자 주인공의 등 뒤에서 살포시 껴안는 자세로 손을 잡고는 글씨 쓰는 것을 도와준다.

이러한 장면은 남편이 너무나도 좋아하는 것인데 그들이 쓰는 글씨체가 비백이어서 남편은 그걸 보면서 자기 손바닥으로 허공 속에 숨어서 남편의 얼굴을 열심히 보고 있는 내 몸에 '사랑해' 라고 쓰자 글자들이 눈물로 얼룩이 지면서 비얼로 가득한 '사~♥~랑~♥~해~' 로 변한다.

남편은 그것을 바탕으로 비얼힐링과 꿈의 원자로인 비얼로를 개발하여 카페에 글을 올리는가 싶더니 그것만으로는 부족했는지 장편 실화

소설 2권을 출간하고 이어서 두 달 만에 장편 체험소설 한 권을 추가로 출간한다.

그리고 자기가 출간한 책들을 홍보하기 위하여 페이스북을 하는데, 거기에 얼빔부서의 몸매가 예쁜 작전요원을 파견하여 몸캠피싱을 성공시키고 협박 문자를 보낸다. 그러자 남편은 페이스북, 카카오톡, 카카오 스토리 등 모든 SNS를 폐쇄하고 사용하던 휴대전화를 해지한 후에 출판사 사장을 만나 대책을 세우는데, 앞으로 남편은 작가에서 조기 은퇴하고 대신 정소피아가 남편 대신 작품을 쓰는 것으로 한다.

여기까지가 정소피아가 작가로 데뷔하는 뒷이야기다. 데뷔작으로 〈서살바토르에 대한 얼빔힐링 작전〉이라는 단편소설을 발표하는데, 이것은 남편이 꼬맹이를 다시 만나게 하는 것이 목적이어서, 일단 서두에 남편이 7년 전에 꼬맹이를 만나러 군산에 갔다가 솔베이지 역을 맡은 작은 꼬맹이와 한눈을 팔다가 두 번째로 꼬맹이를 배신하는 장면으로 장식하였다.

남편은 40여 년 전에도 나한테 장가를 오느라 꼬맹이를 배신한 적이 있는데, 그때는 내 손금을 보아주다가 양쪽 손의 생명선이 모두 중간에서 끊어진 것을 보고 일단 나와 결혼하였다가 내가 일찍 죽으면 그때 혼기가 되는 꼬맹이에게 새 장가를 갈려는 음흉한 계략을 꾸몄으나, 내가 시집가서 30여 년을 버티고 사는 바람에 꼬맹이도 다른 남자에게 시집가서는 지금까지 잘 살고 있다.

내 남편은 두 번이나 꼬맹이를 배신하여 여간해서는 다시 꼬맹이를 만나지 않을 것인데, 내가 데뷔작으로 〈서살바토르에 대한 얼빔힐링 작전〉을 쓰면서 꼬맹이 이야기를 주로 쓰자 어쩔 수 없이 군산으로 취재 여행을 가게 되었다.

은하 우주방사선 피폭과 생사부

생사부(生死符)는 김용의 무협소설 〈천룡팔부〉에 등장하는 무공으로, 원래 천산동모의 절기 중 하나였으나 그 뒤를 이어 영취궁주가 된 허죽에게 전수되었다.

생사부는 삶과 죽음을 갈라놓는 부적이라는 의미인데, 이것은 천산동모가 수하의 인물들을 중독시킬 때 사용하는 일종의 독으로서 발작하게 되면 엄청난 고통과 간지러움에 시달리게 된다.

생사부에 중독된 사람은 천산동모가 주는 약을 먹으면 일 년간 발작이 일어나지 않기 때문에 수하들은 매년 약을 받기 위해 천산동모에 복종하게 된다. 이를 이용해 동모는 무림 곳곳의 장문인들을 협박해 수하로 부릴 수 있었다.

나중에 정체가 밝혀지는데 생사부는 사실 암기의 일종이다. 내력으로 손바닥에 고인 물을 얼려 얇은 얼음 조각을 만들고 이를 상대의 혈도에 박아 고통과 간지러움을 일으키는 것이며, 완전히 치료할 수 있는 약은 없고 유일한 해법은 '천산육양장' 으로 해소하는 것이다.

이 생사부는 천산육양장을 응용하여 즉석에서 만들어 누구의 몸에 심을 수도 있고, 또 역으로 해소할 수도 있다. 생사부를 맞으면 그곳이 아프고 가렵지만 손으로 만져보면 아무런 흔적도 없고, 몸에도 상처가 생기거나 피가 흐르지 않는다.

천산동모는 이 추수를 해치기 싫어 천산육양장을 배우길 거부하던 허죽에게 생사부를 심고 해소하는 방법을 알려주는 식으로 천산육양장을 전수하였다. 허죽은 생사부의 해법을 배우고 동모가 죽은 이후 무림인들의 생사부를 모두 제거해 주었다.

이상이 김용의 무협소설 〈천룡팔부〉에 나오는 생사부 관련 주요 내용인데, 놀랍게도 생사부의 여러 가지 특징이 은하 우주방사선 피폭과 매우 유사하다.

생사부는 김용이 창작한 가상적인 무공의 일종이며, 실제로는 실현 불가능한 아주 기이한 무공이지만 만약 누군가가 이러한 무공을 할 수 있으면 최고 수준의 고수반열에 오를 수 있을 것이다.

즉, 생사부는 최고 수준의 아주 무서운 위력이 있는 무공인데, 은하 우주방사선 피폭은 생사부보다 더 크고 무서운 위력이 있으며, 실제로 우리가 3년에 한 번 정도는 은하 우주방사선 피폭을 받으므로 더욱 위험한 존재다. 생사부를 맞으면 아무런 흔적도 없이 아프고 가려움을 느끼고 해약이 없는 것이 특징이다.

그런데 은하 우주방사선에 피폭이 되면 이것도 더욱 완벽하게 아무런 흔적도 없고, 맞는 위치에 따라 피해 상황이 다르지만 가장 심하면 돌연사를 일으키기도 하고 각종 난치병과 불치병의 원인이 된다. 가장 가벼운 것도 잠복기가 지나 증상이 나타나기 시작하면 일반적으로 아프고 가려운데, 현재로서는 아무런 치료약도 없다.

생사부를 제거하려면 생사부를 만들 때 사용한 '천산육양장' 을 역으로 사용하여야 하는데, 아마도 우리 몸에 피폭된 우주방사선을 제거하려면 우주방사선을 만들 때 사용한 그 '어떤 것(?)' 을 역으로 사용하여야 하는 것인지도 모른다.

우리의 몸에 피폭되면 장애를 일으키는 고에너지 우주방사선은 먼 은하에서 초신성 폭발이 일어날 때 생기는 고에너지 입자가 지구 표면으로 날아와서 3년에 한 번 꼴로 우리 몸에 박히는 생사부의 일종이므로 이것을 역으로 돌리려면, 우리 몸에 '어떤 것(?)' 을 사용하여야 할는지 상상이 안 된다.

필자는 최근에 우리의 몸 안에 비얼로와 암얼로라는 특별한 원자로를 만들고 이것을 이용하여 '얼빔힐링' 을 하는 방법을 개발하였는데, 여기에서 말하는 '얼' 이 바로 우리 몸에 박힌 생사부이고, 이것을 비워내는 힐링법이 바로 '얼빔힐링' 이다.

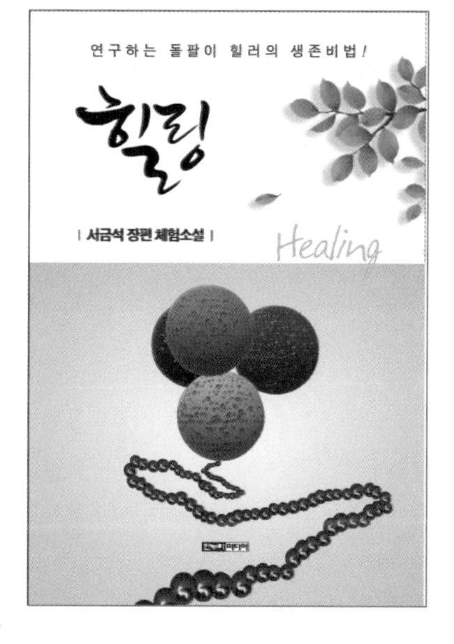

즉, 은하우주선 피폭장애로 생기는 생사부인 얼을 비워내기 위하여 우리의 몸 안에 비얼로와 암얼로라는 천산육양장을 만들고 이것을 이용하여 얼이라는 생사부를 제거한다.

은하우주선 피폭장애로 생기는 생사부인 얼을 비워내기 위하여 사용되는 비얼로와 암얼로는 필자의 장편소설 《비얼로 간다》 ① ②와 《힐링》에 자세하게 기술되어 있으니 일독하시길 권한다.

춤추는 비얼로

우리 몸 안에 비얼로를 만들고 그 안에서 1500개의 비얼거봉이 춤을 추며 돌아다니게 하면, 100~1mWe(밀리와트) 사이의 원하는 출력으로 비얼기공이 만들어져 자기와 주변 친지들에게 30~5000년 간 자유자재의 얼로힐링을 해 줄 수 있다.

2021년 2월 21일 오전 9시, 아침을 먹고 난 후에 TV를 보면서 오늘 새벽에 느꼈던 심장 부위의 이상을 힐링시키는 얼로힐링을 해 주었는데, 먼저 온몸으로 춤추는 비얼로를 가동하고 왼쪽 손목의 저골에 삼지안을 하면서 척골을 따라 위로 올라가며 뼛속의 나쁜 기운을 비워주었다. 특히 팔꿈치 바로 아래에 있는 커다란 통뼈에는 오랜 시간 지조침을 해서 뱃속에서 트림이 많이 나오도록 해 주었다.

반 시간 가량 지나면서 뱃속이 살짝 아프기 시작하여 변을 보는데, 약간 설사끼가 있는 변이 엄청 많이 나온다.

우리의 몸 안에는 비얼로가 있고, 이 비얼로 안에는 1500개의 비얼거봉이 장전되어 가동되고 있는 일회용 원자로이다.

우리 몸 안에 있는 비얼거봉은 우리가 어머니의 자궁 안에 있을 때 어머니가 만들어 준 것이어서 자궁을 빠져 나와 "응~아~" 하고 울면서 산소를 마시고 자신의 삶을 살아가는 순간에 바로 비얼로가 가동되고 비얼거봉 중의 일부가 노심 중앙의 무도회장에서 춤을 추기 시작한다.

이 비얼거봉들의 춤이 멈추는 순간에 우리는 더 이상의 생체 에너지를 만들 수 없게 되고 잠깐은 더 살겠지만 결국에는 죽음을 맞이하고, 비얼로도 시신과 함께 적절한 방법으로 처리가 된다.

사고로 생긴 뇌경색 잔류증

2021년 2월 27일 오후 2시경에 베드로가 집에 왔다.

필자의 큰손자 DB가 거실에서 TV 어린이 프로를 보고 있는데, 자기 외손녀딸도 그 프로를 좋아한다며 DB의 어깨를 다독인다.

그래서 그냥 거실 소파에 앉아서 힐링하기로 하고 일단 커피 한 잔씩을 마시며 나이를 물어보니 9살 범띠라고 한다. 39살이냐고 되물어보니 눈을 둥그렇게 뜨면서 59살 범띠라고 밝힌다.

얼굴 피부가 매끈한 구릿빛이어서 건강한 청년으로 보았는데, 중년을 넘은 나이라고 해서 의아해 무슨 운동을 하느냐고 물어보니 저녁에 30분쯤 산책을 하는 것이 전부라고 한다.

또 무슨 일을 하느냐고 물어보니 용접을 하는데 현장 일을 주로 한다고 답한다. 용접이 힘든 노동일인데, 아마도 그것이 운동으로 작용을 하는 듯하다.

허리 아픈 것을 힐링시킬 때에 5가지 방법을 사용하는데, 제1단계가 소파에 나란히 앉아서 손등의 이상 변형을 바로잡아 주는 것이다.

베드로의 오른손은 용접 일로 단련이 되어 아주 튼튼한데 예상대로 검중약지 라인 손목 반치 아래에 볼록한 게 뼈에 오름이 살짝 솟아있다.

이 오름을 조금 평탄한 둔덕으로 만들어 주는 것이 허리 아픈 것 힐링 1단계이다.

이것은 내 손가락에 힘을 주어 조금은 강제로 평탄화 작업을 하는 것인데, 베드로는 현장 일에 단련이 되어 있어서 내가 누르는 정도는 아프다는 기색이 전혀 없다. 그래도 10여 분이 지나자 내가 원하는 만큼은 부드러워진다.

이어서 내 왼손으로 베드로의 오른쪽 팔뼈를 따라 올라가며 뼈에서 나오는 기운을 살펴보는데 팔꿈치에 이르자 독한 기운이 감지된다.

내 오른손으로는 베드로의 손목을, 그리고 왼손으로는 베드로의 팔꿈치에서 나쁜 기운을 비워내는데, 5분쯤 지나자 내 입술에 단맛이 감돈다.

이후 5분이 지나면서도 단맛이 계속 나와 베드로에게 입술에서 단맛이 도느냐고 물어보니 자기도 혀로 입술을 훑어보며 단맛이 난다고 한다.

아마도 그 단맛은 베드로의 몸속 어딘가에 있는 세포 중에서 죽은 것이 있었는데, 지금 내가 손목과 팔꿈치에 지조침을 놓아 주는 것이 힐링 효과를 발휘하여 그 죽은 세포를 비우기해 주기 때문에 나타나는 현상이라고 설명해 주었는데, 베드로는 고개를 갸우뚱거린다.

그런데 그 단맛이 무려 반시간 동안이나 계속 나왔는데, 이것은 내가 경험한 것으로는 거의 최장 기록에 해당한다.

베드로가 불편하다고 한 것은 요추 4~5번 사이 협착증과 몇 년 전 공사 중에 머리뼈를 다쳐서 MRI를 찍었더니 뇌경색 흔적이 상처를 입은 부위 아래에 있었는데, 별도의 치료는 필요 없다며 약을 주어 복용하였다고 한다. 그리고 양쪽 다리도 조금 이상이 감지되어 왼쪽 무릎이 최근 들어 불편하다고 한다.

그런데 이 정도의 불편으로 몸속에 있는 죽은 세포를 비워내는 데 거의 30분이나 단맛이 감지되는 것이 의아하다.

조금 쉰 후에 안방 침대로 자리를 옮겨 2차 힐링에 들어갔다.

이번에는 머리에 생긴 뇌경색 잔류증을 비워내는 것인데, 침대에 누워서 내 무릎에 머리를 얹고 눕게 하고 양손으로 목뼈 아래부터 비워내기를 하면서 차츰 위로 올라간다.

20여 분이 지나 후두부에 이르자 냉기가 나오기 시작한다. 여기서부터는 새로 개발 중인 얼로힐링으로 바꾸어 반 시간 가량 해 주자 뒷골라인에 온기가 감돈다.

일단 오늘은 여기까지 하고 다음 주에 오라고 했다.

후에 시간을 가지고 생각해 보니, 베드로가 사고로 머리를 다치고 그 손상 부위에 생긴 상처의 후유증으로 죽은 세포들로 인한 뇌경색이 생겼는데, 머리에 생긴 죽은 세포들은 분해되어 처리되는 속도가 느려서 내가 손목과 팔꿈치의 해혈자리에 삼얼지조침을 해 주어도 아주 느리게 힐링 효과가 나와 30분이나 단맛이 감지되었던 것이다.

죽은 세포를 해혈하는 데 삼얼지조침보다 더 효과적인 것은 찾기 어려우니 뇌경색을 힐링시키는 데는 어차피 많은 시간이 걸리는 것을 감수해야 할 것 같다.

2021.02.27. 12:30 페이스북에 베드로의 움직임이 전혀 없다.

카톡으로 문자를 보내 안부를 물어보았다.

2021.02.27. 14:00 어제는 낚시하러 가고 오늘을 냉이를 캐러 갔다고 한다.

몸이 조금 가벼워졌다고 하니 다행이다.

2021.02.28. 16:00 베드로가 과분한 칭찬의 댓글을 올려 보충 설명을 한다.

내가 누구를 힐링해 줄 때에 마치 하느님이 내 손을 사용하여 '직접 힐링을 해 주시는구나~' 하는 느낌이 들 때가 간혹 있는데, 이번에 베드로를 힐링해 줄 때도 그런 느낌이었다.

그래서 베드로가 과분한 칭찬의 댓글을 올렸는데, 사실 이것은 베드로 자신이 하느님의 사랑을 받는 자녀이어서 그리 된 것이다.

힐링 중에 베드로가 나에게 해 준 말 중에 자기 부모님은 아주 독실한 천주교 신자이었다고 하는데, 그래서 베드로는 어머니 뱃속에서부터 신자가 되었고 수년 전에 어머니가 소천하셨을 때도 청주 주교좌성당에서 성대하게 영결미사를 가졌다고 한다.

재가수련 매일힐링

필자가 집에서 매일 하는 '힐링' 법을 소개합니다.

코로나19 시대에는 '힐링' 도 집에서 하는 것이 바람직하다는군요. 명상이나 묵상을 하시는 분들은 집에서 '힐링' 을 하시는데, 별로 불편한 것이 없으나 명산대천을 유람하며 산 좋고 물 맑은 곳에서 '힐링' 을 즐기시던 분들은 코로나19 시대가 빨리 지나가길 고대하실 것 같네요.

집에 앉아서 '힐링' 을 해도 명산대천을 유람한 것처럼 온몸이 개운한 '힐링' 법을 소개합니다.

우리가 명산대천을 유람하면서 산 좋고 물 맑은 곳에서 '힐링' 을 즐기실 때는 주변에서 들리는 소리, 보이는 경치, 코끝을 스치는 냄새, 먹고 마시는 모든 것에서 나오는 풍미, 그리고 온몸에서 느껴지는 감촉이 모두 상쾌한 오감 만족 '힐링' 을 즐길 수 있는데요. 집 안에서 재가수련을 할 때는 명상이나 묵상에 어느 정도 경지에 오른 사람만 '힐링' 하는 즐거움을 누릴 수 있지요.

그래서 명상이나 묵상을 할 줄 몰라도 '재가수련 매일힐링' 을 하는 요령을 소개합니다.

'재가수련 매일힐링' 은 기본적으로 자기의 몸 안을 매일 한두 번씩 청소하여 상쾌한 하루를 지내는 것입니다.

우리가 명산대천으로 힐링을 나가려면 하루는 기본이고 보통 1박2일을 하지요. 그것을 생각하면 '재가수련 매일힐링' 을 하는 데 특별히 다른 할 일이 없을 때는 하루에 4시간 정도 사용하는 것은 소일거리로 적당할 것 같네요.

우리가 집안 청소를 할 때 매일 하는 경우와 가끔 대청소하는 때도 있는데, 하는 방법이 조금 차이가 있지요.

우리의 몸 안을 청소할 때에도 온몸을 구석구석 청소하는 대힐링과

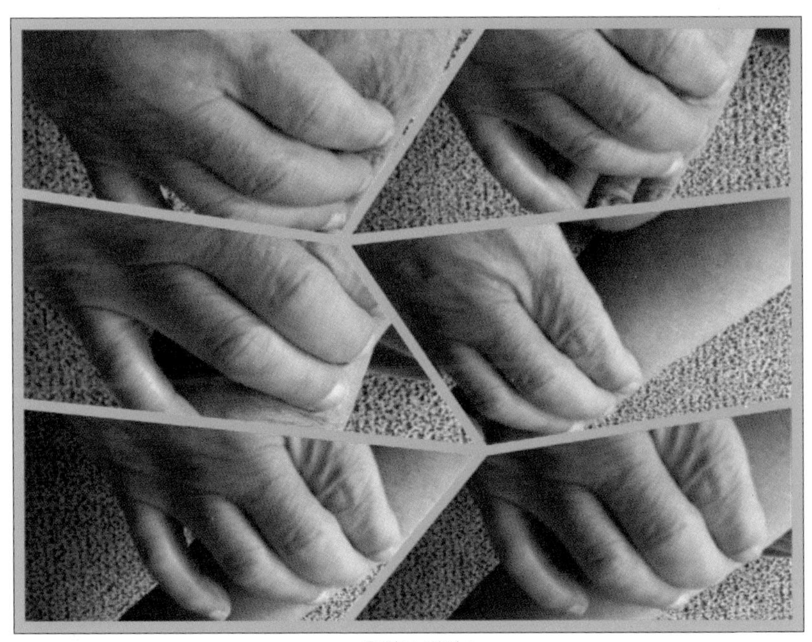

▲ 후얼로 대청소

눈에 잘 띄는 곳을 청소하는 매일힐링은 조금 차이가 있습니다.

우리의 몸은 80조 개의 세포로 이루어져 있고, 수천~ 수만~ 수십만 개의 조직으로 되어 있어서 이러한 복잡한 조직들 사이사이를 대청소하려면 몇 달을 해도 별로 티도 나지 않지요.

그래서 매일매일 눈에 잘 띄는 부위만 대충 청소하는 데도 많은 시간이 걸리고 어느 정도 '힐링' 을 하는 기분이 들 정도로 청소를 하는 데에도 요령이 필요하지요.

앞의 사진에는 왼쪽 후얼을 청소하는 모습이 담겨 있는데, 오른손가락 4개를 왼손의 약지와 소지 사이에 10분 가량 끼고 있다가 다음 사진 위치로 이동하여 또 10분 가량, 또 다음 위치에서 10분 가량 끼는데 이것을 정해진 순서대로 양쪽 손등 전체를 돌면 약 4시간이 소요되고 그 날의 청소는 대충 끝이 나지요.

그런데 겉으로 보기에는 한 손의 손가락을 다른 손의 손가락 사이나 손등에 대고 있는 것이 전부인데, 이것을 하면서 정해진 순서대로 해당 손가락에 따라 우리 몸 안의 암얼로를 청소해야 하지요.

즉, 앞에서 사진에 나와 있는 동작을 할 때는 내부적으로는 왼쪽 후얼로를 청소하고 있어야 합니다.

후얼로는 코와 그 주변 조직으로 되어 있는데, 이것을 청소할 때에는 비강을 최대한 확장하면서 콧등과 주변 피부를 살짝 이리저리 움직여 코뼈가 은근슬쩍 운동하는 느낌이 오게 하고 코 안의 나쁜 기운들이나 콧물이 모두 빠져 나오는 느낌이 들게 하면 되지요.

앞에서 후얼로를 청소하는 것을 먼저 소개하였는데, 실제로 매일힐링을 할 때는 '청시후미' 의 순서로 암얼로를 청소하지요.

이 청소 순서를 요약하면, 한 손으로 다른 손의 손등을 '중약' 사이의 라인, '검중' 사이의 라인, '약소' 사이의 라인, '엄검' 사이의 라인 순서로 손가락 끝에서 손목까지 이동시키고 4개의 손가락으로 길게 집어서 힐링시키면서 온 얼굴의 피부를 아주 부드럽게 움직여 '청시후미'의 순서로 암얼로 전체를 돌아가며 청소합니다.

이때 귓구멍, 눈구멍, 콧구멍, 목구멍으로 넘어오는 나쁜 노폐물을 밖으로 배출시키죠.

이 요령을 잘 음미하고 몇 번 연습하면 누구나 '재가수련 매일힐링'을 잘할 수 있고 코로나19 시대가 끝나는 것을 즐거운 마음으로 지켜볼 수 있을 것입니다.

밝은빛 님의 댓글 (2021.03.14)

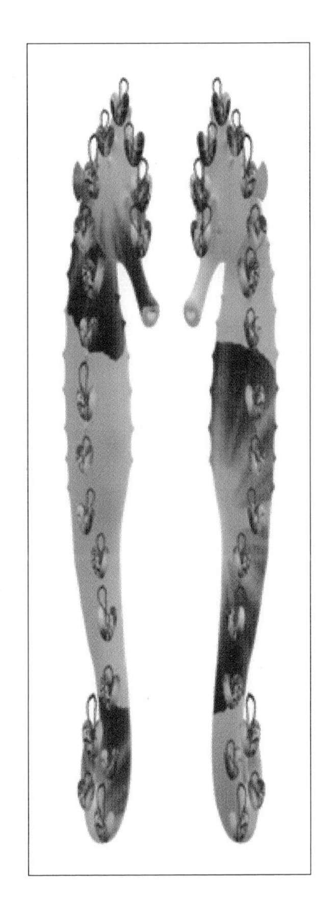

재가수련 방법의 사진이 안 보여 아쉽네요.

저는 어제(2021.03.14) 아침 명상 후에 그동안 본 카페에서 글을 보고 익힌 내용을 토대로 제 나름의 재가힐링(?)을 해 보았습니다.

합곡혈, 용천혈, 태충혈, 발바닥, 발가락 등을 비우기와 채우기, 그리고 머리, 목, 턱, 척추의 세례힐링 춤(?)을 추며 한동안 비워내기를 했습니다. 손발이 따뜻해지고 눈이 조금 밝아지는 느낌이 있었고, 몸 전체가 가벼워지는 것 같았습니다.

하는 동안 위장과 대장에서 '꾸러럭~' 거리는 소리와 함께 방귀가 길게 몇 번 나왔습니다.

밤 10시경에는 갑자기 배가 뒤틀리며 아파서 화장실에 가니 설사처럼 변이 많이 나오며 평소보다 약간 역한 냄새가 나는 묽은 변이었는데, 배설하고 나니 위장과 대장이 개운한 느낌이었습니다. 주말과 시간 날 때마다 꾸준하게 해 보겠습니다. 감사드립니다.

비우기의 답글 (2021.03.16. 08:32)

네 축하합니다.
님만의 새로운 얼로를 만드는 주춧돌이 만들어졌네요~!
사진을 안 보고 님만의 방법을 찾는 것이 더 효과적인 듯~!!!

8얼로힐링

다음 그림에 있는 8개의 얼로힐링을 한다.

이 그림은 우연히 그린 것이지만, K박사님의 발문에 있는 얼로힐링에 나오는 신기한 힐링법을 잘 나타내고 있어서 그 의미를 살려 설명을 만들어 본다.

이마에 있는 주님의 기도가 전체의 얼을 주관하고, 양쪽 눈에 지복직관의 삼얼안이 있어서 모든 얼들을 살펴보고 양쪽 귀의 위치에 오른쪽 귀에는 후얼안의 코가 있고 왼쪽 귀에는 청얼안의 뒷골이 있어서 양귀와 코와 뒷골의 마름모 구조가 90도씩 좌우로 움직이면서 진자운동을 계속하는 DNA 움직임을 나타내고 있다. 양 볼에 있는 암얼로가 턱에 있는 미얼로와 함께 오병이어를 하여서 천상의 음식을 만들어 나누어 주는 것을 나타내고 있다.

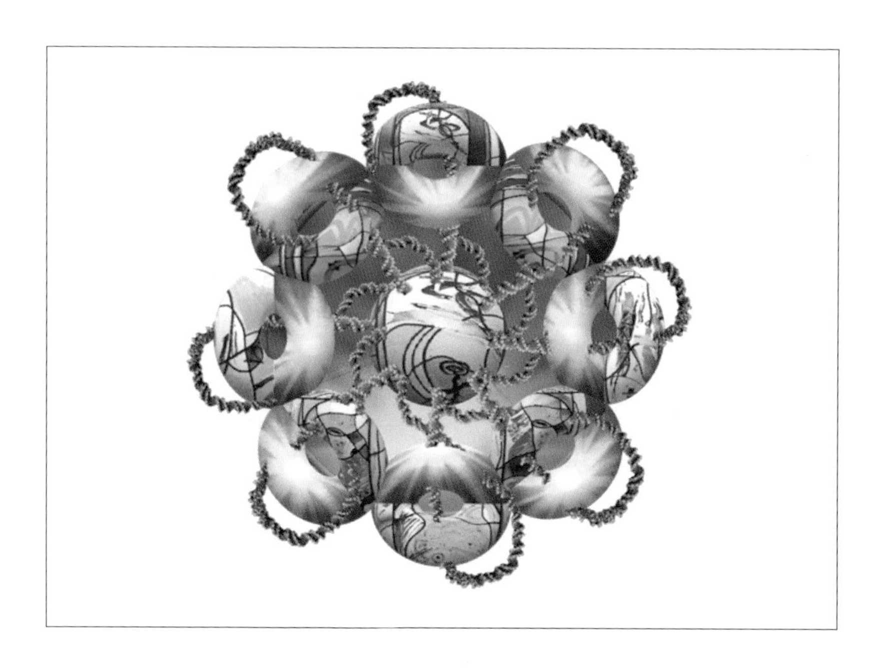

위에 있는 시얼 2개와 아래에 있는 암얼 2개가 살짝 엇갈려 반시계 방향으로 돌면서 2중 나선운동을 한다.

2021.02.20. 15:30 TV를 보면서 양손에 석보를 쥐고 앞에서 설명한 8얼로힐링을 연습하고 있는데, 한 식경이 지나면서 명치로부터 썩은 냄새가 섞인 트림이 길게 올라온다. 그 후에 한 시간 가량 8얼로힐링을 하였는데 수시로 트림이 올라오고 온몸이 편안해진다.

2021.02.25. 11:30 8얼로힐링을 연습하면서 다음 그림처럼 오병이어를 하는 부분에 비얼로를 장착하여 오병이어의 힐링을 자유자재로 할 수 있게 하였다.

이것은 암얼로 안에 비얼로를 추가로 장착하여 암얼로의 효율을 극대화한 것인데, 암얼로의 구석구석을 모두 힐링시키는 특별한 얼공이다.

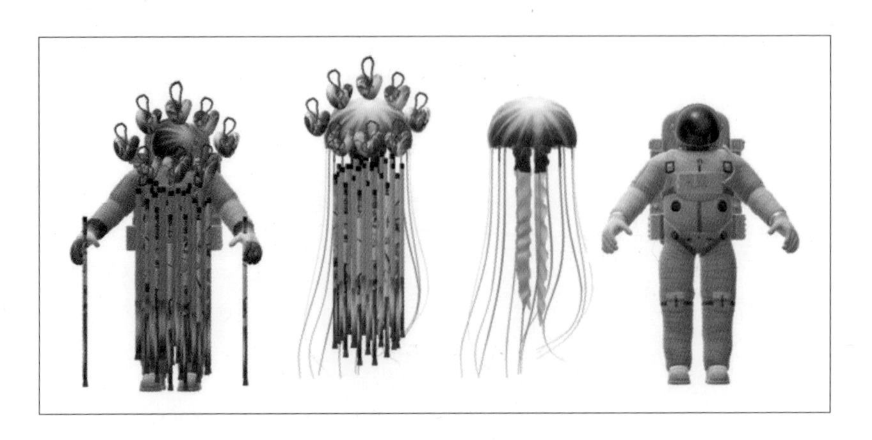

2021.02.25. 15:30 암얼로 안에 비얼로를 추가로 장착하는 것은 비효율적인 면이 있다. 그래서 몸 부위에 설치하는 비얼로에서 해마 그림처럼 비얼 단봉을 사용하고 그것의 일부를 수직 이동하여 암얼로의 특수 얼공을 위한 작전에 수시로 교대 파견하는 방법을 사용하는 것이 좋을 것 같다.

힐링기공

'힐링기공' 은 기공의 한 분야이지만 기공 중에서 오로지 자기의 몸과 맘을 힐링시키는 것만을 위주로 특화된 것이어서 전통 기공에 관한 기초가 전혀 없어도 자기만의 힐링기공을 수련할 수가 있다.

본 '힐링기공' 에서는 앞서 출간된 '힐링' 에서 소개한 암얼로를 주로 이용하는 '힐링기공' 이다.

우리는 모두 자기의 몸 안에 암얼로라는 특별한 원자로가 있는데, 이것을 건강하게 유지하는 것이 바로 '힐링기공' 이다.

필자는 평생 수많은 종류의 원자로를 설계한 원자력 전문가이어서 필자의 몸 안에 있는 암얼로를 특별한 원자로라고 부르는데, 다른 분야를 전공한 분은 그 분야의 특별한 무엇 무엇이라고 불러도 된다.

암얼로는 우리의 몸 안에 있는 모든 신경망으로 5개의 주요 부분으로 구성되어 있는데, 미각을 담당하는 미얼로, 청각을 담당하는 청얼로, 시각을 담당하는 시얼로, 후각을 담당하는 후얼로와 촉각을 담당하는 암얼로가 있으며, 이 중에서 암얼로가 가장 크고 중요한 역할을 해서 전체 조직을 암얼로라고 부른다.

본 소설에서 제목으로 사용한 '힐링기공' 은 바로 암얼로를 건강하게 유지하는 특화된 기공이다.

필자는 젊어서부터 후맹이어서 후얼로가 정상이 아니다. 또 시력이 나빠서 안경을 쓰고 있으니 시얼로도 문제가 있지만 그래도 고희를 넘긴 지금도 큰 불편 없이 건강하게 잘 살고 있다.

즉, '힐링기공' 은 현재 자신이 운용하고 있는 암얼로를 큰 문제가 없이 적당히 잘 돌아가게 유지하는 기공이다.

이렇게 적당하게 건강하던 사람이 어느 날 저기 몸의 어디에 어떠한 문제가 생겨 아프기 시작하면, 거기에 맞추어 그 사람의 암얼로에도 문제가 생기는데, 병원에 가서 아픈 것을 치료하여 다 나아도 병원에서는 암얼로에 생긴 문제를 힐링시켜 주지 않으니 별도로 '힐링기공' 을 해야 아프기 전의 건강상태로 돌아갈 수가 있다.

즉, 병원 치료 후에 한동안 요양이라는 것을 해야 하는데, 이때 '힐링기공' 을 하면 효과적이다.

앞에서 한 요양은 젊은 사람이 아프고 병원에서 치료받고 나은 후에 받는 요양을 말하는데, 나이가 든 분의 경우에는 많은 사람이 특별히 어디가 아프고 병원 치료를 받지 않아도 수시로 각종 요양을 해야 그런대로 건강이 유지된다.

얼석 · 얼빔 · 힐진

누군가에게 얼빔힐링을 해 주기 위해서는 힐러 자신이 먼저 자신을 얼빔힐링시켜야 한다.

필자가 얼빔힐링을 사용하여 일반 환우를 힐링시키는 데 1시간이 필요하고, 난치병증 환우는 3시간이 소요되는데, 이러한 환우를 도우려면 나 자신의 건강이 뒷받침되어야 하지만 더 중요한 것은 그 후에 나 자신을 조속히 정상으로 회복시키는 것이다.

우리 몸 안에는 여러 가지 원인으로 나쁜 기운이 뭉쳐져서 각종 얼룩이 생기는데 이것을 자동으로 비워내는 얼석 · 얼빔 · 힐진을 만들어 보자.

명상이나 묵상 수련을 조금 할 줄 아는 힐러는 누구나 삼지안이나 제3의 눈을 몸 안에 만들어 자신을 지킬 수 있는데, 이것을 좀 더 효과적으로 하려면 얼빔을 만들어 곳곳에 경계 초소를 만들면 된다.

이러한 경계 초소를 좀 더 멋스럽게 만들려면 얼석을 사용하여 모퉁이 돌을 몇 개 깔고 그 위에 얼빔을 세우면 된다.

그런데 얼빔은 누구나 비교적 쉽게 만들 수 있는데, 모퉁이 돌로 쓸 만한 얼석은 고수의 반열에 들어가도 쉽게 만들 수가 없다.

그래서 자기의 주변에서 자기의 기질에 맞는 돌을 골라 임시 얼석으

로 사용한다.

2개의 돌을 양손에 쥐고 오른손의 청옥은 명치에 왼손의 흑화석은 옆구리에 대고 마음 얼빔(삼지안이나 명상을 하며 제3의 눈)으로 온몸을 스캔하며 번개가 일어나는 곳에 마음 얼빔을 배치하면서 온몸을 몇 번 돌면 수십 개의 마음 얼빔으로 형성된 얼석 · 얼빔 · 힐진이 만들어지고 그 얼석 · 얼빔 · 힐진을 한 시진(時辰, 시간 단위로 2시간을 나타냄) 정도 유지하고 있으면 곳곳에서 나쁜 비얼이 비워지면서 힐링이 된다.

2개의 얼석을 사용하면 마음 얼빔을 수십 개는 만들어야 그럴듯한 얼석 · 얼빔 · 힐진이 세워지는데, 얼석의 개수를 늘려주면 마음 얼빔의 개수가 줄어든다.

그러나 이 얼석 · 얼빔 · 힐진을 만들어 주는 이유는 누구를 얼빔힐링해 주고 조속히 원상 복구시키고 나아가 힐러 스스로 얼빔을 사용하는 능력을 키우기 위해서이므로 외부 물질인 임시 얼석을 되도록 적게 사용하는 수련이 바람직하다.

스트레스 정형술

2021.04.07. 나이를 먹으면서 우리 몸은 여러 가지 원인으로 여기저기에 각종 변형이 생겨난다. 이러한 변형을 일으키는 주범은 살면서 주변 환경으로부터 받는 스트레스와 우주에서 날아오는 은하 우주방사선 피폭장애가 있다.

이 두 가지 주범은 우리를 괴롭히는 나쁜 놈들인데 우리가 피할 수 없는 것들이어서 숙명처럼 받아들이고 산다.

이 두 가지 중에서 주변 환경은 누구나 맘만 먹으면 자기가 원하는 것으로 어느 정도는 바꿀 수가 있는데, 대부분 우리는 주변 환경이 주는 스트레스에 적응하여 우리 자신을 변형시키고 삶을 영위한다.

우주에서 날아오는 은하 우주방사선은 우리가 약 3년에 한 번 꼴로 피폭이 되는데, 이것은 누구도 피할 수가 없고 자기의 운명처럼 자기 몸의 어딘가에 맞게 되는데, 이것을 언제 어디에 맞느냐에 따라 자기의 운명이 바뀌게 된다.

이 은하 우주방사선은 자기가 엄마의 자궁에 태아로 있을 때부터 맞을 수가 있으며 자기가 죽기 직전에 이것을 맞아 돌연사를 당할 수도 있다.

그러나 대부분은 3년에 한 번 꼴로 자기의 어딘가에 맞아 은하 우주방사선이 자기의 몸을 관통하여도 맞은 사실을 전혀 모르고 그냥 그대로 살게 되고, 극히 일부는 갑자기 어떤 병증이 나타나 한동안 고생을 하는데, 이러한 경우에도 병원에 가서 물어봐도 병의 원인은 알 수가 없고 그냥 증상에 맞추어 대증 치료를 받게 된다.

우리의 몸을 관통한 은하 우주방사선은 관통 궤적 주변의 세포들을 구성하고 있는 일부 원자들의 내부를 관통하면서 구성 원자의 핵과 전자들을 양자화하여 본래의 기능을 하지 못하게 하는데, 이러한 변화로 인하여 그 세포는 여러 가지 변형을 일으키고 각종 질환을 일으키기도 하며 우리의 몸 안에 원자사슬을 만들어 오랜 기간에 걸쳐 각종 문제를 일으킨다.

칠순을 훌쩍 넘긴 필자의 몸에서도 온몸 여기저기에 각종 변형을 발견할 수 있고, 찾아오는 환우들의 몸에서도 각종 변형을 발견하게 되고 이 중에는 환우를 괴롭히는 병증의 원인으로 작용하는 것들이 발견되면 그것을 정상으로 바꾸어 주는 특수 힐링을 해 준다.

환우의 몸에서 이상 변형을 발견한 것은 제법 오래 되었는데, 이것을 정상으로 바꾸어 주는 특수 힐링법을 알게 된 것은 극히 최근이다.

그전에는 내 몸 안에서 발견되는 이상 변형을 원위치시키는 데 아주 작은 변형도 몇 주 몇 달이 걸리니 내 몸 안의 것만 틈틈이 만져주는 것으로 만족을 해야 했다.

그런데 최근에 잠깐의 실수로 몸캠피싱을 당하고 나 자신의 허물을 정리하면서 화가 복으로 바뀌었는지 나 자신의 힐링 공력이 높아져서 나를 찾아오는 몇 안 되는 환우들의 몸 안에 있는 변형 중에서 그 환우를 괴롭히는 원흉들을 골라 손을 봐주는데, 한두 시간 특수 힐링을 해 주면 어느 정도는 정상적인 기능을 회복시킬 수가 있게 되었다.

필자가 최근에 사용하기 시작한 특수 힐링법은 바로 '스트레스 정형술' 이다.

이 '스트레스 정형술' 은 환우의 몸 안에 생긴 변형 부위에 삼지안이나 삼지침, 삼지뜸 또는 장뜸으로 은은한 스트레스를 전해 주어 변형 부위가 저절로 원위치되게 하는 것이다.

이 삼지안이나 삼지침, 삼지뜸 또는 장뜸은 아주 오래 전부터 사용한 것인데, 그동안은 힐러의 공력이 약해서 아주 오랜 시간을 해도 효과가 미미했다. 그러다 어떤 계기로 힐러의 공력이 높아지자 비교적 짧은 시간에 그럴듯한 힐링 효과가 나오기 시작한 것이다.

얼빔 부스터

오늘 오랜만에 원자력 관련 부품을 생산하는 D정밀을 찾아갔는데, J사장은 자리에 없고 연구실에는 SJ실장이라는 분이 자리를 지키고 있다.

내가 가져간 장편소설《비얼로 간다》1권과 2권, 그리고《힐링》을 보고 SJ실장이 관심을 보이며 힐링을 어떻게 하는지 물어본다.

그래서 바로 소파에 나란히 앉아 오른손을 중심으로 얼빔힐링 시범을 보이면서 간단하게 설명을 하는데, 시간이 지나면서 SJ실장이 보여주는 힐링 반응과 병에 걸리고 치료하느라 고생한 사연들이 너무 재미가 있어서 무려 2시간 동안 얼빔힐링을 하였고 그 과정에서 '얼빔 부스터' 란 새로운 힐링법을 알게 되었다.

SJ실장은 원자력연구원에서 재료부서에 근무하다가 최근에 정년퇴임을 하고 D정밀에 와서 연구실장을 하면서 3D프린터 관련 개발업무를 하는데, 요즈음 실험실에 들어가면 이상하게 숨을 쉬기가 힘들다고 한다.

이것은 실험실 환경에 문제가 있든지 아니면 SJ실장의 몸에 이상 신호가 나오고 있기 때문이다.

그래서 오른손을 더듬어 이상 신호가 나오는 아시혈을 찾는데 엄지와 검지 사이, 그리고 손바닥과 손목의 세 군데에서 아시혈이 잡힌다.

이 3곳에 삼지침을 놓으며 이곳에서 이러한 삼각형 형태로 아시혈이 잡히는 경험을 해 본 기억이 없어서 이런저런 생각을 하고 있는데, SJ실장이 자기의 목이 부드럽게 되고 숨쉬기가 편해진다고 한다.

나는 이 소리를 듣고 깜짝 놀랐는데, 내가 누군가의 아시혈을 찾아 힐링을 해 주면서 극본 없는 단막극을 즉흥적으로 만들어 이야기해 주기 전에 자기의 어느 부위가 편해진다고 말하는 사람을 처음 만났기 때문이다.

SJ실장은 자기의 편도선에 문제가 생겨 여러 병원을 전전하며 검사를 하고 치료를 받느라고 고생한 이야기를 하는 사이에 한 식경이 지나면서 처음 잡은 아시혈에서 나쁜 기운이 다 빠져 나오고 정상으로 돌아오는 느낌이 오는데, SJ실장이 자기의 목이 다시 잠기기 시작한다고 한다.

그래서 잠시 쉬고 다음 아시혈을 찾아보기로 하고 커피를 한잔 더 주문하고 화장실에 다녀왔다. 커피를 마시고 2차 아시혈을 찾는데 이번에도 처음 잡아보는 엉뚱한 곳에서 이상 신호가 잡힌다.

이곳에서도 엄청나게 강한 어기가 나오는데, SJ 실장이 자기의 하복부가 차가워지기 시작한다고 한다.

이것은 대장에서 나쁜 기운이 빠져 나오면서 생기는 힐링 반응인데, 왜 이런 반응이 나오는지 알 수가 없다.

그래도 일단 나오는 나쁜 기운은 모두 비워주어야 해서 계속 팔뚝뼈에 삼지침을 놓고 있는데, SJ실장이 자기의 왼쪽 다리를 주무르면서 자기의 삼음교 주변이 아파서 풀어준다고 한다.

어느덧 한 시간이 지나면서 팔뚝 힐링을 마치고 다시 커피를 주문하고 화장실에 다녀온 후에 다음 아시혈을 찾는데, 이번에는 SJ실장의 사연을 듣고 어느 정도 예상을 해서 더듬어 본 곳에서 아시혈이 잡힌다.

SJ실장이 말하는 사연 중에 외국 어딘가에 파견 가서 그곳 연구소에서 어떤 금속을 용해하는 작업을 한 적이 있는데, 그것이 문제가 되어 그 후로 몸이 망가졌다고 한다.

그러한 작업은 그것을 수행하는 책임자들만 내용물이 뭔가를 알지 실제로 현장에 투입되는 실무자들은 그 내용을 모르고 시키는 대로 하는데, 많은 경우에 자기도 모르게 몸이 망가진다.

SJ실장도 그 작업을 한 후유증으로 방사선 피폭자에게 나타나는 증상으로 고생길로 접어든다.

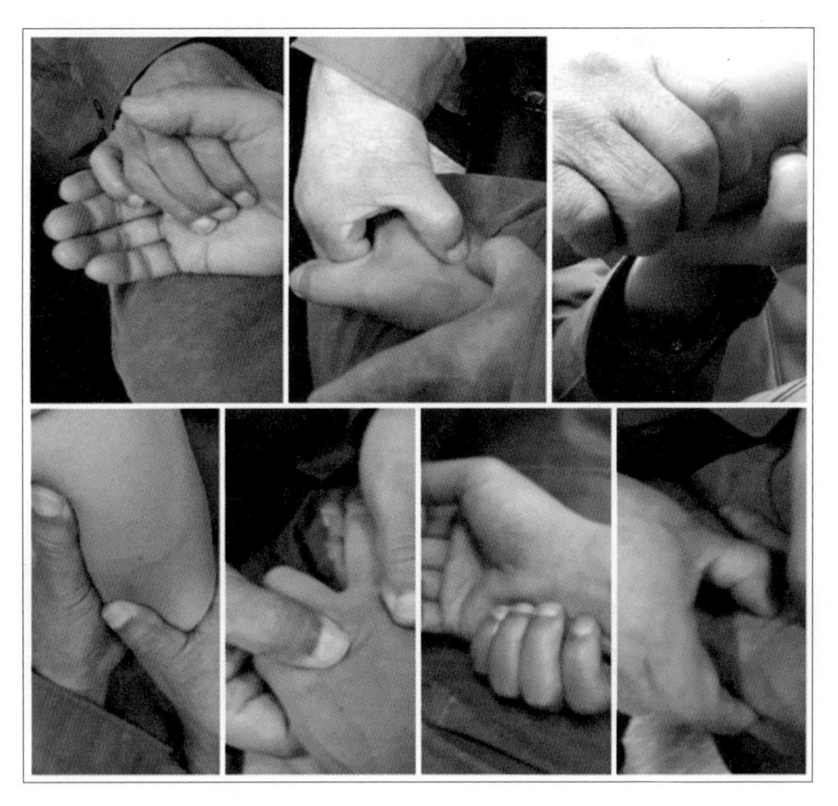

이 후유증 중에서 대표적으로 나타나는 병증의 하나로 병원에서는 인후결절이라고 하는 병명으로 대증 치료를 하는데, 그 정도로는 제대로 된 효과를 볼 수가 없다.

그래서 SJ실장은 건부항, 뜸, 침 등을 공부하는 동호회에 들어가 배우면서 스스로 또는 회원들이 서로 품앗이로 치료를 하는 중이었다.

그래서 나보다 먼저 자신의 몸 어느 부위에서 어떤 힐링 반응이 나오는지를 먼저 알 수 있었던 것이다.

앞의 사진 위치에서 얼빔힐링을 하는데, 이번에는 오른쪽 다리가 아프다고 하며 주물러주다가 언뜻 침을 같이 써보면 어떨지 물어본다.

나는 삼지침을 놓아주면서 일반침을 놓는다는 것은 상상도 해 보지 않은 것인데, SJ실장의 제의에 선뜻 동의하여 한 번 해 보라고 하자 자기의 왼손으로 지갑을 꺼내고 그 안에 비상용으로 항상 가지고 다니는 10개의 침이 든 봉투에서 한 손으로 침을 하나 꺼내 자기의 오른발 삼음교에 침을 능숙하게 놓는다. 그러더니 내가 얼빔힐링을 하는 오른손 손등에서 막혔던 오수관이 터지는 듯한 느낌으로 오수가 왈칵 내 손끝으로 빠져 나간다.

SJ실장이 자기의 삼음교 혈자리에서 통증을 느낀 것은 내가 얼빔힐링을 해 주는 효과로 몸 안의 특정 부위에 있는 나쁜 기운들이 하체를 통해 발끝으로 기운이 빠져 나가는데, 이것이 삼음교의 좁은 구간을 쉽게 빠져 나가지 못하고 병목현상을 일으키며 통증을 유발하고 있다. 이것을 왼쪽 다리에서는 주물러 주는 것으로 풀어졌는데, 오른쪽 다리는 일반침을 놓아주자 막힌 혈이 쉽게 뚫린 것이다.

이 방법은 로켓을 발사할 때에 사정거리를 늘리기 위하여 부스터를 추가로 한다는 것과 비슷하여 '얼빔 부스터' 라고 불러 본다.

나는 평소 환우들에게 얼빔힐링을 해 주면서 어디가 아프거나 불편하면 이야기를 해달라고 하는데, 이것은 앞의 경우와 같이 기가 세게 흐를 때에 어떤 병목구간에서 통증을 유발할 수도 있기 때문이다. SJ실장은 이것을 잘 알아서 스스로 안마나 침으로 해결한 것이다.

여기에서도 약 30분간 힐링을 하고 다시 커피를 주문하고 화장실에 다녀온 후 다른 곳에서 아시혈을 잡아본다.

이번에는 내 왼손 하나로만 사진처럼 아시혈에 얼빔힐링을 하면서 오른손으로는 격지공을 사용하여 아직도 잔류 결절이 몇 개 남아 있다는 인후부위에 얼빔을 한 식경 가량 쏘아주고 다음 코스로 갔는데, 이곳에서도 한 식경 가량 삼지침을 놓아주고 오늘의 힐링 대장정을 마무리하였다.

내가 약 2시간에 걸친 마라톤 코스를 완주한 그것은 SJ실장이 자기 몸을 잘 알아 스스로 보조역할을 잘 해 주었기 때문인데, 어쩌면 이것을 잘 응용하면 멋진 얼빔힐링팀을 만들어서 각종 난치병으로 고생하는 환우들에게 희망을 줄 수 있을 것 같다.

얼빔힐망

얼빔힐망은 얼빔으로 얼기설기 짜서 만든 힐링 그물망인데, 어디가 불편한 환우에게 이 얼빔힐망을 덮어씌워 주면 얼기설기한 그물망 사이로 나쁜 기운이 걸러지고 비워져서 저절로 힐링이 된다.

이 얼빔힐망의 원리는 시몬 조광호 신부님의 성화 '성모 승천' 에 그려져 있다. 성모님이 승천하실 때에 예수님과 제자들이 마중 나와 그물망 안에 성모님을 모시고 하늘나라로 올라가는 모습이 그려져 있는데, 이러한 그물망을 얼빔으로 만들어 힐러가 사용하면 환우의 몸 안에 있는 나쁜 기운을 모두 걸러 비워낼 수 있다.

이러한 얼빔힐망은 힐러가 자신의 몸에 뒤집어쓰고 서서히 줄을 당겨 그물을 조이면 그물망이 몸의 각종 조직과 세포 사이를 통과하면서 그 안에 있는 나쁜 물고기를 모두 잡아서 비워 낼 수가 있다.

그물망의 코가 너무 성기면 작은 물고기는 다 빠져 나가고, 너무 촘촘하면 그 안에 물고기가 너무 많아져 그물을 몸 밖으로 빼내기가 어렵게

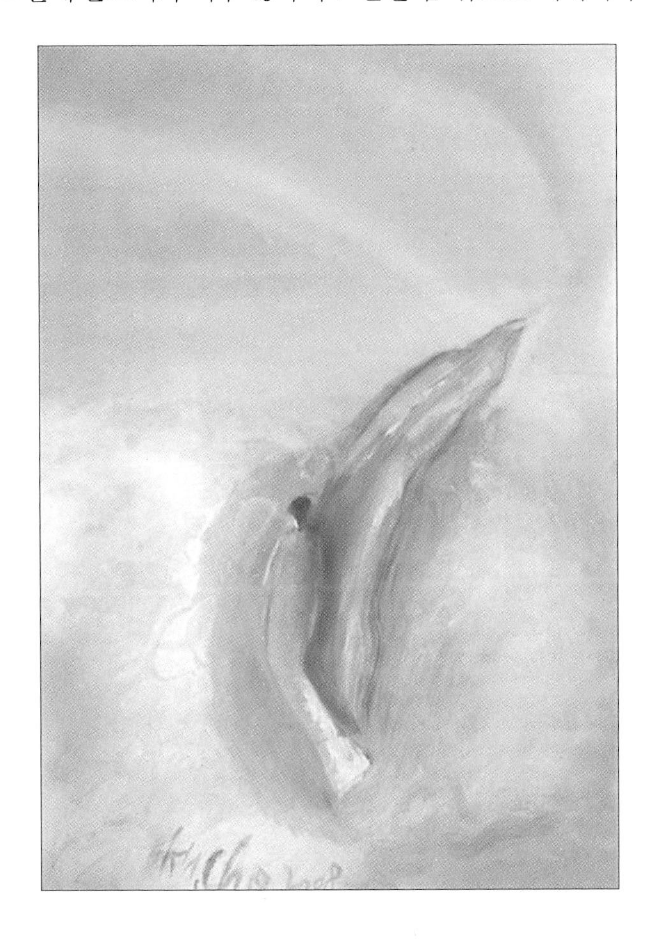

된다.

그래서 처음에는 아주 성긴 그물로 대어 한두 마리만 잡고 차츰 촘촘한 그물로 바꾸는데, 매번 한두 마리만 잡는 것을 목표로 하는 것이 필요하다.

얼빔 젓고 힐망치기는 얼빔으로 노젓기를 해서 생명수의 강을 오르

락내리락하면서 힐망을 만들어 그것으로 투망치기를 하여 생명수의 강 안에서 노니는 생명의 물고기를 잡는 것이다.

이것은 도룡동성당 제22번 성화에 잘 묘사되어 있는데, 성당에서는 이 의식을 영성체라고 하며 예수님의 몸을 형상화한 밀떡을 받아 자기의 몸 안에 모시는 행사를 미사가 끝날 즈음에 한다.

그런데 대부분의 신자는 그냥 밀떡을 받아 자기 입안에 모시는데, 그것이 사실은 자기의 몸 안에 들어 있는 나쁜 물고기를 얼빔힐망으로 비워내는 것이라는 것을 모르는 것 같다.

이 성화의 입안 부분을 확대한 그림을 보면 오른쪽에는 커다란 밀떡이 있고 왼쪽에는 물고기가 그려져 있는데, 그 위에 그려진 3줄기의 얼빔이 오른쪽은 약간 희미하고 중간에 흠집이 있지만 왼쪽 물고기를 덮고 있는 얼빔은 선명하게 그려져 있다.

이 얼빔은 우리의 몸 안에 있는 혈관인데, 밀떡을 먹는 사람은 뭔가 문제가 있고, 그것을 물고기로 바꾸어서 먹는 사람은 건강하다.

신자들은 미사 중에 신부님에게서 그냥 밀떡을 하나씩 받는데, 그것을 자기의 입안에 넣고 그냥 밀떡으로 먹는 신자도 있고, 그것을 예수님을 상징하는 생명의 물고기로 바꾸어서 자기 안에 모시는 독실한 신자분들도 많이 계신다.

2021.04.14. S교수가 아침 9시에 와서 5년 전에 자기의 왼쪽 턱관절에 생긴 이상 변형을 얼빔힐링시키고 13시 반에 가고 난 후에 내 안에 힐링의 반작용으로 생긴 반탄 기운을 비워내기 위하여 얼빔힐진을 치면서 아파트 주변을 산책하다가 이상한 모양의 얼석을 하나 주워서 집에 와서 씻고 보니 다음 사진처럼 생겼다.

특별한 모양에 석질도 특이한데 어떤 용도로 쓰일지 궁금하다.

2021.04.14. 16:00 아들이 왔는데, 열이 있어서 자가 격리를 해야 한다고 한다.

체온계를 사와 측정해 보니 38.5도이다. 아들은 몸살약을 먹고 작은 방 침대에 누워 있고, 나는 거실에서 원격으로 얼빔힐망을 만들어 힐링을 몇 시간 동안 해 주는데 열이 내리지 않는다.

2021.04.15. 08:30 다음 날 아침에도 열이 40도까지 올라가 있어서 아들이 코로나19 검사를 하러 간다.

어제부터 18시간 사이에 서너 시간을 원격 얼빔힐링을 하면서 사진의 돌을 겨드랑이에 끼고 있었는데, 별다른 효력이 없었다.

아들이 나가고 난 다음에 다시 그 돌에 샴푸와 솔질로 겉에 붙은 흙을 어느 정도 닦아내고 손으로 쥐고 있자 뭔가 다른 기운이 나온다.

그 돌의 겉에 붙은 흙은 그냥 엷은 황토색인데, 아주 강한 접착성이 있어서 잘 떨어지지 않는다. 그래서 이번에는 세제를 푼 물에 담가놓고 불린 다음에 닦아 본다.

2021.04.15. 10:30 아들이 한밭야구장에 세워진 임시진료소에 가서 검사를 받고 온다.

가는 도중에 맥도날드에서 밀크셰이크를 사서 마셨더니 열이 38도로 내렸다고 한다. 밀크셰이크는 어린아이들이 열이 날 때 먹이면 바로 효과가 있다고 한다. 검사결과는 내일 나오는데 그동안은 일단 자가 격리를 하고 있어야 한다.

나는 TV로 '장야'를 보면서 침대에 누워있는 아들에게 원격으로 얼빔힐망을 보내는 연습을 해 본다.

SJ실장한테서 연락이 왔는데 아들이 우리 집에서 자가 격리를 하는 바람에 나도 자동으로 자가 격리 상태가 되어 아쉽게도 만나러 갈 수가 없다.

아들에게 열이 나게 하는 것이 코로나19이든 아니면 그냥 감기이든 그 병균은 아주 미세한 바이러스인데, 내가 대어를 잡는 얼빔힐망을 아무리 멋지게 만들어 던져도 바이러스가 잡히지 않고 그냥 빠져 나간다.

그래서 바이러스를 잡으려면 암얼로를 만들어 무쇠팔을 날려야 하는데, 이것은 유효 사거리가 짧아 가까운 거리까지 접근해야 한다. 게다가 아직은 아들 몸 안에 있는 바이러스의 정체를 알 수가 없어 가까운 거리 힐링은 불가능하다.

오후 3시경에 오늘 주운 돌을 이용하여 무쇠팔을 날릴 수 있는 석궁을 만들어 본다.

석궁에 무쇠팔을 얹어 날려주자 약 7m 거리에 있는 아들 몸 안의 바이러스를 향해 날아간다.

'와~.'

지금부터 내일 검사결과가 나올 때까지 잘 연습하면 아들 몸 안의 바이러스들을 대충 비워낼 수 있을 것 같다.

석궁으로 무쇠팔을 날리는 것은 비교적 쉬운데, 그 무쇠팔을 연속으로 날려 바이러스를 박멸시키려면 꼭 자기의 몸 안에 있는 암얼로를 풀로 가동하여야 한다.

저녁 8시경에 내 입안이 뭔가 찜찜한 느낌이 온다.

2021.04.16 03:30 새벽에 일어나 양치질을 하고 침대에 앉아 내 몸을 점검하는데, 목 주변에서 냉기가 나와 일단 양손 장뜸을 해 주면서 암얼로를 가동하고 양반다리를 한 후에 얼석을 왼쪽 발바닥과 오른쪽 오금 사이에 끼워 '발바닥/오금 얼석뜸' 을 해 준다.

04:20 콧물이 약간 나오는 듯하다. 어제 초저녁에 바이러스에 감염이 되고 오늘 새벽까지 사이에 항체가 만들어졌는지 잘 모르겠지만 일단 얼빔힐링의 강도를 높여 내 몸 안에 들어온 바이러스를 퇴치하기로 한다. 목 주변의 양손 장뜸도 장뜸/주먹뜸 또는 양손 주먹뜸으로 이리저리 바꾸어 목 주변에 대준다.

그 후로 암얼로 주변에 침투한 바이러스의 잔당들을 대충 청소하고 나니 새벽 5시가 된다.

코 주변이 아직 찜찜하지만 대충 큰 무리는 박멸시킨 것 같다.

08:00 다행스럽게도 아들의 코로나19 검사결과는 음성이라는 통보가 왔다.

그런데 아직도 열이 많이 나는데 해열제가 떨어져서 8시 반쯤에 약을 타러 병원에 간다.

우리 아들에게는 힐링 1순위는 병원이고 내가 하는 것은 2순위이다.

그래서 열이 날 때는 해열제나 밀크셰이크 같은 것을 일단 먹어야 심리적인 안정이 오고 그 후에 내가 하는 힐링은 덤이나 자식 된 도리로 그냥 받아들이는 것 같다.

점심 식사 후에 소파에 나란히 앉아 최지우가 나오는 〈두 번째 스무살〉을 보면서 아들의 왼쪽 팔목과 목덜미에 얼빔힐링을 하는데, 그 안에서 나오는 냉기가 무려 한 시간 동안 꾸준히 이어지다가 드디어 따뜻한 기운으로 바뀐다.

엄청 독한 감기 바이러스가 그 속에 깊이깊이 깔려 있었던 듯하다.

그래도 직접 팔과 목에 손을 대고서 얼빔을 쏘니까 한결 수월하다.

2021.04.17. 06:00 새벽에 아들 집에 들어가니 거실에서 사돈 내외가 주무시고 계시다가 깨어나 인사를 하고, 그 옆에서 자고 있던 손자

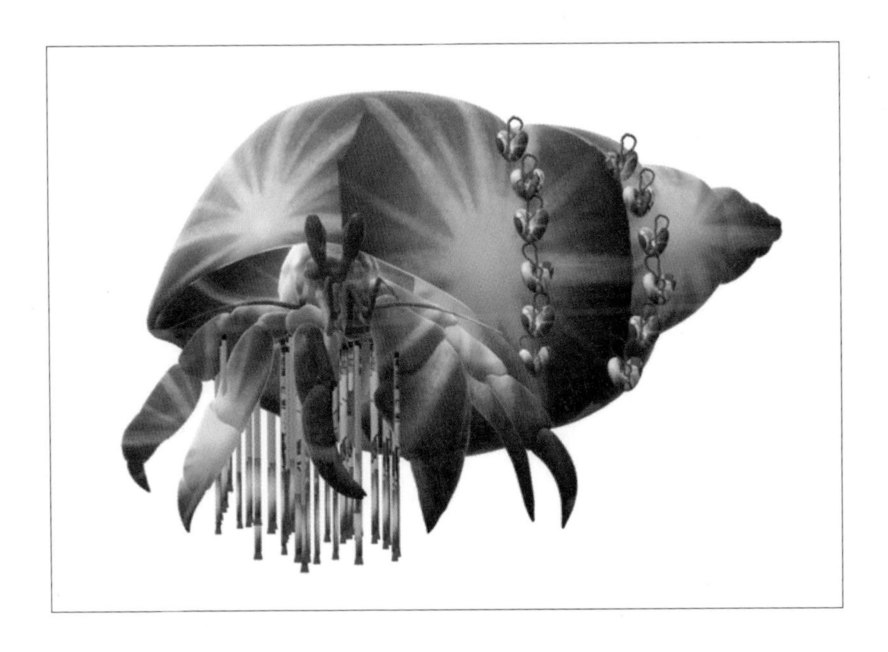

들도 일어나 인사를 하며 “아빠 치료하러 오셨어요?” 하고 물어온다.

손자들은 내가 새벽에 불쑥 들어오면 자기 엄마나 아빠를 치료해 주러 온 것이라는 것을 안다.

나는 웃방에 임시로 잠자리를 만들어 그곳에서 자는 아들의 머리맡에서 편한 가부좌를 하고 앉아 아들의 머리를 내 무릎에 얹게 하고 왼손목 뒤는 목 뒤 하부를 오른손으로는 귀 주변에 얼빔을 보내는데 10여 분이 지나도 별다른 반응이 없다.

그래서 앞의 사진 소라게처럼 손톱을 세워 얼빔을 보내자 그제서야 아주 가느다란 냉기가 손톱을 타고 슬슬 비워진다.

10여 분이 지나 냉기 줄기가 조금 굵어지기 시작하자 아들이 자기의 가슴에 손을 대고 꼬물거린다. 그 순간 나는 내 오른손으로 아들의 가슴을 살펴보니 나쁜 기운이 요동을 치고 있다.

그 기운이 움직이는 방향으로 손을 더듬어 가보니 아들의 왼쪽 겨드랑이가 나오는데, 그곳에서 바이러스와 림프구가 한창 격전을 벌이고 있다.

10여 분간 천둥 · 번개를 동반하고 내 온몸을 움찔거리게 만드는 격전을 벌이다가 문득 전장이 고요해지고 온기가 겨드랑이에 감돈다.

가슴이나 다른 쪽 겨드랑이 주변도 모두 온화하다.

다시 머리로 돌아와 잔당들을 10여 분간 소탕하는데, 아들의 코 고는 소리가 평화롭게 들린다.

점심을 먹고 산책하러 나가 이웃 아파트 단지 안을 산책하다가 얼석을 2개 주워서 집에 가져와 얼석 · 얼빔 · 힐진을 만들어 본다.

얼석 큰 것은 어쩌면 운석인 것 같고, 작은 것은 철 성분이 포함된 것 같은데, 짝이 잘 맞는지 손등과 팔의 뼈마디 사이사이에서 힐링 반응이 예리하게 나타난다.

다음날 아침잠을 자고 일어나니 손과 팔 그리고 목과 어깨 등이 힘든 일하고 난 다음 날처럼 약간 욱신거린다.

손에 쥐고 있기 적당한 얼석을 양손에 쥐고 얼석 · 얼빔 · 힐진을 만들어 주니 아리아리한 얼빔이 손에서 나와 온몸을 지나 발끝으로 빠져 나간다.

온 세상아, 주님께 환성 질러라

앞장 52쪽에 있는 성화는 도룡동성당 제22번 스테인드글라스다.

이 성화는 보는 관점에 따라 다른 의미를 내포하고 있는데, 여기에서는 치료법에 관한 것만 살펴보고자 한다.

이 성화에는 고혈압, 협심증, 심근경색 등의 질병으로 불리는 심혈관질환에 관한 치료법이 담겨 있다.

이 그림의 중하단 부위에 3개의 삼각형이 있는데, 이것은 아랫니를 나타낸 것이며, 그 안에 동그라미가 없으므로 이것은 다만 그 위치만을 나타내기 위한 것이어서 이 이빨은 치료를 위하여 힘을 쓰는 데에 이용되지는 않는다.

이 삼각형의 가운데 부위에서부터 꼬리가 길고 꼬부랑거리는 십자가가 시작되는데, 이것이 이 치료법의 핵심이 된다.

우리의 아랫니 위에는 혀가 있는데, 이 혀를 이용하여 꼬부랑거리는 십자가를 만드는 상상을 하는 것이 치료요령이며, 이러한 것을 하면서 '온 세상아, 주님께 환성 질러라' 를 묵상하면서 기도하면 된다.

오늘부터 고혈압 약만 먹고, 그동안 같이 복용하던 아스피린은 일단 안 먹기로 했다.

이것은 제22번 성화의 내용을 잘 묵상하는 것이 혈관 질환 치료에 도움이 된다는 생각에서 내린 결정이다.

매일 소량의 아스피린(100mg 정도)을 복용하면 핏속의 혈전을 용해하고, 피의 흐름을 순조롭게 하여 뇌졸중이나 심근경색을 예방하는 데 도움이 된다고 한다.

소량의 아스피린 복용은 장복하여도 다른 후유증을 유발하지 않는다고 하나, 필자의 생각으로는 아직 우리가 잘 알지는 못하지만 뭔가 해로운 영향을 끼칠 것 같다.

따라서 이러한 약을 안 먹고도 건강을 유지할 방법을 찾아 실천하는 것이 바른 길이라고 생각한다.

우리가 젊어 건강할 때는 우리 몸의 모든 기관과 세포에 생기가 넘쳐흘러 피의 흐름은 저절로 순조롭게 이루어지나 나이를 먹어가며 여러 가지 원인으로 몸 안에 나쁜 기운이 쌓이기 시작하면 어느 날부터 피의 흐름이 나빠져서 고혈압 등의 혈관 질환이 생긴다.

이러한 질환이 발생하면 현재의 의학에서는 고혈압 약을 먹는 것이 상식으로 통용이 되고 일부는 대체의학적인 방법으로 대응하기도 한다.

이러한 모든 방법도 환자가 더욱 나이를 먹게 되면 다른 질병이 생겨나고 다른 원인에 의하여 죽음에 이르지만 이러한 경우에도 초기에 혈관 관련 질환을 잘못 치료하여 그 후유증으로 다른 질환이 생기는 경우가 많을 것이다.

그러나 현대의학이나 기존의 대체의학으로는 이 혈관 질환을 제대로 치료할 수 없어서 이러한 질환이 생길 때에는 일단 현대의학의 도움을 받아 급격히 상태가 나빠지는 것을 일단 완화시켜야 한다.

필자도 아내가 급성 심근경색으로 저세상으로 간 뒤 며칠 후에 같은 증상이 생긴 것을 발견하였는데, 그동안 10여 년에 걸쳐 수련한 건강법으로는 이러한 증상을 효과적으로 치료할 수가 없어서 일단 의사의 처방을 받고 고혈압 약(트윈스타정 40/5mg)과 아스피린 프로텍트정 100mg을 매일 아침에 한 알씩 복용하고 있었다.

그러다 하느님이 내게 베풀어 주시는 치료를 받고, 또 성경을 통하여 하느님이 가르쳐 주시는 치료법을 수련하는 중에 시편 제100편 '온 세상아, 주님께 환성 질러라' 에 혈관 질환 치료법이 담겨 있는 것을 알게 되었다.

이것은 열성적으로 주님께 환성을 지르는 신자들에게는 심혈관질환이 생기지 않는 것을 보면 알 수 있으며, 또 웃음치료와 같은 대체의학으로 이러한 질병을 쉽게 고치는 것을 보아도 알 수 있다.

필자는 이러한 알려진 방법에는 익숙하지가 않아서 그동안 행하여 오던 관상에서 그 방법을 찾았는데, 마침 도룡동성당의 제22번 스테인

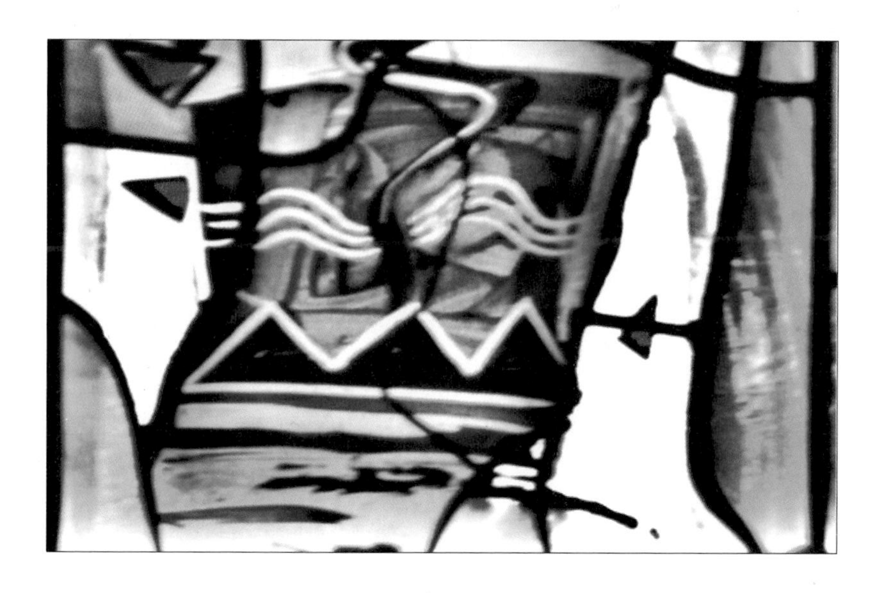

드글라스에 그 치료법이 담겨 있는 것을 알게 되었다.

앞의 그림은 제22번 성화의 입 주변을 확대한 그림이다.

이 그림을 잘 살펴보면, 입안이 좌우로 2부분으로 나누어진 것을 알 수 있으며, 좌측에는 물고기가 있고, 우측에는 커다란 밀떡을 접어놓아 언뜻 보면 좌측의 물고기와 비슷하게 보이도록 그려져 있다.

이들 음식 위로는 3개의 흰 선이 파형을 이루며 그려져 있는데, 이것이 혈관의 건강상태를 나타낸다.

즉, 물고기를 주로 먹는 좌측 사람은 혈관이 건강하고, 밀떡을 주로 먹는 우측 사람은 혈관에 여러 가지 이상이 생긴 것을 알 수 있다.

이것은 우리의 식습관이 우리의 건강에 많은 영향을 미치고 있음을 나타내는데, 특히 심혈관질환의 치료에는 건강한 식습관을 새로이 갖는 것이 필수 선결 조건이다.

아스피린을 끊고 생선 위주의 식단으로 바꾼 후에 내 몸에서는 여러 가지 변화가 일어나는 것이 감지되었다. 이 중에는 실질적인 변화도 있고, 또 어떤 것은 심리적인 요인으로 인한 자각 증상도 있는 것 같다.

어떤 이유로 저만 약을 먹다가 그것을 끊으면 누구에게나 이러저러한 자각 증상이 느껴질 것이다. 이러한 증상들이 자신의 몸을 해친다고 생각하면 그 사람은 이전에 먹던 약을 도로 먹게 되고, 뭐라도 건강에 도움이 된다고 생각하면 그 약을 계속 끊을 수 있을 것이다.

그러다가 어떤 심각한 문제가 생기면, 다시 의사의 검진과 처방을 받고 새로운 질병과 싸우는 환자가 될 것이다.

그래서 내가 아스피린을 끊고서 생긴 자각 증상 중에서 나쁜 것은 일단 꾹~ 눌러 무시하던가, 그것이 찜찜하면 적당히 대응 방안을 마련하여 준다.

그 중에서 좋은 변화라고 생각되는 것만 소개하면, 그동안 쭉 느껴오던 환자라는 무기력증이 많이 사라지고 서서히 온몸에 예전의 활기가 되살아나기 시작하였다. 또 다른 하나는 약 보름 전부터 내 몸 여기저기에 대여섯 개의 부스럼이 생겼고, 그곳이 빨갛게 되어 진물이 약간씩 나오는데, 그럴 때 바르면 며칠 만에 낫는 약을 발라보아도 전혀 치료되지 않고 있었다.

그곳이 아스피린을 끊고 사흘이 지나자 그냥 아물어서 딱지가 앉는다. 이러한 것은 내 몸의 면역체계가 다시 회복되기 시작했다는 징후로 보인다.

내가 아스피린을 복용하게 된 것은 내 몸의 관상동맥에 이상이 생기고, 이것을 버려두면 어쩌면 집사람을 하늘나라로 데려간 질병이 나에게도 생길 것 같다는 일종의 심리적 자각 증상 때문이었다.

의사의 말로는 후유증이 거의 없다는 저용량의 아스피린으로도 다른 심리적인 요인과 상승작용을 일으켜 나에게 무기력증과 면역체계 이상이라는 제법 심각한 후유증을 가져온 것 같다.

앞에서 '혀를 이용하여 꼬부랑거리는 십자가를 만드는 상상을 하는 것이 치료요령' 이라고 했는데, 이 글을 읽고 치료요령을 터득하신 분이 그리 많지 않을 것 같아 부연 설명한다.

혀를 이용하여 그림처럼 꼬부랑거리는 십자가 비슷한 것을 만들려면 자기의 혀를 입천장에 대고 이리저리 좌우로 꼬듯이 힘을 주어야 한다.

그러면 혀끝에 입천장에 생긴 울퉁불퉁한 얼옹이 느껴진다.

이 얼옹은 심혈관질환이 있는 경우에 더 크고 딱딱하게 되는데, 이것을 혀로 부드럽게 만들어 입천장을 매끈하게 만들면 심혈관 기능이 정상으로 회복이 된다.

여기서 필자의 경험담을 하나 소개해 보면, 2021년 3월 26일날 입천장에 굳은 얼옹이 생겼었는데, 혀끝으로 22번 성화의 내용대로 얼옹을 어루만져 주자 의외로 한 식경만에 굳은 얼옹이 부드럽게 변하고 한 식경을 더 쓰다듬어 주자 거의 사라지고 밋밋해졌다.

입천장 안쪽에서는 계속 얼옹의 뿌리가 만들어지고, 혀끝을 수문장으로 세워 두면 생기는 뿌리가 커지지 못하는데, 혀끝에 신경을 쓰지 않고 내버려 두면 다시 뿌리가 굵어져 굳은 얼옹으로 변한다.

굳은 얼옹이 생기지 않도록 혀끝을 몇 시간이나 신경 써 관리할 수 있을까?

한 시간쯤 지나자 앞이마가 살짝 지끈거린다. 목 안도 껄끄럽다.

입천장 중간 바로 앞쪽에 혀를 대면 느껴지는 몇 개의 작은 구멍이 있다. 여기에서도 시큼한 맛이 간헐적으로 느껴지는데 이유는 모르겠다.

제 2 부

얼빔힐링 인천수련원

| 이종보 |

얼빔힐링 독학 체험기 · 1

안녕하세요.

'밝은빛' 이종보입니다.

저는 30대 후반에 찾아든 '베체트씨병'으로 고생하며 25여 년 간 위장장애로 소화기능이 좋지 않아 여러 약을 먹었지만 잘 낫지를 않아 거의 포기를 하는 상황이었습니다. 30대 후반부터 수년간 이 '베체트씨병'을 고치기 위해 여러 병원을 전전하며 치료를 받아봤지만 근본적인 치료가 안 된다는 의사의 말을 듣고는 병원치료요법을 탈피해 스스로 고쳐야겠다는 마음을 먹고 방법을 찾던 중 'S호흡'을 만나게 되었습니다.

그날로 복용하던 약을 끊고 'S호흡' 수련에 전념하였더니 1년 정도 지나고부터는 '베체트씨병'이 상당히 호전되었고, 3년 정도가 흐른 뒤에는 거의 다 나은 듯했습니다. 그러나 수련을 지속시키는 과정에서 기운이 상승하면 호전반응처럼 아픈 곳에 통증이 살짝 나타나다 회복되기를 반복하였고, 베체트씨병으로 이전에 많은 양약을 복용한 것이 원인인지는 모르겠지만 그때 나타난 위장병은 근본적으로 호전이 되지 않아 수련에도 많은 장애가 되었습니다.

그래서 건강에 관심이 더욱 많아졌고 여러 좋은 방법을 찾고 있다가 지난 2021년 2월에 페이스북에 올라와 있는 비우기님의 '비얼로 간다' 라는 글을 접하게 되었고, 비우기님의 비얼힐링을 통해 많은 분들이 힐링된 사례를 보고 관심이 깊어졌습니다. 이어서 다음카페 비우기님의 카페(삼지상상: 은하 우주방사선 피폭장애 힐링)를 알게 되어 가입하고는 선생님의 글을 처음부터 차근차근 읽어 나가며 비우기힐링에 관한 공부를 독학으로 지속하고 있었습니다.

사람이 살면서 여러 병을 통해 고생하고 계시는 분들이 많은데, 그중에서도 특히 불치병이, 신경성이라는 핑계로 고생하는 분들이야말로 은하 우주방사선 피폭장애에 의한 원인일 수도 있다는 내용의 글에 크게 공감이 갔습니다.

더욱이 근자에 비우기 공부를 하면서 느낀 것은 저 또한 은하 우주방사선 피폭의 후유증이 아픈 원인일 것으로 추측이 되었다는 사실입니다.

그런 와중에 2021년 3월 8일 저녁 8시경에 집에서 TV를 시청하고 있었는데, 좌측 눈 부위에 칼로 베이는 듯 섬뜩한 느낌이 스치더니 순간 '비얼로 간다' 의 글을 읽은 기억이 떠오르며 은하 우주방사선에 피폭된 것이 아닌가 하는 생각이 퍼뜩 떠올랐습니다.

잠시 저의 몸을 자세히 살펴보니 좌측 눈에서 귀와 얼굴 쪽 가운데를 통해 어깨를 거쳐 좌측 옆구리 쪽으로 예리한 칼에 베인 듯한 서늘한 기운이 느껴졌습니다.

참고로 비우기님의 글에서는 수천억 개의 은하 별들이 폭발하면서 생기는 은하 우주방사선 피폭은 사람마다 다르지만 직간접적으로 평균 3년에 한 번 꼴로 맞는다고 하는데, 대부분 사람은 거의 모르고 지나간다고 합니다.

잠시 후 저는 비우기님의 카페에서 글을 읽고 공부한 내용대로 즉시 눈 부위를 삼지뜸(양머리, 염소머리)을 활용해서 비우기 시작했습니다. 이어서 좌측 머리가 몽몽하고 얼굴에 약간의 마비 증상과 목 부분에 가려움증을 느껴 쇠주걱으로 피폭된 느낌의 부위를 마사지해 주며 비우기를 시도했습니다. 그리고 몸을 따뜻하게 하려고 손으로 피부 마사지를 1시간 정도 해 주었습니다.

다음날 일어나 보니 양측 눈은 이물감이 들며 약간 거북한 상태였고, 아침 자연숨결명상호흡 시에 몸 내부를 관찰하며 이상이 느껴지는 곳에 제3의 눈인 삼지안(?)을 가상으로 만들어 비워내기를 계속해 주었습니다. 그리고 2일간 계속 비워내기를 해 주니 호전되는 느낌이었는데, 좌측 귀 옆에는 지렁이가 기어가는 느낌과 좌측 허리 쪽은 서늘한 기운이 여전히 남아 있어서 비우기를 계속 시도했습니다.

일하면서 글을 올리기로 작정한 터라 한 달여 간 체험한 내용과 어제(3월 28일) 대전 유성에 거주하고 있는 비우기님을 찾아뵙고 지도를 받아 '얼빔힐링' 한 체험 등을 짬짬이 올려 보도록 하겠습니다.

사실 저는 2021년 2월 26일에 본 카페에 가입하고 난 뒤 시간이 날 때마다 비우기님의 글을 찬찬히 읽어보고 삼지안과 삼지뜸을 활용해 간단하게 힐링을 할 수 있는 부위를 꼼꼼하게 적어가며 저 자신에게 적용할 힐링 자리를 찾아 즉시 실습하는 방법으로 며칠간 꾸준하게 시도해 보았습니다.

제가 비우기님의 '비얼로 간다' 글에 관심을 가질 수 있었던 것은 저 자신의 아픈 곳을 근본적으로 치료하고 싶은 욕심도 있었지만, 다년간 호흡 수련과 명상을 해 온 덕분에 비우기님의 글 내용이 상당부분 일리가 있고, 또 충분히 공감이 가는 내용이었기 때문이었습니다.

오랫동안 위장장애가 있어 불편해 하던 차에 비우기님의 글을 상기해 가며 합곡혈(위장, 폐, 대장)에 시간 날 때마다 삼지뜸을 시도해 봤는데, 그동안 겨울철이면 차가운 손으로 사람들과 악수하기를 꺼렸던 손에 따뜻하게 온기가 돌며 위장에서는 '꾸러럭~' 소리가 나고 편안해지는 것이었습니다. 저녁에 TV를 시청할 때도 별도의 시간을 허비하지 않고 다리의 태충혈(간, 근육), 용천혈(신장, 심장)에도 삼지뜸을 떠주니 몸이 편안해지고 참 좋았습니다.

다만 아쉬운 점이 있다면 비우기님처럼 삼지안으로 자신의 아픈 곳을 탐색하는 방법을 제대로 몰라서 제가 시도하는 것은 그저 아픈 곳이라고 생각되는 곳에 무작정 힐링을 해 주는 단순한 방법이었던 것입니다.

2021년 3월 7일 일요일 오후 2시경에 TV를 보는데, 좌측 눈썹 중간지점에서 사선으로 비스듬하게 눈쪽을 향해 세로로 가로질러 예리한 칼에 베이는 듯한 느낌이 있어 이게 혹시 은하 우주방사선 피폭의 증상인가 싶은 생각이 불현듯이 들어서 즉시 좌측 손으로 삼지안을 만들어 10여 분 동안 비워내기를 하였습니다.

이후 눈에 끈적한 이물질이 생겨 안약을 넣어 씻어냈는데도 여전히 끈적이는 액체가 생겨났습니다. 눈을 중심으로 몇 회 반복하여 삼지안으로 비워내기를 하고는 이튿날 직장에 출근해서도 지속적으로 삼지안을 만들어 비워내기를 하였습니다.

현재는 약간 미세한 느낌의 통증이 감지됩니다만, 아무튼 이것도 은하 우주방사선의 피폭 현상이 아닐까 싶어 카페의 비우기님께 글로 문의해 보았더니 "네~. 제가 보기에는 조금 약한 은하 우주방사선에 피폭이 된 것 같네요. 현재 적절한 대응을 하시고 있는 것 같은데, 완전 정상으로 느껴질 때까지 열심히 삼지안을 하세요"라고 답글을 남겨 주셨습니다.

2021년 3월 9일 퇴근 후 자연숨결명상호흡 수련을 하면서 가만히 몸 느끼기를 해 보니 생각보다 넓은 곳으로 은하 우주방사선이 통과된 듯했습니다. 좌측 눈 부위에서 얼굴 뒤 귀 앞쪽, 사선 단면으로 옆구리를 거쳐 좌측 허리 부분과 다리까지 서늘한 기운이 느껴져서 비우기님의 글 중 제3의 삼지안(?)을 만들어 느낌이 있는 곳 5~6개소에 배치하여 비워내기를 20여 분 동안 하였습니다. 그리고 쇠주걱을 이용하여 눈부터 허리 부분까지 피부에 대고 문질러주기를 2회 정도 해 주고, 또 손으로 피부 마사지를 한 후에 다시 삼지안으로 곳곳에 대고 비워내기를 하니 많이 완화된 듯했습니다.

다음날 아침에 일어나니 무척 편안해졌는데 눈에는 끈적한 액체가 걸려 있어 안약을 넣어주니 한결 개운해졌습니다. 아무튼 비우기님 덕분에 은하 우주방사선 피폭이 되고 난 후에 즉시 알아차리고 대응할 수 있었음에 정말로 깊이 감사드립니다.

2021년 3월 10일 은하 우주방사선 피폭 사실을 알고 난 뒤 어제와 같은 방법으로 계속하여 배워내기를 하고 있으며, 위장과 수족냉증이 있어 직장에서 양손의 합곡혈에 염소머리 삼지뜸으로 가만히 잡고 30분 이상 2회를 해 주니 손에 따뜻한 온기가 돌았습니다. 퇴근 후 집에서도 양손 합곡혈에 삼지뜸을 해 주니 위장과 대장에서 '꾸러럭' 소리가 수차례 나면서 방귀가 나오기도 했습니다. 그리고 대장 경락으로 기운이 흘러가는 것이 느껴졌고 종혈인 양쪽 영향혈(코볼 옆)로 기운이 모이며 한동안 어릿한 기운이 강하게 반응하였습니다.

2021년 3월 11일 은하 우주방사선이 피폭된 곳에 계속 비우기를 해 주며, 오전에는 합곡혈에 양머리 삼지뜸으로 소화기관을 비워내기 하였고, 오후에는 염소머리 삼지뜸으로 합곡혈에 30여 분간 뜸을 떴습니다. 2번째로 염소머리 삼지뜸으로 힐링해 주니 배꼽 아래쪽에서 '꾸러럭' 하는 소리와 함께 따뜻한 열기가 퍼지고 위장쪽도 따뜻한 온기가 퍼졌습니다. 그리고 얼굴에서도 미열이 나며 삼지뜸을 하는 양손에 따뜻한 온기가 돌았습니다. 정말 신기하다고 느껴집니다.

비우기님처럼 삼지안으로 아픈 곳을 찾는 연습을 해 보고 있었는데, 아쉽게도 전혀 감이 잡히지 않고 방법도 몰라서 답답한 마음이 들었습니다. 그야말로 우물가에서 숭늉을 찾는 격이라 조만간에 비우기님을 찾아뵈어야겠다는 생각이 절실하게 다가왔습니다.

아무튼 비우기님께 정식으로 교육을 받지 않고, 카페의 글을 읽고 아픈 곳이 있으면 그곳에 직접 비우기를 하며 무작정 따라 해 본 내용을 올리는 글이어서 두서가 맞지 않는 부분도 있지만 이해해 주시기 바랍니다.

2021년 3월 15일 어제(3.14.) 아침에 자연숨결명상호흡 후에 그동안 본 카페의 글을 읽고 익힌 내용에 따라 제 나름대로 재가힐링(?)을 해 보았습니다. 합곡혈, 용천혈, 태충혈, 발바닥, 발가락 등을 비우기와 채우기, 그리고 머리, 목, 턱, 척추의 세레힐링 춤(?)을 추며 한동안 비워내기를 했습니다. 그러자 손발이 따뜻해지고 눈이 조금 밝아지는 느낌이 있었고 몸 전체가 가벼워지는 것 같았습니다. 세레힐링 춤을 추는 동안 위장과 대장에서는 '꾸러럭~' 거리는 소리와 함께 방귀가 길게 몇 차례 나왔습니다.

밤 10시경에는 갑자기 배가 뒤틀리며 아파서 화장실에 달려가니 설사처럼 묽은 변이 많이 나오며 평소보다 약간 역한 냄새가 나긴 했는데, 볼 일을 보고 나니 위장과 대장이 개운한 느낌이었습니다. 그래서 주말과 시간이 날 때마다 저 나름대로의 재가힐링을 꾸준히 해 주어야겠다는 다짐을 했습니다.

2021년 3월 22일 아래 내용은 오늘 비우기님의 카페에서 댓글 다는 곳에 제가(밝은빛) 문의한 뒤 비우기님이 답변하시고, 또 제가 재댓글 단 내용을 편집한 것입니다.

밝은빛 어제(3.21.) 차량을 운전하여 충주에 갔다 올라오는 길에 고속도로를 한참 달리는 중간에 갑자기 어지럼증(?) 비슷한 묘한 증상으로 정신이 좀 아득해지는 느낌이 있어서, '이게 뭐지?' 하며 혹시 또 은하 우주방사선에 노출된 건가 하는 생각이 들어서 정신을 차리고 심호흡을 하며 피폭된 기운을 비우는 마음으로 운전을 하는데 2~3번 그러한 증상이 반복되었습니다.
중간에 휴게소에서 쉬고 올까 하다가 조금 나아지는 듯하여 천천히 운전하고 왔는데, 도착 후 샤워를 하고 잠을 충분히 잤는데도 아침에 일어나니 몸이 늘어지며 피곤하고 멍하며 졸린 현상이 있습니다. 좌측 콧부리 부분에서 맹맹하고 재채기가 나서 코 미간 아래를 삼지뜸해 주니 맹맹함은 조금 가시었습니다. 그리고 이유 없이 가슴이 두근거리는 현상이 나타났습니다.
출근하여 일하다 오후 1시쯤에 우측 눈 내측 부위에서 뻐근하여 살펴보니 실핏줄이 터졌는지 빨갛게 충혈이 되었습니다. 즉시 양쪽 눈 주변을 삼지안으로 어기를 수 차례 빼주었습니다. 혹시 이러한 현상이 은하 우주선에 피폭된 증상이 아닌가 생각되어 여쭈어 봅니다.

비우기 은하 우주방사선 피폭이 맞을 것 같네요. 삼지안을 자주 해 주세요.

밝은빛 고맙습니다. 가슴이 두근거리는 증상은 '삼지흥운'을 해 주고 있습니다만, 맞는 힐링법인지요? 좌측 손은 명치에 양머리, 우측 손은 심장과 중부혈 주변에 염소머리 삼지뜸을 해 주니 좌측 중부혈에서 서늘한 기운이 감돌고 우측 손 팔뚝까지 차가운 기운이 올라옵니다. 그리고 이마 부근이 어리어리하고 명치에서도 서늘한 기운이 감지됩니다. 가슴 두근거림은 조금 가신 것 같습니다. 가만히 명상하면서 몸을 살펴보니 일전에 눈 부분에서 귀를 통해 좌측 옆구리 쪽으로 은하 우주방사선을 맞은 부위가 차갑게 인식이 됩니다. 그때 피폭된 것을 완전히 빼주지 않아서 그런 것인지요?

비우기 맞습니다. 은하 우주방사선은 평균 3년에 한 번 꼴로 맞으니 이번 징후는 전에 맞은 은하 우주방사선 피폭의 잔류 후유증이겠지요. 제 경험으로는 아무리 열심히 힐링을 시켜도 몇 달은 걸려야 잔류 후유증이 없어지더군요. 그래도 이것을 힐링시키다 보면 실력이 점점 좋아지니 손해는 아니어서 선물이라는 글을 올린 적이 있습니다.

밝은빛 이번 경험을 통해 은하 우주방사선 피폭에 대해 이해를 좀 더 하게 된 것 같습니다. 우측 눈 실핏줄이 터져 충혈된 곳은 삼지뜸을 여러 차례 해 주면서 안약 연고를 넣어주니 80% 정도 호전되었습니다. 또한 가슴 두근거림도 '삼지흥운'을 해 주니 많이 완화되었습니다. 지도해 주셔서 정말 감사합니다.

3월 22일 오후 2시경에도 일을 하는데 갑자기 눈이 따끔하며 뭔가 이

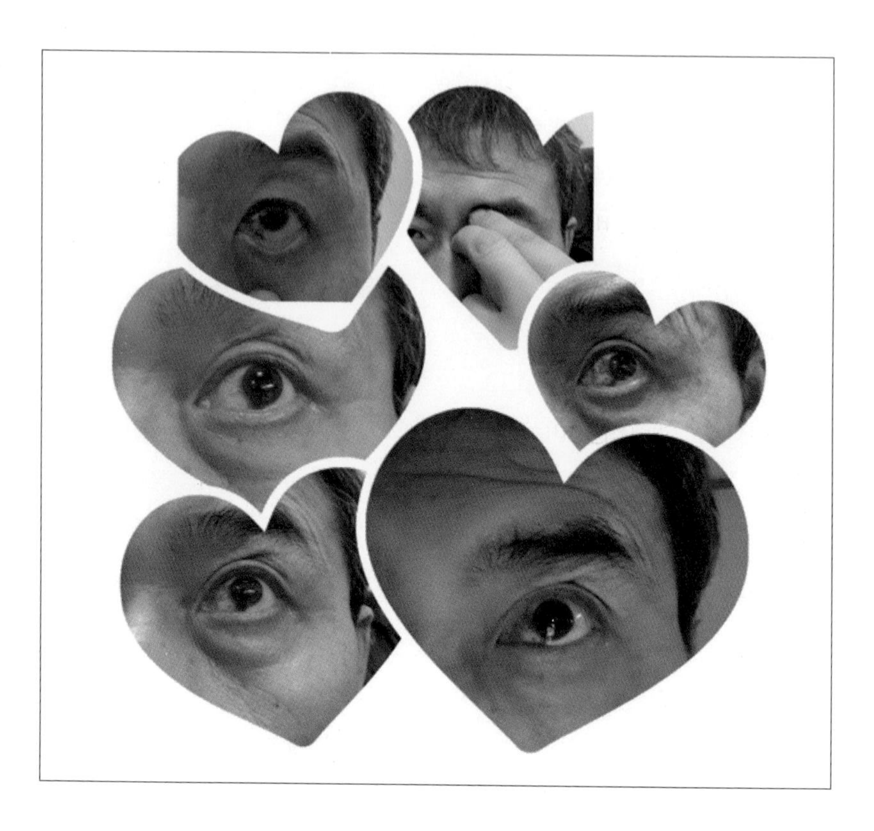

상한 느낌이 있어 자세히 살펴보니 우측 눈이 충혈되었고 약간의 이물질이 낀 듯 뻑뻑하며 통증이 조금 느껴졌습니다.

순간 비우기님의 카페 글을 읽어본 기억이 나서 해당 부위의 눈에 직접 삼지안으로 비우기를 시도했습니다.

일하면서 힐링을 해야 했기에 짬짬이 5~10분간 2~3번을 비우기해주고 나니 약 2시간 후에는 맨 아래 사진처럼 되었습니다(상단 좌측에서 시계방향으로). 눈 안쪽이 빨갛게 퍼졌던 그것이 2시간 후에는 군데군데 피가 빠진 모습입니다.

4시간 후에 삼지안으로 눈 부위를 꽉 눌러보니 눈 안쪽에 멍든 모습처럼 보입니다. 비우기님 말씀으로는 살짝 갖다 대도 된다는데 의욕이 넘쳐서 그런 것 같습니다.

저녁에 퇴근하여 비우기를 해 주고는 안약을 넣고 다음 날 아침에 보니 이렇게 빠져 있었습니다.

계속 삼지안으로 비워주기를 하고 난 뒤, 2일 차 오후에는 핏기가 거의 빠진 상태입니다.

이번에 일어난 일련의 일들로 어지럼증, 눈핏줄 터짐 등은 새삼 며칠 전에 은하 우주방사선 피폭으로 인해 나타난 후유증이 아닌가 하는 생각이 듭니다. 다행히도 비우기님의 카페를 알게 되어 글을 읽고는 은하 우주방사선에 피폭된 사실을 알아차리고 빠르게 대응한 것을 참으로 다행스럽게 생각합니다.

이 자리를 빌어 비우기님께 다시금 감사의 인사를 올립니다.

얼빔힐링 독학 체험기 · 2

얼빔힐링을 독학으로 공부하며 느낀 아쉬운 점은 비우기님처럼 삼지안으로 탐색하여 아픈 그곳을 찾아내는 방법을 알아야 하는데 저는 무작정 손 위에 대고 시도를 하니 전혀 감이 안 오는 형편입니다. 그냥 느끼는 대로 아픈 부위를 직접 힐링하게 되니 힐링 효과가 일부 제한적으로 나타나는데 그대로 꾸준히 시도하고 있습니다.

카페에서 비우기님의 글을 읽고 실전에서 써먹을 수 있는 내용은 적어가며 시도해 보고 주변 사람들에게도 실습해 보라고 알려 주는데, 그들은 절실함이 없는지 그냥 건성으로 듣고 흘려버리는 경우가 대부분이었습니다. 제가 시간이 좀 나면 직접 해 주고 싶은데 그것 또한 잘 안 되더군요. 그래서인지 '큰 사랑의 실천은 자기 목숨을 걸고 해야 한다'는 비우기님의 말씀이 떠오릅니다.

어느날 지인 L이 어깨가 아파서 힘들어하는 것을 보고 어깨 아픈 곳을 얼빔힐링하는 방법을 알려주고 실행해 보라고 권하고는 3일 후에 물어보니 한 번 정도 했는데 하기 쉽지 않고 귀찮아서 안 한다고 하더군요. 그래서 제가 근자에 경험한 눈의 실핏줄 터진 곳에 대한 얼빔힐링을 한 내용을 사진을 보여주며 설명을 하니, 관심을 가지고 힐링하는 방법을 다시 물어왔습니다.

다음날 만나서 상태가 어떠냐고 물어보니 어깨에서 차가운 기운이 손을 타고 내려온다고 하면서도 팔이 저려서 그런 건지 아닌 건지 의문스러워 하고는 또 긴가민가합니다.

그래서 시간을 좀 내어주면 직접 힐링을 좀 더 해 주겠다고 하니 그제서야 따르겠다고 합니다. 아마 아직도 아픈 곳이 참을 만한가 봅니다. 절박함이 없으면 아무리 아파도 스스로 힐링하려는 생각을 안 하게 되니까요.

3월 26일(금) 오후에 일을 하고 있는데 처남한테서 전화가 옵니다. 뇌졸중에 좋은 것이 뭐가 있냐고 묻기에 누가 먹을 거냐고 되물어보니, 처남의 친구 S가 손과 얼굴에 마비가 와서 병원에 가보니 중풍이라 진단하여 관련치료를 받고 지금은 퇴원하여 집에 있다며 중풍에 좋은 약을 선물하려고 한다는 겁니다.

그 친구 S는 저도 잘 아는 사이라 내용을 자세히 알아보기 위해 전화를 걸었지만 받지 않아 2시간 후에 다시 걸었더니 전화를 받는데 기운이 하나도 없고 말이 약간 어눌했습니다. 나이도 이제 58세인데 벌써 이러니 앞으로 어쩌냐면서 한숨을 내쉽니다.

제가 오지랖이 발동하여 처남이 내일(3.27.토)까지 내려달라고 부탁한 약을 서둘러 내려서 집으로 찾아가 보겠다며 시간을 물으니 내일 5시경에 집에 있을 거라고 하여 그때 만나기로 약속을 하였습니다. 다음

비우기님의 [구안와사 치료결]

1. 구안와사란?

구안와사에서 '구안'은 입과 눈을 말하고, '와사'는 삐뚤어진 상태를 말한다. 구안와사는 와사풍이라고도 하며, 양의학에서는 안면신경마비라고 부르는데 나이나 혈압에 크게 관여되지는 않는다.

2. 원인

1) 신경성: 20~40대
2) 한랭성 → 바이러스성
3) 풍성 → 혈액순환장애, 뇌혈관장애, 편마비(중풍)
4) 원기쇠약 → 장부허실의 악화

3. 비우기 치료결

삐뚤어진 얼굴의 반대편 목 부위와 가슴, 배 주변에 바닥뜸을 한다. 요령은 한 손으로는 목 주변을 더듬어 냉기가 가장 많이 나오는 곳에 바닥뜸을 하고, 다른 손은 가슴과 배 주변을 이리저리 더듬어 어기나 냉기가 가장 많이 나오는 그곳에서부터 시작하여 주변을 이리저리 돌아다니며 바닥뜸을 해 준다.(치료시간: 약 1시간)

날 찾아가 만나보니 우측 얼굴이 부어 있고 오른쪽 손발에 감각이 없다고 합니다.

제가 본 비우기님의 카페에서 중풍과 뇌졸중에 대한 힐링 방법을 검색하여 적용해 보기로 했습니다.

앞의 비우기님의 [구안와사 치료결] 내용을 숙지하여 비우기 힐링법을 설명하고 얼굴과 우측 손발, 그리고 가슴 등에 바닥뜸을 떠주니 제 손으로 차가운 기운이 올라옵니다. 약 30여 분간 해 주니 제 손이 저려서 중단했는데, 그 친구는 별 차도를 못 느끼는 듯했습니다.

역시 저의 한계를 느끼며 그 친구에게 스스로 비우기로 치료하는 방법을 알려 주려 하는데, 흘려 듣는 것 같아 시간이 날 때마다 비우기를 꾸준히 해 보라고 말하고는 그 집을 나와 버렸습니다.

그리고 며칠 후에 안부전화를 해 보니 한방병원에 입원해 있다고 합니다. 내가 알려준 힐링법을 좀 활용하고 있냐고 물어보니, 그저 '허허' 하고 웃고 맙니다.

순간 제 기운이 쭈욱 빠지며, '~아놔~' 솔직히 외면해 버리고 싶어지는 것이 아마도 저와 비우기 얼빔힐링법 자체를 믿지 못하는 것 같습니다. 인연이 닿는다면 훗날 기회가 다시 올 것을 기대하며 이쯤에서 물러나야 될 듯싶었습니다.

아무튼 이번에 제가 느낀 점은, 첫째 저 자신부터가 제대로 배우지 않고 너무 의욕을 앞세워 적절하게 얼빔힐링법을 활용하지 못했다는 점. 둘째 비우기 얼빔힐링을 활용하여 치료를 시도하면서, 친구를 위해서라면 목숨을 버릴 수도 있다는 큰사랑의 실천과 정성이 부족했다는 점. 셋째 힐링을 받는 사람과 힐러 사이에는 무엇보다 힐링법에 대한 무한의 믿음과 신뢰가 있어야 한다는 점 등등을 가슴 깊이 체득하였습니다.

이 과정에서 나는 비우기님을 만나 뵙고 제대로 알고 제대로 배워야겠다는 마음이 절실하게 올라와서 3월 27일 비우기님께 문자로 찾아뵙기를 청하였고, 흔쾌히 허락받아 3월 28일 대전 유성으로 찾아가게 됩니다. 드디어 비얼로 가기 위한 첫걸음을 내딛게 된 것입니다.

〈비우기님을 만나러 대전 유성으로 가다〉

대전 유성의 비우기님을 방문하기로 약속이 정해지고 내려갈 차편을 알아보는데 인천에서는 고속버스 편이 가장 편할 것 같아서 버스표를 예매하였다. 가는 편은 오전 7시10분차를 예매하였는데 돌아오는 차는 유성에서 인천으로 오는 마지막 차가 오후 2시20분차라서 시간이 여의치 않고 촉박한 것 같아 매우 아쉬웠다.

3월 27일 저녁, 텔레비전에서 주말 내내 전국에 비가 온다는 일기예보를 보고 새벽 5시 30분에 기상알람을 맞추고 일찍 잠을 청하는데, 새벽에 일어나야 한다는 부담감 때문인지 쉽게 잠이 들지 않는다.

새벽에 일어나니 바람이 불고 비도 많이 내린다. 우산을 챙기고 인천지하철 1호선을 타기 위해 인천 콜택시를 부르니 주변에 차가 없다고 한다.

'이런 젠장~!!'

다시 부천 콜택시를 부르니 다행히도 금방 배차가 되었다.

인천 갈산역에 내려 지하철을 타고 인천터미널에 6시 50분에 도착하여 승차장으로 이동하는데 바람이 불고 비가 억수로 쏟아진다. 대기하고 있던 고속버스를 타고서 비우기님께 7시10분차를 타고 출발하였다고 전화를 하니 감사하게도 9시 30분경에 북대전IC 정류소로 마중을 나오시겠다고 하신다. 생각보다 고속도로는 차가 밀리지 않아 고속버스는 예상보다 조금 빠른 9시 10분경에 북대전IC 인근 정류소에 내려 준다.

다시 비우기님께 전화를 하였더니 지금 픽업 장소로 향하고 있다는 대답을 하시고는 5분 정도 지나니 차를 가지고 마중 나오셔서 인사를 하고 차를 탔는데, 비우기님께서 실제 연세보다 상당히 젊어 보이신다.

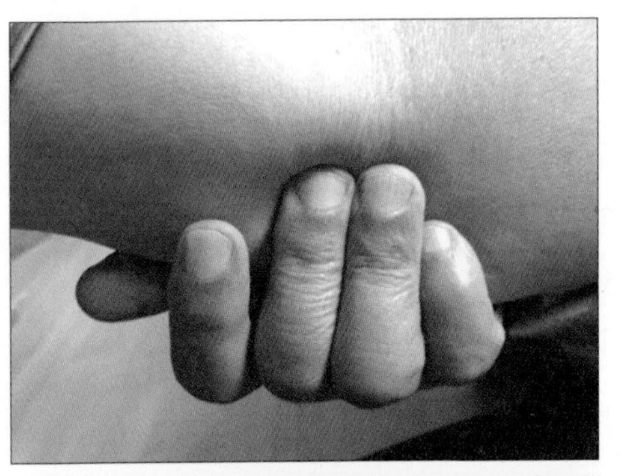

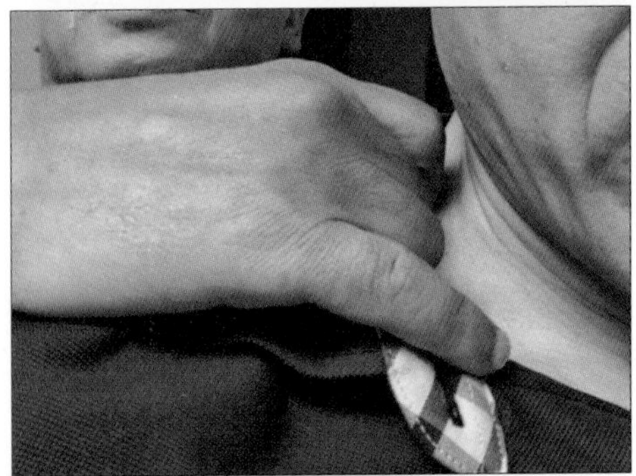

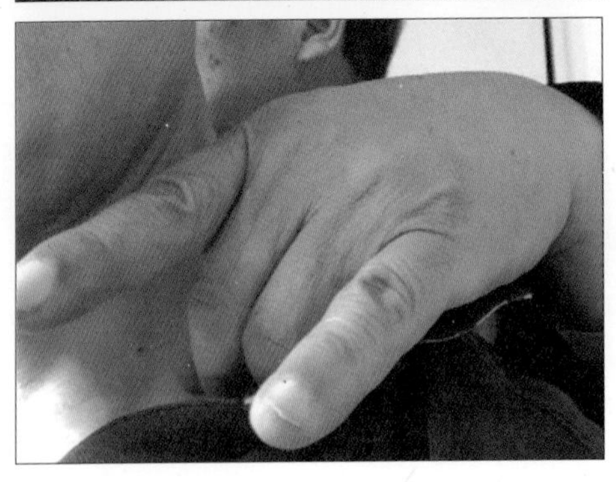

비우기님 댁에 도착하여 커피를 한잔 마시며 비얼힐링에 대해 이런 저런 이야기를 나눈 후 비우기님께서 소파에 앉아 내 손을 잡고는 비우기힐링을 위해 탐색을 하신다. 잠시 후 손에서는 특별한 느낌이 감지되지 않는다며, 팔과 어깨를 중심으로 탐색하여 나쁜 기운이 나오는 곳을 찾아내시고 비우기를 1시간 정도 하시는데, 나의 손으로 싸늘한 한기가 빠져 나가는 느낌을 받는다.

잠깐 휴식을 취하고 다시 비우기님 방으로 자리를 옮겨 침대에 누운 상태에서 목 뒤쪽을 지나 귀, 눈, 코, 입 등을 탐색하며 바닥뜸을 뜨는 힐링을 해 주신다. 그리고 가슴 부위를 노젓기로 얼빔힐링을 해 주시는데 편안해지는 느낌이다.

특히 최근에 은하 우주방사선 피

폭을 당한 곳을 탐색하며 비우기를 해 주시는데, 비우기님과 대화를 나누다 보니 아무래도 25년여 전에 앓았던 '베체트씨병' 도 은하 우주방사선에 피폭된 것이라고 인식이 되었다.

비우기님께서 얼빔힐링을 해 주는 동안에 내 몸 여기저기서 번개가 치고 단맛이 난다고 하신다. 그러면서 나에게 입안에서 단맛이 안 나냐고 물으시는데, 단맛은 못 느끼겠고 혀끝에서 '쎄~에' 하는 느낌이 들었다. 1시간 정도 힐링을 받는 동안 나도 모르게 코를 골며 곤한 잠에 빠져들었다가 깨어나니 온몸이 개운하고 가뿐한 느낌이다.

다시 2차 힐링을 마치고 점심식사로 설렁탕을 먹으러 갔는데, 휴일이라서 영업을 하지 않아 옆집 콩나물국밥집에서 콩나물국밥으로 식사를 하고 돌아왔다. 곧바로 3차 힐링을 받았는데, 돌아오는 막차 시간이 2시 30분이라 잠깐 동안 받고는 가까운 북대전IC 정류소에서 표를 발급받을 수 있는지 달려갔더니 발급이 안 되어 다시 유성으로 향했다. 운전 중에도 비우기님은 한 손으로 내 손을 잡고 힐링을 해 주신다. 힐링을 받고 나니 정말 개운함과 함께 몸이 날아갈 듯 가벼운 느낌이었다.

그리고 비우기님께서 출간하신 《힐링》과 《비얼로 간다》 1, 2권에 사인을 해 주시더니 4세트를 더 주시면서 필요한 사람에게 선물로 주라고 하신다. 내가 책을 사서 선물을 해야 베스트셀러도 된다고 하였지만, '멀리서 왔는데… 약소한 선물' 이라며 소중히 챙겨주신다.

'정말로 감사합니다. 많은 인연자들이 이 책을 접하고 자신의 건강법을 터득하여 건강한 삶을 살았으면 좋겠습니다.'

유성에서 차표를 구해 인천으로 올라오는 차 안에서 긴장이 풀리면서 몸살 기운이 살짝 올라오는 느낌이 감지되었는데, 나 스스로 계속해서 비우기를 실행하며 몸을 가라앉혔다.

그리고 다음 날 비우기님께 문자로 안부를 주고받았는데 내용 일부를 옮겨본다.

밝은빛 선생님, 휴일 잘 보내셨는지요? 어제 성당에 가셔야 했는데, 저 때문에 못 가신 것 같아 송구스럽습니다. 저는 어제 올라오는 차에서부터 살짝 몸살 기운이 나타나서 계속 비우기를 하며 왔습니다. 저녁 식사 후에는 더욱 심해져서 조금 일찍 자고 일어나니 몸살기 여운은 좀 남았지만 움직이기 시작하면서 조금씩 회복이 되고 있습니다. …… 그리고 시간을 내어 다시 찾아뵙도록 노력하겠습니다. 행복한 오후 시간 되세요.

비우기님 네, 고생하셨네요. 과잉힐링을 하는 경우 몸살을 앓는 분들이 가끔 계시더군요. 오늘 하루도 편히 쉬시면 곧 회복될 겁니다. …… 첫 번째 얼빔힐링 사례인데, 의욕이 넘쳐 과잉힐링이 되었네요~!

밝은빛 네~, 감사합니다. 몸살 기운은 호전되는 과정이니 저에게 좋은 것이죠. 그리 힘든 정도는 아니니 걱정 안 하셔도 됩니다. 정말 감사합니다. 비우기님을 찾아뵙고 같이한 시간이 약 4시간 정도로 짧은 시간이어서 못내 아쉬웠지만, 다음을 기약하며 인천으로 돌아왔습니다. 하루가 짧고도 긴 시간이라는 것을 느끼며, 잠깐의 시간이었지만 그래도 비우기님을 뵈러 가길 참 잘했다는 생각이 듭니다.

얼빔힐링, 엉터리 힐러의 체험기 · 1

3월 28일 일요일에 대전 유성으로 비우기님을 찾아뵙고, 비우기님께서 얼빔힐링을 해 준 내용을 기억으로 복기하면서 배우고 익혀온 방법을 바탕으로 머리부터 발끝까지 스스로 온몸 비우기 힐링 샤워(?)를 해주고 있는데, 몸 상태가 정말 정상으로 회복되고 있는 것 같다.

온몸 힐링 샤워(?)라는 것은 필자가 임의대로 붙여본 용어인데, 사실 비우기님께서 보여주신 힐링 시범을 근거로 이름 지었다. 핵심은 힐링해 주고자 하는 온몸을 부위별로 특성에 맞게 손바닥 장뜸이나 삼지안으로 부위마다 2분씩 힐링해 주는 것이다. 그 대상 부위는 '눈/ 코/ 입/ 뒷머리/ 귀/ 귀밑머리/ 턱/ 목/ 가슴/ 명치/ 명치에서 횡격막 중간/ 배/ 배꼽/ 배꼽 아래/ 사타구니/ 옆 골반/ 뒤 골반/ 항문/ 꼬리뼈/ 성기/ 무릎/ 장딴지/ 발등/ 발목/ 발가락/ 발바닥' 까지 순서대로 해 주고 있다.

오전 수련시에는 상체만 해 주고 있고, 오후 퇴근 후에는 상체와 하체를 같이해 주고 있는데, 그 변화가 미세하지만 서서히 나타나고 있다.

처음 일주일 동안은 몸에서 차가운 냉기가 빠져 나가고, 발쪽(발가락, 용천)으로도 차가운 기운이 많이 빠져 나갔다. 이후로도 습관적으로 해주고 있는데 일주일이 지난 후부터는 얼굴과 몸이 따뜻해지고 생기가 솟아오른다.

그런데 한 가지 특이한 것은 항문 쪽이다. 항문에 장뜸을 떠주면 냉기가 매우 많이 나왔는데, 약 일주일이 지난 요즘에는 약 70% 이상 대폭 줄었다. 이제는 뜸을 뜨면 처음 약 30초 정도에는 시원한 기운이 나오다 이후부터는 점차 따뜻한 기운으로 변한다. 손바닥과 항문에 따뜻한 기운이 감도는 그 기분은 느껴보면 아시겠지만 참 좋다.

항문에 장뜸을 하는 방법은 팔베개하고 옆으로 누운 자세에서 다리를 기역자로 접은 뒤에 손바닥을 뒤쪽에서 넣어 성기 부분(회음)으로 감싸면 항문 부분이 골짜기처럼 공간이 생기는데 그곳을 가만히 덮고 있으면 항문에서 냉기가 많이 나오는 것을 느낄 수 있다. 계속 해 주면 그곳이 따뜻해지며 손바닥도 따뜻해짐을 느끼게 된다. 이곳은 다른 곳보다 2분 더해서 4분 정도 해 주고 있는데 정말 효과가 좋은 것 같다.

항문에서 많은 냉기가 나오는 것은 항문이 우리 몸속에서 음식을 소화시킨 후에 최종적으로 찌꺼기를 배설하는 곳으로 나쁜 기운이나 노폐물이 많이 쌓여 있을 것인데, 아마도 그래서 냉기가 많이 배출되는 거라고 생각이 든다. 항문 뜸을 자주 해 주면 대장과 직장 부위가 힐링되어 대장암이나 직장암은 물론 여타의 항문질환은 염려하지 않아도 될 것 같다는 생각을 해 본다.

그 외에 성기도 체내의 혈액과 수분을 걸러 찌꺼기를 배출하는 요도와 연결되어 있는데, 같은 자세로 한 손으로 가만히 감싸고 있으면 방광까지 기운이 연결되어 힐링되는 것 같다.

엉터리 힐러의 생각이긴 하지만 이것 역시 방광염, 고환암, 요로결석, 전립선염 등 관련 질병에서 해방됨은 물론이고 정력도 회복되어 정말로 좋은 것 같다.

얼빔힐링, 엉터리 힐러의 체험기 · 2

대전 유성의 비우기님을 뵙고 와서 주변에 아프다고 하는 사람이 있으면 무조건 얼빔힐링을 시도하는데, 비우기님의 탐색 방법을 도저히 완벽하게 재현시키지 못한다. 어쩔 수 없이 나만의 방법으로 손과 팔 부위를 눌러가며 아픈 곳에 직접 힐링을 해 주고 있는데, 나름 효과도 있는 듯하여 엉터리 힐러의 좌충우돌 체험기로 정리해 보았다.

2021년 3월 30일 나 자신의 몸 비우기 힐링을 하기 위해 비우기님이 힐링해 주신 방식을, 어깨너머로 배운 내용을 토대로 온몸 샤워 힐링을 응용하고 있는데, 스스로 힐링하는 데에도 매우 괜찮은 것 같다는 생각이다. 첫날은 양쪽 발가락과 용천으로 차가운 기운이 많이 빠져 나갔는데 온몸 힐링 샤워를 할수록 점점 차가운 기운이 엷어지고 줄어들며 몸이 개운하고 가벼워지는 느낌이다.

2021년 3월 31일 온몸에 샤워 힐링을 해 주는데 용천으로, 발가락으로 빠져 나가는 차가운 기운이 점점 줄어들고 있다. 퇴근 후 집에서 좌측 다리의 하지정맥류가 있는 곳에 삼지안과 바닥뜸으로 떠 주니 시원한 느낌이 든다. 그리고 발목과 발바닥을 집중적으로 주물러주며 삼지안과 바닥뜸을 떠 주니 피로가 풀리고 개운하다.

다리 부위를 셀프 힐링하고 있었는데, 평소 어깨와 허리가 아프다는 말을 달고 사는 아들이 소파 옆에 앉아 있었다. 아들의 손등과 척추 라인과 허리뼈 라인을 더듬어가며 삼지안으로 탐색해도 감이 안 오고 잡히지 않아서 아들의 손가락과 손등을 눌러가며 아픈 곳이 있으면 말하라고 하며 탐색을 하는데, 손 등 척추 라인이 아프다며 인상을 쓴다. 그 곳을 7~8분 정도 눌러서 지조침을 놓아주니 어깨에서 손으로 뭔가 쭈~욱 타고 내려오는 것 같다고 하더니 조금 지나자 어깨가 많이 편안해졌다고 한다. '에구구', 같이 살아도 얼굴을 자주 못 보니 얼빔힐링을 제대로 해 주지 못해 아쉽다.

2021년 4월 1일 명치와 배꼽에 삼지안을 해 주니 최근에 은하우주선 피폭을 당한 부위 중에서 귀의 울림통 외부로 기다란 벌레가 스멀거리며 기어가는 느낌이 들고, 귓속에서 밖으로 좁쌀만한 벌레가 기어 나오는 느낌이 든다. 그런데 이런 현상이 최근에는 그 빈도가 많이 줄어드는 것을 보니 은하우주선 피폭 후유증이 조금씩 정리가 되어가는 과정인 것 같다.

2021년 4월 2일 점심식사 후에 뒷산으로 산책을 하며 가벼운 운동을 하는데, 그곳에서 가끔 만나던 40대 초반의 S사장을 오랜만에 만나보았다. 그는 김포에서 사업체를 운영하고 있는데, 약 1개월 전에 어머니의 기관지가 안 좋아며 도라지 · 배즙을 구매해 간 적이 있었다. 어머니가 배 · 도라지즙을 잘 드시며 건강도 좋아졌다면서 재주문을 하고 싶다고 한다. 이야기를 나누는 과정에 자신도 위역류성 기관지가 약해 오랫동안 불편을 겪고 있다고 한다.

순간 못 말리는 엉터리 힐러의 호기심이 발동하여 S사장을 옆에 앉아보라고 하고는 손을 잡고 여기저기 탐색해 본다. 일단 위장이 안 좋다는 말을 듣고 엄지손가락 첫 마디 손톱 부위를 감싸니 얼굴을 찡그리며 아프다고 몸을 비튼다. 2~3분간 삼지안으로 지조침을 놓으며 혹시 어깨는 아프지 않냐고 물으니, 어깨도 오래 전부터 아파서 불편했다고 하며 어떻게 알았냐고 반문을 한다. 그러면서 어깨 쪽에서 차가운 기운이 내려간다고 한다. 조금 더 해 주려고 하니 약속 시각이 있다며 자리를 뜨는데, 엄지손가락을 내가 해 준 것처럼 자주 잡아주면 좋아질 거라고 알려주니 고맙다고 인사를 한다.

저녁에는 아들에게 두 번째로 허리와 어깨 비우기를 해 주었는데 첫날 할 때보다는 차가운 기운이 조금 덜 나오고 어깨와 허리가 확실히 부드럽고 편안하다고 한다.

얼빔힐링, 엉터리 힐러의 체험기 · 3

2021년 4월 3일 가끔 만나는 지인이 허리와 국부 부위가 아픈 사람인데, 오늘 만나 저녁을 같이 먹고 차를 타고 가다가 문득 지난 주에 대전 비우기님을 방문했을 때 유성으로 바래다주시며 차 안에서 손을 잡고 비우기 힐링을 해 주시던 생각이 나서 나도 그 지인에게 시도를 해 보았다.

우선 허리가 아픈 것을 이미 알고 있기 때문에 허리에 해당하는 약지를 탐색하며 지그시 눌러주며 잡아주는데 상당한 통증을 느끼며 아프다고 신음을 한다. 운전하며 계속 잡고 힐링을 해 주었더니 통증이 점점 줄어든다고 한다. 목적지에 도착하여 계속 해 줄 수가 없어 시간 날 때마다 그곳을 잡아주라고 일러주고는 마무리했다.

2021년 4월 4일 지인이며 카스토리 친구인 50대 여성 S씨가 이석증으로 병원에 입원했다는 아랫글이 올라와 응원의 글을 썼다.

—며칠 전 세상이 돌더니 이석증이 내게 오셨다. 개운치 않게 계속 찜찜한 어지럼증! 오늘 병원진료, 스트레스와 평상시 생활과 리듬이 깨지면 일반적으로 발생. 어지럼증 줄이는 링거를 맞고 파이팅과 다짐을…. 어서 병을 털고 평범한 일상으로 돌아가야지! 건강하여지자.

"S님, 이석증으로 고생하시네요. 이석증이 확실한지는 모르지만, 저도 며칠 전에 고속도로 운전 중 아득한 어지럼증이 와서 큰일 날 뻔했는데요. 이석증의 원인은 '은하 우주방사선 피폭'으로 인한 증후군일 수도 있어요. 자세한 것은 기회가 되면 설명해 드리겠지만, 이러한 증상을 완전히 제거해 주지 않으면 다음에 또 다른 증상으로 나타난다고 합니다. 우선 하실 일은 스트레스를 최대한 받지 않게 노력하시고 잠과 휴식을 충분히 취해 주시는 겁니다. 또 한 가지는 시간 날 때마다 양쪽 귓불 뒤 움푹 들어간 곳을 엄지, 검지, 중지를 모아서 갖다 대고 있으면 그 무엇이 비워지게 됩니다. 수시로 해 주시면 좋습니다. 이것을 비우기 건강법 또는 얼빔힐링 건강법이라고 하는데요. 내 몸 안의 얼룩을 지운다는 의미예요. 아무튼 빠른 쾌유로 활기찬 생활로 돌아가시기 기원합니다."

어제저녁 애들과 저녁식사를 소맥과 함께 과식을 했더니 배가 더부룩하여 새벽에 일어나 위장 대장 부위를 바닥뜸으로 떠주니 위장에서 '꾸러럭~!!' 소리가 나면서 방귀가 나오고 속이 좀 편안해진다.

2021년 4월 7일 며칠 동안 온몸 비우기(힐링 샤워)를 해 주고 있는데, 차가운 기운이 몸에서 빠져 나가며 한기가 나며 몸 여기저기가 시리다. 발과 용천으로 빠져 나가던 차가운 기운은 많이 줄어들더니 가느다란 실 같은 기운이 엄지발가락으로 빠져 나간다.

2021년 4월 9일 얼빔힐링으로 온몸 샤워를 하는데, 차가운 기운이 거의 빠져 나간 것 같다. 항문 쪽에서는 살짝 차가운 기운이 나오다가 이내 따뜻한 기운으로 바뀐다.

간밤에 꿈을 꾸었는데 아는 지인들과 불특정 다수의 여러 아픈 사람들이 치료를 받기 위해 어느 실내 광장에 모였는데, 내가 그곳에 자리하고 있었다. 모두가 아파서 절박한 모습으로 아픈 심정을 토로하기에 내가 비우기 힐링을 공부하고 있으니 같이 치료해 보자며 설득했지만 모두가 듣는 둥 마는 둥하며 믿지를 않는다. 그 순간 안타까운 마음으로 나 자신을 책망하며 꿈에서 깨어났는데 그 상황이 너무나도 생생하다.

아침에 출근하며 꿈속에 나왔던 KD도반의 부인과 통화를 해 보니 KD도반이 손목과 팔목이 아파서 한방병원에 진료하러 갔다고 한다. 마침 점심쯤에 KD도반과 SS도반이 연락이 닿아 점심을 같이하기로 했는데, 만나서 KD도반을 보니 손목에 부항을 뜨고 온 곳이 딱딱하게 부어 있었다.

점심을 같이하면서 밥이 나오는 동안 기다리며 팔목과 손목에 5~6분간 삼지뜸을 떠 주었는데, 밥이 나와서 손을 떼고 살펴보니 딱딱하게 부었던 손목의 부항 뜬 곳이 흐물거리며 약 60% 정도의 부기가 빠져 있었다. 팔목은 어떠냐고 물어보니 시원하다고 한다. 짧은 순간에 일어난 일이라 나도 놀랐고, KD도반도 신기하다는 반응이다.

3월 중순쯤에 맞은 은하우주선 피폭장애 증후군인지 좌측 어깻죽지와 그 아래쪽 허리까지 은하우주선 피폭 라인을 따라 가려움증이 나타나고 있어 효자손으로 긁어주니 시원하다. 가려움증은 은하우주선 피폭장애 증후군 중의 하나라고 한다.

얼빔힐링, 엉터리 힐러의 체험기 · 4

얼빔힐링을 알고 생활 속에서 엉터리 힐러의 호기심으로 얼빔힐링을 적용해 효과가 있어 재미가 있으며, 내가 잘 못하는 부분이 있다면 비우기님께 지도를 받기 위해서 이렇게 용감하게 기록으로 남겨 본다.

2021년 4월 10일 그동안 온몸 샤워 힐링을 시도해 보니 몸에 힐링 효과가 좋아서 이를 토대로 온몸 샤워 힐링 행공 2개를 정리하여 만들었다. 상체 힐링 11개 동작과 하체 힐링 11개 동작으로 총 22개의 동작을 정리해서 '자연숨결명상호흡' 수련시 행공과 연결하여 접목해 보니 몸의 이완도 잘 되고, 또 기감도 충만해지고 몸 상태도 힐링이 되어 매우 좋다. 또한 본 수련에 들어서도 집중력과 몰입력이 매우 깊고 기운도 충만하다.

그동안 해온 '단전호흡', '자연숨결명상호흡', '몸 느낌' 수련과 일맥으로 꿰어지는 것 같아 정말 신기하기도 하고 뜻 깊은 의미가 있는 것 같다. 몸이 아픈 분들이 이 '온몸 샤워 힐링 행공'을 하게 되면 빠르게 회복이 될 것 같다. 그리고 이 힐링 행공을 하면 아픈 것을 예방해 주어 건강한 삶을 살 수 있을 것 같다.

2021년 4월 11일 친구 K와 오랜만에 북한산 원효봉을 거쳐 백운대 정상으로 오르는 힘든 코스로 등산을 다녀왔다. 오랜만에 다녀와 다리도 아프고 나른하여 샤워 후에 한숨을 자고 일어나 골반, 무릎, 발목, 발등, 발바닥을 장뜸으로 힐링을 해 주니 시원하고 편안해진다. 평소 등반 다음 날 아침에 일어나면 무릎과 발목관절이 약해서 뻐근한 통증이 좀 있었는데, 어젯밤에 다리 전체를 힐링해 주고 나니 통증도 없고 굉장히 가뿐하다.

2021년 4월 15일 스스로 정리해서 적용해 보고 있는 온몸 샤워 힐링 행공을 하니 온몸이 따뜻해진다. 특히 얼굴에 혈색이 돌며 훈훈한 온기가 돌며 충만한 느낌이 든다. 그리고 본 수련인 '자연숨결명상호흡'을 하면 의식이 자연스럽게 다운이 되며 깊게 몰입이 되어 들어간다. 내면 공간에서는 얼빔힐링의 '원별', '원끈'이라고 하는 빛들이 보이고 큰 원형의 밝은 빛 공간으로 들어간다. 가끔 명치와 하단전에 삼지안을 대고 자연스러운 호흡을 하면 임맥(승장~석문혈까지)으로 시원한 물줄기(막대풍선 같은)가 꽉 채워져 흐른다. '온몸 샤워 힐링'을 내 '몸 느끼기' 행공과 접목하여서 행하니 상당한 이완이 되고 '자연숨결명상호흡' 수련도 충만하게 되는 시너지 효과가 있는 것 같다.

2021년 4월 16일 좌측 다리 하지정맥류가 있는데 무식하면 용감하다고 모든 피가 아래로 흐르는 줄로 알고 하지정맥도 아래로 내려가는 것으로 착각하여 하지정맥류 윗부분에서 아래로 밀어준다는 느낌으로 장뜸과 삼지안을 떴다. 마침 하지정맥류에 대해 비우기님과 힐링법에 대해 문자로 치료 요결에 대해 댓글을 달았었는데, 하지정맥류 힐링은 아래 시작부위에 삼지안이나 장뜸을 떠줘야 한다는 것이다.

왜 그런지 생각해 보라고 하여 곰곰이 생각해도 시작점에서 힐링을 해 주면 혈류를 밀어 올리는 힘이 있어 그런 것이 아닐까 하는 생각 이외에는 잘 모르겠다. 어쨌든 하지정맥이 시작되는 부분에 손바닥 장뜸을 떠주니 정맥을 따라 시원하고 청량한 기운이 올라가며 장딴지가 정말 시원하다.(이 부분은 힐링 과정과 결과를 정리해서 따로 올려야 될 것 같다.)

비우기 힐링을 알고 난 뒤 일상생활에 적용해 활용하다 보니 간단한 증상은 스스로 힐링을 할 수 있어 건강관리에 도움이 되어 좋은 점이 참 많은 것 같다.

2021년 4월 17일 어제부터 혓바닥 중간 부위에 좁쌀만 한 것이 나타났는데, 손으로 만져보니 쌀알만 한 뿌리가 잡히고 통증이 느껴진다. 혹시 나쁜 종기의 종류인가 싶은 생각으로 병원에 가봐야 하는 것이 아

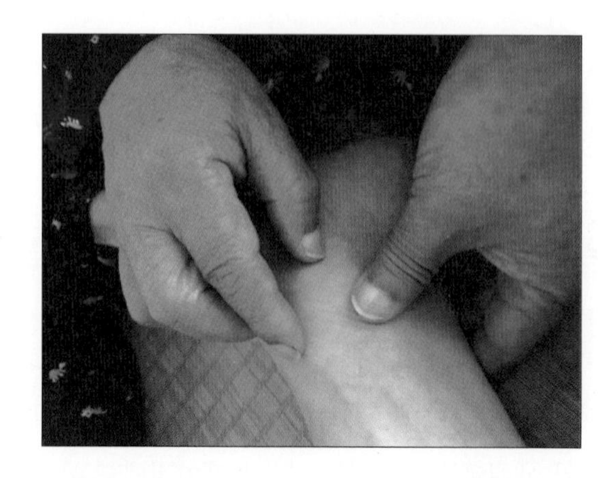

닌가 싶어 걱정이 앞섰다.

우선 스스로 입안 힐링을 해 보자는 생각이 들어서 아픈 곳의 혀를 입천장에 대고 빗자루로 쓸 듯이 혀를 살살 굴리면서 마사지를 해 줬다. 그리고 혀를 구부려 혀끝으로 멍울이 진 곳에 마사지하듯이 약 3~4분씩 서너 차례씩 굴려주었다.

이러한 힐링은 비우기님이 입안 천장에 얼옹(주름살처럼 울퉁불퉁한 현상)이 생기면 뇌졸중의 전조증일 수도 있으니 입천장에 혀를 굴려주면 매끈하게 되면서 힐링 효과가 있다는 글 내용을 읽은 기억이 나서 그대로 해 본 것이다.

다음날 아침에 일어나 양치질하려고 거울 앞에서 혀를 살펴보니 '오~잉' 멍울이 거의 사라지고 혀를 굴려 보니 아주 미세하게 뭔가가 느껴지긴 하지만 통증도 없어졌다. 병원에 가야 하나 할 정도로 걱정이었는데 거짓말처럼 회복되어 정말로 신기하다.

2021년 4월 19일 점심식사 후에 뒷산을 산책하고 내려오는데 재채기를 서너 번 심하게 한다. 사업장 약초당에 돌아오니 이번에는 목이 간질거리며 목구멍에 좁쌀만 한 이물감이 느껴진다. 엉터리 힐러는 즉시 삼지안으로 간질거리는 곳(염천혈)에 삼지안으로 양손을 번갈아가며 비우기를 약 10여 분 동안 해 주니 거짓말처럼 간질거림이 없어지고 좁쌀 같은 이물감도 감쪽같이 사라졌다. 내가 직접 체험을 하면서도 정말 믿기지 않고 신기하다.

비우기님 인천에 오시다 · 1

인천 자연숨결명상호흡수련원에서 1박 2일간 비우기님과 얼빔힐링을 체험한 내용을 간단하게 기록해 둔 내용을 토대로 기억을 더듬으며 정리한 내용이다. 피힐러들에 대한 힐링 내용과 과정, 그리고 원인을 공유해야 하나 시간이 좀 지나고 머리가 우둔하여 자세히 기록하지 못한 점이 조금 아쉽다.

2021년 4월 20일 지난 토요일 지인 YM님과 통화로 비우기에 관해서 설명하면서 눈 부위와 항문, 성기부분 비우기에 대해 체험한 내용을 공유하면서 한 번 해 보라고 권유를 했는데, YM님이 바로 비우기를 해 보고 전화를 걸어왔다. 눈이 시원하며 맑아지고 항문 쪽에서 차가운 기운(어기, 사기)이 많이 나온다며 정말로 좋다고 한다. 그러면서 최근에 눈 수술을 한 SS님에게도 알려주면 어떻겠냐고 하여 그러겠다고 하고는 전화를 끊었다.

최근에 SS님이 내가 '얼빔힐링' 비우기 공부를 하고 있다는 것을 알고 있었고, 또 응원도 해 주고 있었지만 사실 수술한 부위가 실명에 가까운 상황이라 비우기 힐링을 적극적으로 권유하기를 주저하고 있었다.

초보 엉터리 힐러는 용기를 내어 전화로 안부를 묻고는 수술한 눈 부위에 장뜸과 삼지안으로 비우기를 해 볼 것을 권유하였다. 예전에 나의 눈에 실핏줄이 터진 곳을 비우기로 힐링한 내용을 익히 알고 있었던 SS님이라 비우기 힐링을 쉽게 받아들이신다.

문제는 오늘 새벽에 일어났는데, 새벽 6시 10분경에 SS님으로부터 전화가 왔다. 눈 부분에 비우기를 해 주고 있었는데, 어제부터 눈이 충혈되고 통증과 눈물이 나며 시려서 새벽 2시경부터 한잠도 자지 못했다고 한다. 그러면서 대처방법을 물어오는데, 경험이 없는 엉터리 초보 힐러로서는 대처 방안을 몰라 당황할 수밖에 없었다.

내가 호전 반응이니 뭐니 주절대며 시원한 대답을 못해 주니, SS님이 비우기님에게 상황을 설명하고 대처 요령을 알려주면 어떻겠냐고 제안을 하였는데, 나 역시 통화를 하면서도 SS님과 같은 생각을 하고 있었기에 알겠다고 말하고 전화를 끊은 후에 즉시 비우기님께 전화해서 상황을 설명하고 SOS 신호를 보냈다.

이 상황에 대해서 비우기님은 호전 반응일 수도 있다며 계속 힐링을 할 것인지 아닌지는 본인의 의지가 중요하다고 하신다. 대처 방안에 대해서 솔직히 내가 원하는 시원한 대답이 아니어서 내심 조바심을 내고 SS님에게 뭐라고 이야기를 해 줘야 하나 싶어 걱정하며 전화를 끊었는데 비우기님이 바로 전화를 하신다.

비우기님께서 인천으로 가보면 어떻겠냐는 것이다. 대전에서 오시기에는 거리가 꽤 먼데 괜찮으시겠냐고 물으니, SS님이 힐링할 시간을 내줄 수만 있다면 당장 출발하겠다고 한다. SS님에게 확인해 보고 연락을 주겠다고 하고 SS님에게 다시 전화를 넣어 자초지종을 설명하니 멀리서 오시는 데 대해 부담스러워서 하신다. 언젠가 비우기님과의 대화 중에서 인천으로 한 번 오시겠다는 사전 교감이 있었기에 그런 부담감은 안 가져도 좋다고 재차 설득하니 SS님이 흔쾌히 동의한다.

우여곡절 끝에 이견이 조율되고 이어서 비우기님이 당장 출발하면 9시 30분경에 도착될 예정이라고 문자가 온다. 비우기님이 인천으로 어려운 걸음을 하시는데 SS님만 힐링을 하고 가시기에는 너무 아깝다는 생각이 들자 평소에 아프다고 하는 도반님들의 얼굴이 머릿속을 스치고 지나간다. 그중에서 K도반님 부부에게 전화해서 상황설명을 하고 10시쯤에 '자연숨결명상원' 으로 나오라고 약속을 했다.

비우기님 인천에 오시다 · 2

나는 아침에 자연숨결명상 수련을 마치고 약초당으로 출근하여 비우기님을 맞을 준비를 하며 기다리는데, 9시 20분경에 SS님이 도착하더니 이어서 K도반님 부부도 도착하였지만 비우기님은 차가 밀려서 9시 45분경에 도착한다고 문자가 온다.

10분 후에 비우기님이 도착하고 자연숨결명상호흡 수련원에서 차를 한잔하며 상견례를 한 후 SS님부터 비우기 힐링에 들어간다. 나와 K도반님이 같이 보조 힐러로 투입되면서, 바로 옆에서 비우기님의 힐링을 지켜보며 실습을 하는 절호의 기회가 찾아왔다.

SS님은 젊었을 때 직장에서 작업하다가 화상을 입어 고생을 하고 있다는 것을 들어서 알고는 있었지만 이번에 같이 비우기님 옆에서 보조 힐링을 하면서 지켜보니, 몸 전신으로 상당히 심각한 화상을 입어 수십 년을 고통 속에 살아오면서 단전호흡 수련을 하지 않았더라면 버티기 힘든 상황이었다는 것을 짐작할 수 있었다.

근래에는 눈 수술로 실명에 가까운 상태에다 좌측 장딴지에 수술했던 부분에서 살이 고질화되는 상태라서 수술을 하고 꿰매는 데 아물지를 않아 상처가 열린 상태로 심각하였다.

눈 부위 힐링을 시작으로 온몸을 탐색해 나가는 데 여러 곳에서 제법 많은 얼이 발견되어 비워내는 데 많은 시간이 소요될 것으로 예상하였다. 1차로 눈 부분부터 장뜸과 삼지안으로 힐링을 하면서 오전 시간을 보내고, 다른 약속이 있어 잠시 갔다가 다시 오겠다며 가고 난 뒤 점심을 먹고 난 후에 KJ도반님의 힐링에 들어갔다.

KJ도반님은 좌측 다리 무릎 안쪽이 붓고 통증이 심해 매일 병원에 다니고 있었고, 또 고지혈증이 있어 고생하고 있다고 한다. 무릎이 아픈 원인을 찾으며 손등을 탐색하는데 몇 군데에서 어골이 잡혀 1시간 30분에서 2시간 정도 힐링을 하니 통증은 조금 완화되는 듯한데 많이 좋아지는 것인지는 모르겠다고 한다.

비우기님이 이유를 찾아보니 고지혈증은 혈관 중간중간의 피복이 벗겨지는 듯한 현상이 나타나는데 이곳이 힐링으로 정상적으로 회복되려면 많은 시간이 소요될 것이기 때문이라고 한다.

휴식 후에 다시 SS님이 와서 오후 3시부터 7시까지 2차 힐링에 들어간다. 이번에는 가슴과 다리의 화상과 상처가 난 부분을 집중적으로 힐링을 하는데, 일부 다리 부분은 감각이 없다고 하고 일부분은 감각이 조금 있다고 한다. 다리, 발목 쪽을 만져보니 차가운 기운이 상당히 나온다. 비우기님이 주 힐러가 되고 나, 그리고 K도반님이 보조 힐러가 되어 장뜸으로 비우기를 시도하는데 시간과 싸움이 시작된다.

비우기님 말씀으로는 혼자서 하면 수 시간이 소요될 것인데 보조 힐러가 같이해 주니 걸리는 시간이 반 이상 줄어들고 힘도 그만큼 덜 든다고 한다. 이때 보조 힐러들이 보통 30분에서 1시간 정도 같이하면 힘들어 하는데, 이번 보조 힐러 두 명은 평소 호흡 수련으로 내공이 기본적으로 다져져 있다는 것이다. 나 역시 호흡을 맞추면서 보조 힐러를 하였는데 전혀 힘들다는 생각은 없었고, 가끔 손으로 타고 들어오는 차가운 어기(사기) 때문에 가끔 비워주며 보조 힐러 역할을 수행하고 있었다.

덕분에 나는 옆에서 직접 체험하는 실전을 통해 병증에 맞는 맞춤형 얼을 찾는 실습을 하는 귀중한 기회가 되었고, 얼빔힐러로서의 감각도 조금이나마 가지게 되는 큰 수확을 얻었다.

비우기님 인천에 오시다 · 3

오후 6시까지 SS님의 힐링을 마치고 볼 일이 있어 귀가한 후에 K도반 부부와 저녁 식사를 칼국수로 같이하고 난 뒤 비우기님과 둘이서 계양산 자락 아래를 산책하였다. 비우기님은 땅만 쳐다보고 걸으며 뭔가를 찾는 듯하더니 돌을 하나 집어 들고 보여주면서 가지라고 선물로 주신다.

비우기님은 평소 길을 걸을 때 얼석을 찾는 습관이 있다고 하였는데 의외의 좋은 얼석을 얻을 때가 있다고 한다. 얼석이란 특이한 기운이 나오는 돌인데 스스로 비우기를 할 때 힐링에 도움이 되는 돌이라며 비우기님 집에는 길에서 줍거나 돈을 주고 구입한 수정 얼석들이 많다고 한다.

산책하다 주운 얼석

산책을 끝내고 돌아와 KJ도반님의 2차 힐링에 들어간다. 7시쯤에 L과 J도반이 수련하러 나오고 힐링팀은 소수련실에서 8시 20분경까지 KJ도반님의 힐링을 마치게 된다. 이어서 수련을 마무리하고 나온 도반님들과 비우기님이 상견례 겸 차를 마시며 관심사에 관해 대화를 나누었고, 비우기님이 자신의 저서 《힐링》, 《비얼로 간다》 1, 2권을 가져와서 친필 사인을 하여 선물로 주신다.

그리고 더 많은 분량의 책을 가져와서 자연숨결명상호흡 수련원에 비치하여 필요한 사람들에게도 전해 주라고 하신다.

'정말로 고맙습니다.'

차담을 나누고 난 뒤, 하루 종일 보조를 하며 도와주신 K도반님의 힐링으로 들어갔다. K도반님은 수년 전 소주천 수련 당시에 이마에 혹 비슷한 것이 볼록하게 났었는데 소주천으로 기운을 운기할 때 이곳이 간지러워 손으로 자꾸 만졌었다는데 이 부분이 터지면서 비지 같은 고름이 많이 나왔다고 한다. 이때 고름을 짜고 난 뒤에 흉터가 아직 조금 남았는데, 비우기님이 이곳을 탐색해 보더니 상당한 어기(사기)와 역한 냄새가 감지된다고 한다. 이러한 현상과 더불어 K도반의 어깨 부분도 아파서 고생하고 있다는데, 이러한 통증은 오래 전 은하우주선에 피폭을 맞아 나타나는 증후군(후유증)일 수도 있다는 것이다.

비우기님이 K도반의 어깨와 다른 곳 힐링을 시도할 때 나는 K도반의 이마 흉터에 직접 삼지뜸을 떴다. 순간 상당한 어기(사기)가 쏟아져 나오고, K도반은 이 부분을 중심으로 머리를 한 바퀴 빙 돌아가는 둥근 띠가 느껴지며 빵모자를 씌운 듯한 묵직한 기운이 느껴진다고 한다. 시간상 약 10여 분 정도 힐링을 한 것인데, 비우기님이 약간 지쳐 보이고 나도 조금 지친 느낌이어서 다음날 다시 계속하기로 하고 K도반의 힐링은 이 정도로 끝냈다.

자연숨결명상호흡 수련을 마치고 차를 마시며 지켜보고 있던 L과 J도반도 평소 어깨와 허리가 아픈 것을 익히 알고 있던 터라 그냥 보내기가 아쉽고 모처럼의 좋은 기회에 체험을 시켜주고 싶은 마음이 생겼다. 그래서 비우기님의 눈치를 보며 비우기님께 두 도반에게 잠깐만이라도 힐링을 해 주기를 은근히 바란다는 신호를 보냈다.

잠깐 동안 휴식을 취하고 먼저 어깨가 아픈 L도반의 힐링을 시도하는데, 몇 시간 실습을 한 초보 힐러인 나도 L도반 손등을 탐색하며 힐링을 할 부분을 찾아서 비우기 시도를 하니 이제는 제법 잘 찾아낸다며 쑥스럽게 비우기님께서 칭찬을 다 해 주신다.

'에구구~! 감사합니다.'

시간이 촉박하여 20여 분 정도 옆에서 보조하며 힐링을 하는데 L도반은 어깨가 시원하다고 한다.

이어서 허리를 삐끗해서 한동안 허리가 불편하다는 J도반도 탐색하는데, 허리뿐만 아니라 다른 곳(위장)도 어기(사기)가 잡혀 비우기님은 위장 부분을 힐링하고, 나는 척추 라인을 탐색하니 어골(뼈가 변형됨)이 잡힌다. 그곳을 지그시 눌러 주니 통증을 느껴서 삼지안으로 가만히 잡고 있었더니 손으로 시원한 것이 빠져 나온다고 한다.

시간은 어느덧 밤 10시를 향해 가고 있었고 식사와 잠시잠깐 휴식시간을 가진 것을 빼니 오전 10시부터 거의 8시간 이상을 힐링한 상황이라 오늘은 이쯤 해야 할 것 같았다. 비우기님이 자연숨결명상호흡 수련원에서 잠을 자겠다고 하시는데, 내가 마음이 편하지 않아 우리 집에서 같이 자고 내일 오자고 하니 그러자고 하신다.

우리 집에 도착하여 각자 샤워를 하고 난 뒤 얼빔힐링에 대해 이런저런 이야기를 하다가 비우기님이 얼석을 챙겨 오신 것을 보여주며 그중에서 자수정으로 된 얼석을 나에게 건네주며 만져보라고 한다. 손으로 가만히 잡고 있으니 온몸 경락으로 기운이 짜릿하게 돌아가며 시원하게 반응한다. 한동안 잡고 있으니 온몸이 정화되며 새로운 기운이 채워지는 것 같다. 비우기님이 나에게 잘 맞는 얼석이라며 가지라고 선물로

주신다.

'감사합니다.'

비우기님은 다른 사람을 힐링시키고 난 뒤에 이러한 얼석으로 기운 비우기(정화)를 하는 데 도움이 많이 된다고 한다.

자정이 되어서야 잠자리에 들어 다음 날 6시에 일어났는데 비우기님은 벌써 일어나 계시다.

비우기님 인천에 오시다 · 4

2021년 4월 21일 아침식사로 누룽지를 끓여서 간단히 때우고는 8시 반까지 힐링에 대한 관심사 이야기를 주고받으니 시간 가는 줄도 모르게 계속된다. 어제 보조 힐링을 한 여파로 간에 조금 무리가 갔는지 눈이 뻑뻑하고 피곤하다고 하니 비우기님이 엄지와 검지 라인을 잡으며 비우기 힐링을 해 주시는데 받고 나니 피곤함이 조금 가신다.

이어서 나의 좌측 다리 하지정맥류를 탐색하며 힐링을 하는데 다리를 타고 시원하고 저릿저릿한 기운이 발목에서 무릎 쪽으로 타고 올라간다. 이때 비우기님이 머리가 아플 정도로 심한 뭔가가 느껴진다고 하는데, 이 또한 은하우주선 피폭으로 인한 증후군일 수도 있다고 한다. 나의 하지정맥류는 스스로 비우기 힐링을 통해서 완치해 보고자 맘을 먹고 있다.

'반드시 비우기 힐링으로 완치해 보자. 아~자~잣~!!'

오전 9시경에 목적지인 자연숨결명상원에 도착하였는데, 즉시 들어

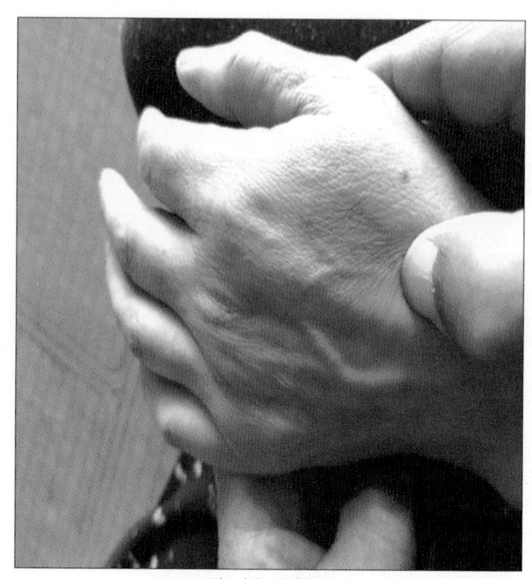
간 비우기 힐링

가지 않고 뒷산 계양산으로 산책하러 가는 중에 정원이 잘 꾸며져 있고 소나무가 울창하여 산책하기 좋은 수녀원에 들렀다. 산책을 마치고 돌아오니 SS님이 와 계시는데 차를 한잔하며 비우기님은 차담실에 앉아서 힐링을 시도한다.

손목과 팔을 탐색하며 비우기님은 머리와 눈 부위를 힐링하고, 나는 옆에서 보조하는데 어기(사기)가 아직도 많이 나오는 걸 느낀다. 화상으로 해서 다리에 이식수술한 곳의 경락이 SS님 본인이 느끼는 것과 힐링을 하면서 탐색되는 경락이 서로 조금 차이가 난다. 이는 이식수술을 크게 하면서 경락이 조금 변형된 것이 아닌가 하고 비우기님과 SS님이 서로 대화하면서 조심하게 추측을 해 본다.

SS님은 감기 증상도 있어 손목의 고골과 저골 콩알골을 집중적으로 힐링을 해 주니 몸이 따뜻해진다고 한다. 약 2시간 정도 SS님을 힐링해 주고 나서 스스로도 혼자서 할 수 있는 힐링방법을 알려 주고 마무리를 한다.

이어서 기다리던 KJ도반님의 하지정맥류 힐링과 좌측 무릎 부위의 통증을 집중적으로 1시간 이상 힐링을 하였다. KJ도반님은 다리 통증은 완화된 것이 느껴진다는데, 계속해서 병원에 가야 하나 고민을 한다.

12시 반쯤에 셋이서 점심으로 얼큰한 바지락칼국수를 맛있게 먹고 난 뒤 1박2일 대장정의 힐링 일정을 마무리하고 비우기님은 약 2시경에 대전으로 출발하였다.

정말 많은 내용을 이렇게 압축하여 풀어내다 보니 기억의 한계를 느끼게 된다.

1박2일 동안 비우기님 곁에서 보조 힐러를 하면서 많은 것을 배우고 익히는 기회였고 실전을 통한 체험은 정말 소중한 경험이었다.

'이 자리를 빌어 비우기님께 진심으로 감사의 말씀을 올립니다. 또한 힐링에 같이 동참해 주신 자연숨결명상원 도반들에게도 감사의 말씀을 드립니다.'

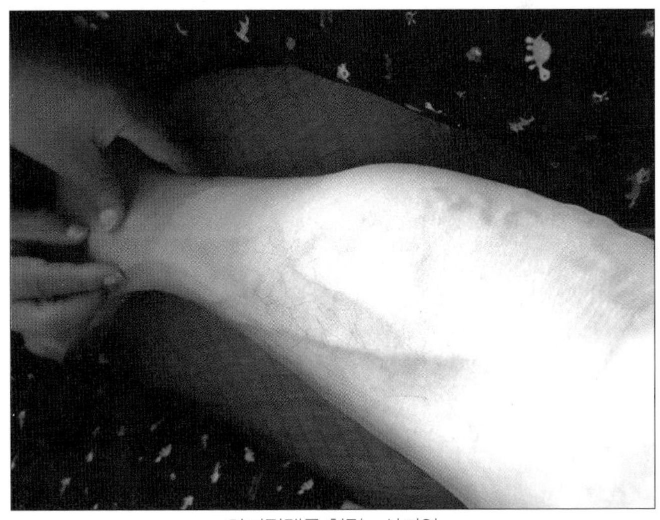

하지정맥류 힐링 · 삼지안

1박2일 힐링 후기

1. 어깨가 아픈 L도반이 밴드에 올린 글

"생각날 때마다 힐링을 합니다. 특히 운전 중에 왼쪽 무릎에 올려놓고 날마다 습관적으로 합니다. 7일은 된 듯한데, 빼근해서 힐링을 하는데 첫날은 십 분쯤 지나니 무릎과 손가락이 서늘해지는 듯했습니다. 날이 지나고 아플 때마다 자꾸자꾸 하니 하는 동안만은 통증은 사라지고 편안했지요. 개인적으로 확신하는 게 치료효과는 모르겠고 비우기를 하는 시간과 그 후 몇 분은 아프지 않은 상태로 회복된다는 사실입니다."(오~! 효과가 있다는 것을 인식하니 다행입니다.)

"침이 잘 맞는 사람이 즉시나 일시적으로 효과를 보는 것과 같은 통증 치료 효과라고 표현할 수도 있어요. 참고로 저는 침은 몸에 아무런 효과가 없는 특이 체질입니다."(침이 효과가 없는 체질인데 삼지침과 지조침이 통증 완화에 효과가 있다니 지속해서 지켜봐야겠습니다.)

2. SS님과 전화로 간단하게 상태를 알아본 내용

"알려주신 대로 스스로 비우기 힐링을 매일 하고 있는데, 눈이 아프던 곳의 통증과 실핏줄 그리고 시리던 증상은 거의 사라진 듯합니다. 몸이 너무 오랫동안 아팠던 관계로 금방 힐링되는 느낌은 없으나 비우기 힐링을 해 보니 나쁘지는 않은 것 같습니다."

3. K부부 도반

KD도반은 가끔 어깨와 목 부분을 힐링해 주고 있다는데, 하는 동안에는 비우기의 느낌이 있다고 하였다.

KJ도반은 힐링 시에 아픈 곳의 통증이 완화된 느낌은 드는데, 아직도 병원을 계속 다녀야 하나 고민 중이라고 한다.

얼빔힐링 행공

2021년 4월 22일 요즘 수련 후에 그동안 하지 않던 스트레칭 동작으로 몸을 풀어주다 보니 허리에 무리가 온 듯, 어제 오후부터 우측 허리가 아프다.

오늘 아침에 자연숨결명상호흡 수련 시작 전에 온몸 샤워 힐링 행공을 하면서 통증이 느껴지는 곳에 장뜸을 떠주니 많이 완화된다.

오후에는 위장이 더부룩하여 우측 엄지 라인으로 얼빔을 찾아보니 고골(엄지 라인 손목 부위 뼈가 툭 튀어나온 곳) 밑에 움푹 팬 곳에서 통증이 잡힌다. 그곳에 쌈지뜸과 지조침을 놔주니 시원한 트림과 함께 방귀가 터져 나오며 머리가 맑아진다.

L도반에게 우측 어깨 통증이 있어 손등을 탐색해 보니 엄지 라인 손목 아래에서 깨알 같은 어골(변형된 뼈)이 잡힌다. 그곳을 한동안 삼지안으로 지조침을 놔주니 시원하다고 한다. 평소 몸에 기감도 없고 침을 맞아도 효과가 없다며 부정적이던 L도반이 얼빔힐링의 효과를 조금씩 인식하면서 긍정적으로 받아들이고 있는 것이 수확이다.

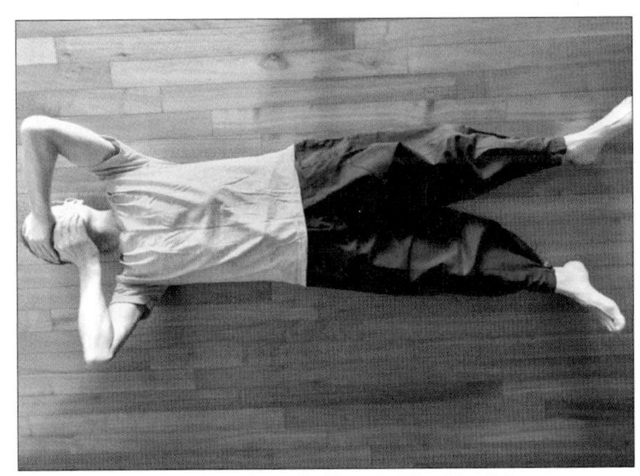
상체 얼빔 행공 제1식: 눈/ 입/ 얼굴 피부

2021년 4월 23일 자연숨결명상호흡을 하기 전에 몸의 이완을 돕기 위해 만든 행공이 있다. 이 행공을 할 때 얼빔힐링의 온몸 샤워 행공을 정리(머리~팔 11개 동작/ 명치~발끝 11개 동작)하여 자연 숨결명상호흡 행공에 접목해서 활용하고 있는데 1개월간 체험하며 정리한 것을 도반들과 같이 수련할 때 전해 주었다.

이 행공을 체험하면서 그동안 이유 없이 가슴 두근거림, 울렁증, 불안한 증세가 사라지고 있는 것은 물론이고 육신의 변화도 나타나고 있다.

앞으로 이 행공 동작을 '얼빔힐링 행공' 이라 이름을 붙이고 정형화하여 도반들과 아픈 분들에게 전해 주려고 한다.

얼빔힐링 행공을 지속해서 해 주면 치료되는 질병

- ♦ 머리의 질병(뇌종양, 뇌졸중, 치매 등)
- ♦ 눈 관련 질병(충혈, 눈 시림, 떨림 등)
- ♦ 귀 관련 질병(이석증, 진물 등)
- ♦ 코 관련 질병(비염, 축농증, 코감기 등)
- ♦ 얼굴, 피부(주근깨, 잡티 등)
- ♦ 호르몬 분비(면역력 증대 등)
- ♦ 기관지 관련 질병(갑상선, 기관지, 기침 등)
- ♦ 심장, 폐, 위장, 간 등 오장육부 관련 질병
- ♦ 어깨, 팔뚝, 손목, 관절 관련 질병
- ♦ 골반 주변 질병(결림, 통증 등)
- ♦ 생식기 관련 질병(요로결석, 요도관, 방광, 자궁, 전립선 등)
- ♦ 항문 관련 질병(치질, 치루, 직장암 등)
- ♦ 무릎, 발목, 허리, 관절 질병 등
- ♦ 몸 안의 얼룩(사기, 어기, 어혈 등) 비워짐(정화)
- ♦ 마음의 평온과 안정(울렁증, 불안감, 우울감 등)
- ♦ 호흡 수련이나 명상 시에 이완과 깊은 몰입감 등등.

얼빔힐링과 자연숨결명상호흡 · 1

2021년 4월 27일 좌측 다리의 하지정맥류가 심하여 힐링을 해 주고 있는데, 요즘은 자연숨결명상호흡 수련 시에 하지정맥 시작점인 발목에 손을 가만히 잡고 장뜸을 떠주며 수련에 드는데 시원한 기운이 정맥을 따라 쿨렁거리며 올라간다. 하지정맥류를 힐링을 통해 개선해 보고자 한다.

2021년 4월 30일 평소 점심을 먹은 후에 뒷산인 계양산으로 산책 겸 운동을 하러 간다. 오늘은 일이 조금 늦게 마무리되어 오후 5시쯤에 잠깐의 산책이라도 하기 위해 올라갔는데, 몇 개월 동안 안 보이던 사람을 만났다. 이분은 일하다가 우측 어깨를 삐끗하며 심하게 다쳐서 작년부터 일하지도 못하고 병원에 다니며 재활을 하는데도 차도가 없어서 계양산으로 재활운동차 운동을 나온다고 한다.

또 호기심이 발동하여 옆에 앉히고 손등을 탐색해 나가니 손등 여기저기서 크고 작은 어골이 잡히는데, 특이하게도 어골을 찾아 잡아도 통증을 못 느낀다고 한다. 그러던 중 검지와 중지 깊은 곳에서 어골을 찾아 잡으니 아프다

상체 얼빔 행공 제2식: 기관지/ 눈/ 코

고 한다.

그곳을 삼지안으로 잡고 어깨를 지조침과 손바닥뜸을 5분여 간 떠주니 상당한 냉기가 흘러나온다.

약초당을 비우고 나오기도 했지만 시간이 늦어서 오랜 동안 힐링을 해 주지 못해서 스스로 비우기 방법을 알려 주고 돌아왔다. 힐링이 되든 안 되든 막무가내로 시도하다 보면 특이한 현상도 접하게 되지만 여러 경험치가 쌓이는 것 같다.

2021년 5월 8일 아침에 일어나 자연숨결명상호흡을 하기 전에 얼빔 힐링 행공(온몸 샤워 행공)을 하는 도중에 몸이 이완되며 의식이 아득한 공간 속으로 내려가는데 둥글고 흰 공간이 하늘처럼 파란색의 빛 공간으로 변한다. 이어서 본수련을 하는데 육신과 의식이 더욱 편안하게 이완되며 파란색의 빛 공간 속으로 아득하게 빨려 들어간다.

곧이어 연한 황금색의 공간이 펼쳐지는데, 나 자신이 공간 속의 빛인지 공간 속의 빛이 나인지 정신 못 차릴 정도로 7~8분간 장자의 호접몽, 아니 광(빛)접몽이 되었다.

얼빔힐링과 자연숨결명상호흡 · 2

2021년 5월 16일 어제부터 내리던 비가 오늘 아침까지 내리고 있다. 주말에 비가 온다는 예보가 있었지만 이렇게 장마처럼 내릴 줄은 몰랐다. 일요일에도 비가 온다고 예보했으니 모처럼 집에서 느긋하게 지낼 생각을 하며 TV 명화극장에서 몇 번을 시청했던 '빠삐용' 영화를 시청하고 2시쯤에 잠이 들었다.

상체 얼빔 행공 제3식: 머리/ 뇌

영화를 보며 딸아이가 사다 놓은 닭발과 막걸리 한 잔을 하며 비가 오는 밤에 느긋하게 홀로 영화를 보니 또 다른 운치가 있어 좋았다.

그런데 아침 7에 일어나니 배가 싸하고 코는 막혀서 숨쉬기가 불편하고 눈은 따갑고 목구멍은 뭔가가 걸린 듯이 잠겨 있다.

'~ 모처럼 기분을 내었더니, 이런 젠장~!'

거실로 나와 얼빔힐링 행공을 하며 온몸 비우기를 한 후에 눈, 코와 기관지, 목 부위, 복부를 장뜸과 삼지침으로 1시간 정도 집중적으로 힐링을 해 주니 많이 편안해졌다. 헌데 좌측 콧속이 여전히 풀리지 않고 맹맹하여 코 전체를 감싸며 손가락 지조침을 놓고 동시에 목 뒤 후두부 쪽을 손바닥뜸을 20여 분간 떠주니 숨쉬기 좋게 코가 뚫린다.

2021년 5월 20일 며칠 전부터 좌측 손목이 시큰거리며 손목을 굴신하면 통증이 있었다. 그래서 자연숨결명상호흡 수련 시에 얼빔힐링 행

상체 얼빔 행공 제4식: 귀

공 중에 11번 자세가 있는데, 한 손은 손목을 감싸 잡고 한 손은 손목에 가락침을 놓으며 온몸을 쭉 뻗어 내리는 자세를 취했다. 이 11번 행공을 며칠째 해 주니 손목의 통증과 시큰거림이 사라진다.

그리고 그동안 우측 귀속에서 간헐적으로 진물이 나며 가려워서 연고를 발라 주면 조금 좋아지다 일정한 기간이 지나면 또 가렵고 진물이 나서 여간 신경 쓰이지 않았었는데, 그러한 것을 염두에 두고 귀 부분을 힐링하는 행공을 만들었다. 행공 4번 자세가 귀 뒤에 지조침을 놓으며 귀 울림통에는 바닥뜸을 떠주는 행공 자세인데 한 달 반 정도 이 4번 행공을 꾸준히 해 주니 귀속이 뽀송하고 가려움증과 진물이 나지 않고 있다.

얼빔힐링과 자연숨결명상호흡 · 3

2021년 6월 28일 2000년도에 원광대학교 동양학대학원에서 기공학을 같이 공부하던 동문 LN도반이 곡성에서 분당에 볼 일이 있어 올라왔다가 휴일(6.27)에 자연숨결명상호흡원에 찾아와서 반갑게 맞이했다.

LN도반과는 졸업 후에도 어떤 인연으로 꾸준히 교류해 온 사람으로서 선도수련과 약선 공부, 수기치료, 마음공부 등 다방면의 공부를 함께해 오고 있는 재주가 많은 도반이다.

오랜만에 보니 살도 적당히 빠지고 보기도 좋았는데, 눈을 제대로 뜨지 못하고 찡그리는 얼굴이 불편해 보였다. 왜 그러냐고 물으니 근자에 눈이 시리고 사물을 잘 볼 수가 없어 힘들다고 한다.

자연숨결명상호흡원에서 황차를 한잔하며 서로 그동안의 안부를 교환하고 책꽂이에 있는 얼빔힐링에 관한 책 《비얼로 간다》(1, 2권)과 《힐링》(저자 서금석)을 전해 주면서 얼빔힐링에 대한 설명을 간략하게 곁들이니 관심을 보인다.

차를 마시며 LN도반의 손을 잡아보니 따뜻한 손이라기보다는 약간 뜨겁다는 느낌이 든다. 손가락과 손등을 삼지안으로 탐색해 보니 잡히는 것이 없어 이상하다고 생각하며 찬찬히 다시 탐색해 보니 좌측 검지와 중지 사이 손가락이 갈라지는 곳에 팥알보다 작은 어골(변형된 뼈)이 잡힌다.

그곳을 삼지침으로 잡아주니 통증을 느낀다. 가만

상체 얼빔 행공 제5식: 호르몬 분비/ 면역력

히 잡고 있으니 어깨에서 팔쪽으로 뭔가 빠져 나오는 것 같다고 한다. 왼손으로 삼지침을 잡고 오른손으로는 어깨를 감싸며 지조침을 놓으며 이리저리 탐색해 보니 어깨 앞쪽에서도 어골이 잡혀서 살며시 잡아주니 이곳에서도 통증을 느낀다.

이 두 곳을 가만히 잡고 비우기 얼빔힐링을 시도하며 대화를 해 보니, 평소에 하는 일이 목을 숙이고 하는 것이 많아 경추 부분이 뻐근하고 아프고, 또 어느 순간부터 눈이 시려서 제대로 눈을 뜰 수가 없어 일하는데 매우 불편하다고 한다. 손목과 어깨에 잡히는 어골이 간과 목 척추와 연관이 지어지며 LN도반이 불편한 원인을 알게 된다.

약 30여 분간 손과 어깨에 삼지침과 지조침으로 힐링을 해 주고 난 뒤 휴식을 취하며 소감을 말하는데, 몸이 가벼워지고 어깨와 눈이 많이 편안해졌다고 하며 신기해 한다. 내가 보아도 힐링을 하기 전과 후에 외적으로 보이는 눈의 상태가 확연히 다르다.

계양산 장미원 물레방아

춘천막국수로 점심을 맛나게 먹고 뒷산 계양산에서 장미원까지 산책을 하며 다녀오면서 들꽃과 장미, 산야초 등 자연과 교감하며 즐거운 마음으로 힐링을 하고 돌아왔다. 그리고 자연숨결명상호흡원에서 황차를 마시며 다시 힐링을 시도하였다.

이번에는 내가 가부좌를 한 다리에 LN도반에게 머리를 베게 하고 얼굴 부분(눈, 입, 얼굴 전체) 안면 부위를 손바닥뜸으로 10여 분, 뒷머리와 눈 부위에 10여 분, 양손으로 눈 뒤쪽 머리에 10여 분간 목, 어깨를 차례로 바닥뜸으로 힐링을 하였다. 힐링을 마치고 나니 몸이 너무나 가볍고 불편하던 눈이 제대로 떠지며 편안하다고 좋아한다.

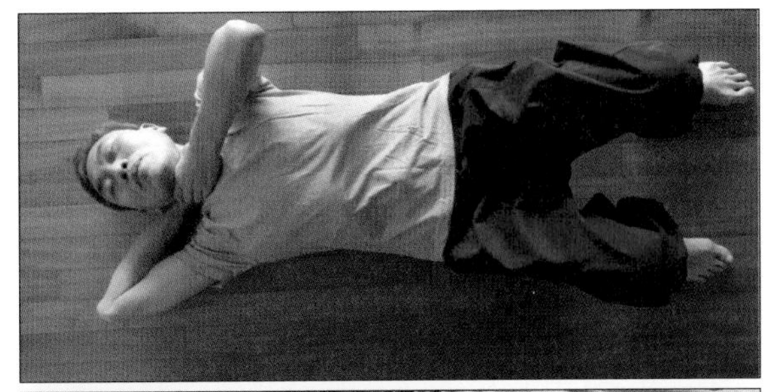

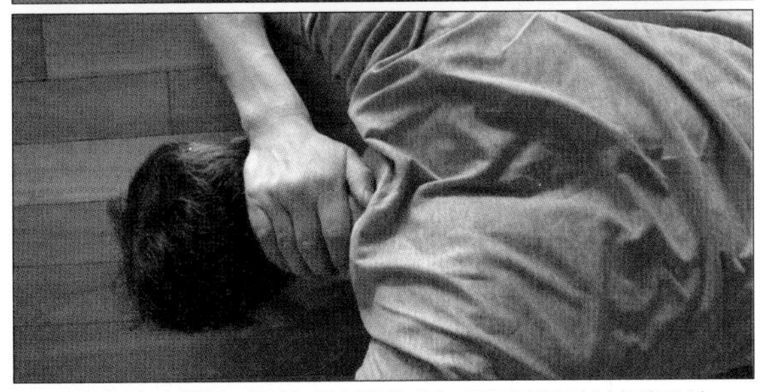

상체 얼빔 행공 제6식: 목/ 신경계/ 기관지/ 갑상선/ 편도선

내친김에 LN도반 집에서 평소에도 힐링할 수 있도록 내가 정리하여 만든 얼빔힐링 행공(온몸 샤워 행공)을 알려주며 한 동작마다 각 1분씩 22개 동작을 정리해 줬다. 얼빔힐링 행공에도 관심을 보여서 행공 동작마다 몸에 연관된 장기 부분과 힐링 효과를 설명하며 자세히 알려주었다.

LN도반께서 행공 동작과 순서, 그리고 효과를 노트에 빼곡히 적어가며 진지하게 받아들이는 모습을 보니 수련과 공부를 꾸준히 해온 사람이라서 역시 자세가 남다르구나 싶은 생각에 존경심이 들었다.

얼빔힐링 행공이 끝나고 자연숨결명상호흡의 기본 단계인 '몸 느끼기' 수련을 알려주며 같이 하는데, LN도반의 호흡이 부드럽고 안정적이며 더욱 깊은 숨결이 느껴진다. 수련에 도움을 주고 싶어서 LN도반의 수련에 필요한 기운을 나의 백회로 끌어와 오른손 노궁을 통해 LN 도반의 단전으로 연결해 쏘아주니 단전으로 기운이 편안하게 스며들어 간다.

12분간 자연숨결명상호흡 수련이 끝나고 차를 마시며 차담을 하는데, LN도반이 수련 중에 깊은 몰입감 속에서 밝은 빛이 보였다고 한다. 얼빔힐링을 통해 몸이 이완된 상태에서 자연숨결명상호흡을 하니 호흡이 안정적이고 부드러우며 깊은 몰입감이 일어나니 이 둘은 서로 보완적이며 상승효과로 서로 잘 맞는 것 같다.

얼빔힐링과 몸 느낌 수련, 산책 등의 일정을 어느 정도 마무리하고 편안한 상태에서 차담을 나누었다. 서로의 수련과 공부와 일상 이야기 등으로 끝없이 이어지는 즐거운 차담은 시간 가는 줄 모르게 지나간다.

오전 11시에 자연숨결명상원에 방문하여 저녁 7시까지 9시간이 순식간에 지나가니 이른바 '신선놀음에 도낏자루 썩는 줄 모른다' 는 옛말이 실감난다. 참으로 즐겁고 행복한 휴식으로 보낸 하루였다.

약초당 손님과 얼빔힐링 · 1

2021년 6월 28일 오후 4시경에 약초당으로 70대 할머니가 땀을 뻘뻘 흘리며 들어오신다. 의자에 앉자마자 땀이 너무 많이 나는데 뭐 좋은 것이 없냐고 말씀을 하신다. 그 순간 할머니의 간에 열이 많다는 것이 느껴진다.

즉시 왼손으로 할머니의 왼쪽 손목(고골, 저골)을 잡고 내 오른손으로 할머니 왼손에 얼빔을 탐색하니 아니나 다를까 검지와 중지 사이 손가락이 갈라지는 틈에서 팥알만 한 크기의 뾰족하고 예리한 어골이 잡힌다. 삼지안으로 어골을 눌러주니 아프다고 몸을 뒤트신다.

상체 얼빔 행공 제7식: 심장/ 간/ 폐/ T임파구 활성/ 심신 안정

이어서 어깨와 목은 어떠냐고 물으니 역시 아픈 곳이라고 말씀하신다. 땀이 너무 나는 것이 죽는 병은 아니냐고 하시는데 웃음이 나온다.

"할머니, 혹시 스트레스 받는 일 있으세요?"

그랬더니 요즘에 사회적 기업인 행복한 밥상이라는 곳으로 일주일에 한 번씩 일하러 나가는데 그곳의 할머니들과 음식을 만들면서 견해차로 말싸움이 잦아 스트레스를 무척 많이 받는다고 하신다.

젊었을 때도 20여 년간 직장생활을 하면서 동료들과 일로 인해 서로 간의 견해차가 많아 스트레스를 무척 받았다고 하신다. 할머니의 성향을 보니 깔끔하여 자기보다 못하다고 생각하는 사람들에게 잔소리 비슷하게 해 왔다고 하고 그로 인해 서로 다투게 되어 스트레스를 상당히 받아온 눈치다.

그래서 할머니에게 모두 내려놓고 편안한 마음으로 상대방을 인정하고 받아들이는 연습을 하시라고 하니, 다 내려놓았다고 하신다. 어골이 잡히는 곳에 삼지침을 10여 분간 놓아주니 뾰쪽하던 부분의 어골은 약간 둥글게 변하면서 크기도 조금 줄어들고 더위도 조금 가시면서

상체 얼빔 행공 제8식: 심신 안정/ 폐 기능 강화

얼굴이 뽀송뽀송해지며 신기하다고 하신다. 그래서 삼지침을 놓는 방법을 알려주고 일을 하지 않고 쉴 때는 항상 그곳을 잡아주라고 알려드렸다.

그리고 평소에 소일거리로 '뭐 하시냐' 고 물으니 뒷산에 산책하러 가고, 동네 할머니들과 그냥 시간 보낸다고 하셔서 그렇게 무료하게 시간을 보내지 말고 자연숨결명상원에 오셔서 차도 마시고 수련도 하며, 또 스트레칭도 하면서 건강을 챙기시라고 하였다. 그러자 교회 같은 종교단체가 아니냐고 의문스럽게 반문하여 수련원을 구경시켜 드리며 세세하게 설명을 하니 긍정적으로 반응하신다.

10여 분이 지난 뒤 50대 후반 정도의 남자분이 약초당으로 들어오면서 조금 전에 여기 다녀간 할머니 소개로 왔다며 좋은 약을 지어달라고 한다. 먼저 오신 할머니가 그새 지나가는 지인한테 약초당에서 있었던 일을 자랑하셨나 보다.

어디가 불편하냐고 물으니 어깨 통증과 눈이 아파서 많이 불편하다고 하는데 눈을 살펴보니 충혈이 되어 있고, 또 잘 뜨지를 못한다. 좌측 검지 라인을 더듬어 탐색해 나가니 중지 쪽으로 가까운 곳에 둥글고 넓적한 어골이 잡힌다. 그곳을 살짝 눌러주니 아프다고 인상을 쓴다. 또 우측 손을 탐색하는데 역시 검지 라인에서 비슷한 크기의 어골이 잡히고 살며시 삼지침을 놓으니 역시 아프다고 손을 빼려고 한다.

고객에게 비싼 약을 드시기 전에 우선 간을 해독하며 다스려 주는 것이 좋겠다면서 미나리즙을 드실 것을 권하고 양손의 어골을 잡아 잠깐 힐링을 해 준 뒤에 힐링하는 방법을 알려주었다. 그리고 그곳에 자주 삼지침을 놓아주라고 안내를 하니 고맙다고 인사를 하며 돌아가신다.

얼빔힐링과 은하 우주선피폭 증후군 후유증

2021년 7월 1일 어제부터 좌측 무릎을 굽히면 뒤쪽이 아파서 완전히 굴신을 할 수가 없다. 예전에 앓았던 베체트씨 병증과 비슷한 증상이다. 아침 자연숨결명상호흡을 하기 전에 얼빔힐링 행공을 하면서 아픈 곳에 장뜸과 삼지안으로 20여 분간 힐링을 해 주니 한결 부드러워졌지만, 며칠간 계속 힐링을 해 줘야겠다는 생각이 든다.

그리고 6월 초에 AZ 백신을 접종하고 난 뒤에 뭔가 모르게 조금은 피곤하고 졸린 현상이 지속적으로 있어 꾸준히 힐링을 병행해 줘야겠다는 생각이다.

상체 얼빔 행공 제9식: 어깨 관절 강화

2021년 7월 2일 아침에 일어나 자연숨결명상호흡

상체 얼빔 행공 제10식: 팔/ 엘보우 관절 강화

수련 전에 얼빔힐링 행공을 해 주면서 아픈 좌측 무릎에 어제와 같이 장뜸과 삼지안으로 힐링을 해 주니 무릎에서 열감이 일어난다. 아마 염증이 있어 아픈 것 같다. 어제보다는 무릎 굴신이 50% 정도 호전되고 있고 통증도 많이 줄어들고 있지만 만족스럽지는 않다.

2021년 7월 3일 여전히 아침 수련 전에 얼빔힐링 행공을 하면서 좌측 무릎에 장뜸으로 힐링을 해 주니 좌측 다리를 통해 어기(사기)가 용천으로 빠져 나가면서 뻐근하고 발 전체가 시리고 묵직하다. 무릎 굴신을 할 때 통증은 조금 남아 있지만 부드러워지고 있고 무릎도 많이 접히고 있다.

며칠 동안 더부룩한 체기가 있었는데, 당일에도 약간 머리가 무거우며 몸에 기운이 없고 미열이 났다. 하지만 지인을 만나 저녁을 먹고 귀가하였는데, 머리와 배가 더욱 불편하였다. 배를 주물러 체기를 내리고 합곡혈을 잡고 삼지뜸을 떠 줘도 시원하게 가라앉지를 않는다.

소파에 앉아서 TV를 보며 위장과 대장에 직접 장뜸을 해 주니 배에서 열감이 나고 꾸르륵 소리와 함께 체기가 내려가면서 속이 편안해진다. 그동안 얼빔힐링 행공을 해 주니 몸 전체에서 호전반응이 나타나고 있는 듯하다.

2021년 7월 4일 장마가 시작되면서 비가 온다. 휴일 아침에 일어나 자연숨결명상호흡을 하기 전에 얼빔힐링 행공으로 몸을 풀면서 이완을 한다. 며칠 전부터 좌측 무릎의 통증으로 굴신도 못하던 곳에 좀 더 힐링에 공을 들인다. 무릎에서 손을 타고 찌릿찌릿한 기운이 감지되고 장딴지를 타고 무겁고 차가운 기운이 발끝과 발바닥 전체로 빠져 나가면서 발을 찬물에 담가놓은 듯하다.

이 찌릿찌릿한 기운의 느낌은 비우기 힐링을 할 때 은하 우주방사선에 피폭된 곳에서는 번개가 치는 것을 느낀다고 하신 비우기님의 말씀과 상통하는 것 같다. 몇 달 전에 좌측 눈을 통해 허리 쪽으로 관통하는 은하우주방사선에 피폭된 후유증이 좌측 무릎 쪽으로 나타난 것 같다.

최근에 좌측 다리 하지정맥을 힐링을 해 주고 있지만 예전보다 좀 더 심한 것 같고, 좌측 무릎의 갑작스러운 통증도 은하우주방사선의 피폭과 연관이 있지 않나 조심스레 추측을 해 본다.

비우기님, 또 인천에 오시다

2021년 7월 10일 아침에 일어나 수련을 하려는데 문자가 와서 확인해 보았다. 비우기님의 문자라 즉시 확인하였더니, 오늘 일정이 어떠냐고 묻는 내용이었다. 오늘 오전 10시부터 오후 5시까지는 약초당에서 근무하고 오후 5시 이후에는 선약이 있다고 회신을 하였다.

그러자 비우기님이 자연숨결명상호흡원으로 오전 10시까지 오시겠다고 한다. 혹시 1명을 초대해도 되겠냐고 물으니, 흔쾌히 좋다고 하여

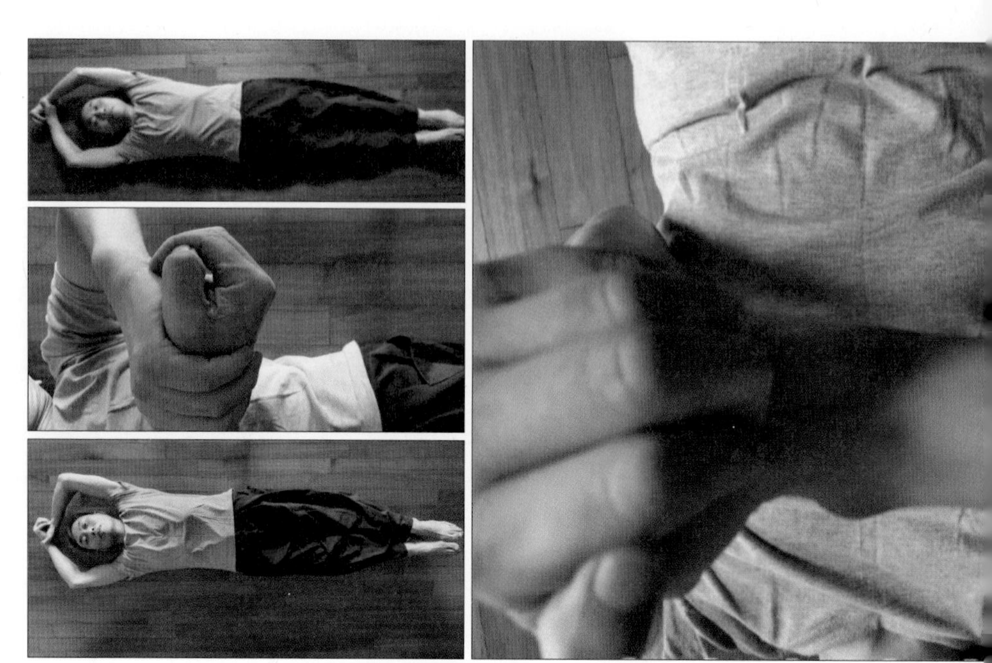

상체 얼빔 행공 제11식: 손목 관절 강화

몸이 불편한 YM님께서 얼빔힐링을 체험할 기회인 것 같아 YM님에게 전화를 했다. 상황설명을 하니 YM께서는 반가움에 쾌히 응낙하시며 11시까지 자연숨결명상호흡원으로 오시겠다고 한다.

이렇게 일사천리로 약속을 잡고 가만히 생각해 보니 간밤에 얼빔힐링에 대한 꿈을 생생하게 꾼 기억이 되살아나는 것이 아마도 비우기님이 인천으로 오시려고 한 예지몽이었던 것 같다.

나는 수련을 마치고 약초당으로 출근하여 자연숨결명상호흡원에 올라가서 환기를 시키며 비우기님 맞을 준비를 하고 약초당으로 내려와 일과를 준비하는데 비우기님이 도착하신다.

비우기님과 반갑게 인사를 나누고 자연숨결명상호흡원으로 올라가 황차를 마시다가 그 자리에서 비우기님이 나의 무릎 통증이 있는 곳부터 만지며 힐링을 해 주신다. 며칠 전에 비우기님 카페(상상힐링; 은하 우주선 피폭장애 힐링)에 올린 얼빔힐링을 한 이후로 온몸에 명현반응이 나타나고 있다는 내용을 보시고는 걱정도 되고 얼굴도 볼 겸 멀리 대전에서 인천까지 달려오신 것이다.

'감동 뿜뿜~! 울먹.'

나의 좌측 무릎과 좌측 팔꿈치를 삼얼손힐링으로 10여 분간 해 주다가 힐링 포인트를 내게 알려주며 삼얼손힐링을 하라 하고 나서 비우기님은 나의 양쪽 쇄골에 삼얼손힐링으로 합동 힐링을 시도한다. 쇄골 부근은 림프샘이 모여 있는 곳이라고 하는데 의외로 쇄골 주변을 얼빔힐링해 주면 효과가 좋다고 한다.

림프구와 림프샘이 인체에 미치는 영향과 역할에 관하여 공부를 좀 해 볼 필요가 있을 것 같다

팔꿈치 힐링

나와 비우기님이 삼얼손으로 협업 힐링을 시도하는데 좌측 발쪽으로 시원한 기운이 빠져 나가고 어깨와 쇄골 부근에서 열감이 일어난다. 비우기님은 처음 나의 좌측 무릎과 팔목을 힐링할 때 화약 냄새가 난다고 하면서 나에게 냄새가 안 나냐고 묻는데, 나는 혀끝에 '쇄에~' 한 느낌이 난다고 했다.

얼빔힐링을 할 때는 힐링할 주요 포인트가 잡히면 그곳을 집중적으로 시도하여 뿌리가 완전히 뽑힐 때까지 힐링을 해 주어야 다른 여타의 곳도 효과가 나타난다고 한다.

쇄골 삼얼손힐링

40여 분간 힐링하고 있으니 YM님이 오신다. 나의 힐링이 10여 분간 계속되는 동안에 YM님은 옆에서 지켜보고 있다가 내 힐링이 끝나자 비우기님과 서로 상견례를 하고는 즉시 YM님의 힐링에 들어간다.

나는 YM님의 힐링 중에 약초당 손님의 전화가 와서 1시간 가량 상담을 하고 다시 자연숨결명상호흡원으로 돌아오니 YM님의 손과 어깨 부분을 힐링하고 있다. 그동안 내가 같이 자리에 없었으니 힐링이 진행된 상황은 잘 모르겠고 그저 궁금하기만 하다.

하지만 힐링을 하면서 두 분의 대화 내용을 들어보니 YM님이 예전에 오른손 검지가 유리에 큰 상처를 입었다고 하는데 YM님은 미리 말은 안 했지만, 비우기님은 이미 그곳을 힐링 포인트로 잡아서 힐링을 하였더니 어기(사기)가 많이 나온다고 한다. 비우기님이 힐링하는 동안 YM님이 그곳으로 기운을 보내 사기(어기)를 밀어내며 협동하니 힐링하는 시간이 많이 단축되는 것 같다고 한다.

하체 얼빔 행공 제1식: 횡경막/ 고황 강화

오전 힐링을 마치고 점심으로 YM님이 냉면을 사줘서 맛나게 먹고 오후 힐링에 들어가는데 나는 또 약초당에 손님이 와서 상담을 마치고 1시간 후에 돌아왔다. YM님은 누운 상태에서 머리와 귀 뒤쪽을 힐링 받고 있었는데, 이 부분에서 비우기님이 강한 번개가 치는 것이 느껴진다면서 중추신경이 은하 우주방사선에 피폭된 것 같다고 한다.

하체 얼빔 행공 제2식: 위/ 대장/ 소장 강화

YM님은 젊었을 때는 누구보다 건강하고 건장했는데 스스로 몸을 많이 상하게도 했지만, 어느 날 갑자기 팔다리가 마비되면서 움직일 수 없는 상태가 되었고 그로 인해 팔과 다리의 근육이 소실되어 상당한 육신의 고통을 겪었다고 한다. 그 이후로 단전호흡 수련을 통해 각고의 노력으로 많이 호전되어 지금은 걸어다니며 일상 생활하는 데 큰 불편함은 없지만, 아직 완전히 회복되지는 않아 온전하지는 못하다.

이러한 연유로 인해 내가 비우기 공부를 하면서 YM님의 상태를 보니 은하우주선에 피폭되었을 것이라고 추정은 하였지만 차마 말은 할 수가 없었다. 그런데 비우기 힐링을 체험시켜 주면서 이러한 말씀을 해 줘야 이해를 쉽게 할 수 있을 것 같았고, 힐링을 하면서 이러한 것에 관해 설명하니 쉽게 이해를 하시는 것 같았다.

오늘따라 약초당에서 나를 찾는 손님이 많아 약초당으로 가서 손님을 맞이했는데, 장사 속셈보다는 손님들에게 증상에 따라 얼빔힐링 포인트를 잡아주며 설명을 하니 시간이 많이 소요되었다. 오후 4시경이 되어 비우기님과 YM님 두 분이 힐링을 끝내고 약초당으로 내려오시고는 곧 돌아가신다고 하는데, 손님 배웅도 제대로 못하고 보내드려서 미안한 마음이 가득하다.

얼빔힐링과 자연숨결명상호흡 · 4

오랜만에 글을 올린다.

더운 여름 날씨에 귀찮아하는 버릇이 한없이 발동되어 게으름을 피웠다. 아직도 진행 중이지만 시나브로 벗어나야겠다.

2021년 7월 15일(목) 얼빔힐링을 통해 몸 안의 얼룩을 비워내는 것은 육신뿐만 아니라 마음을 비워내는 것도 중요한 과정인 것 같다.

얼빔힐링을 통해 육신의 얼룩을 지우고 자연 숨결을 통해 마음의 얼도 비워내는 과정이 서로 보완되어 시너지 효과가 있는 것 같다.

아침에 자연숨결 명상호흡을 하는데 한 생각이 떠올랐다.

하체 얼빔 행공 제3식: 골반/ 생식기 강화

이 세상 우주는 원래 공(없음)한데, 내가 인식하고 의식하는 순간 유(있음)으로 바뀐다. 양자역학의 이중 슬릿 실험과 같은 원리이다. 양자는 원래 파동(무)

이지만, 우리가 인식하고 바라보는 순간 입자(유)가 되는 원리와 같다.

명상도 이와 같은 원리로…. 수련 시에 모두 내려놓고 들어가는 것과 목적을 가지고 들어가는 것과의 차이다. 일정한 단계의 수련 경지만 되면 특정한 공간을 의도하는 대로 만들 수 있다는 말이 이러한 것이다.

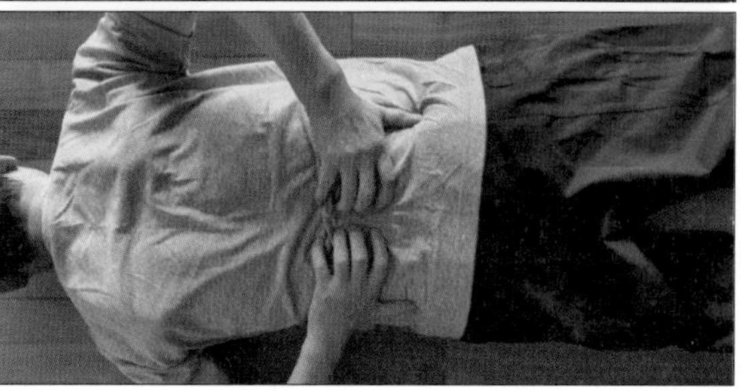

하체 얼빔 행공 제4식: 허리뼈/ 신장 강화

심법을 사용하기 때문이다.

현실과 이상의 세계를 구분하여 알아차릴 수 있어야 한다.

명상할 때는 무상태로 들어가 있는 그대로를 받아들여야 한다.

있기도 하고 없기도 한 것은 우리의 의식, 인식에 기인한다.

근심 · 걱정, 본래 있기나 한 것인가?

자신이 만드는 것이다(색, 유). 모두 내려놓으면 사라진다(공, 무).

말은 쉽지만 생각, 감정, 오감을 가진 사람은 그게 맘대로 안 된다. 그래서 명상, 호흡 수련 등을 통해 색즉시공 공즉시색의 원리를 알아차리고 진공묘유의 세계를 자유자재하는 것이다.

2021년 8월 13일(금) 아침 수련을 하며 힐링 행공과 몸 느낌 수련을

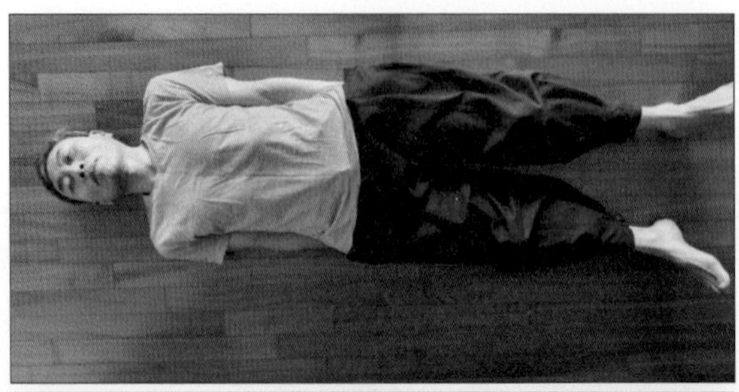

하체 얼빔 행공 제5식: 고관절/ 환도 강화

병행하였는데, 힐링 행공 중반부쯤부터 몰입력이 일어나며 온몸의 형상이 차츰 밝은 빛으로 변하며 빛의 파동이 되어 사라진다.

힐링 행공을 마치고 임맥 수련과 본 수련을 할 때도 의식이 차분하게 내면의 공간으로 몰입되어 가더니 밝은 빛의 공간이 펼쳐지고 그 속으로 스며들어 간다. 한동안 그 빛 속에서 나의 형상은 사라지고 빛과 하나가 되어 세상과 우주의 경계마저 사라진다.

이미 하늘의 기운은 가을이 시작되는 기운이라 그런지 오늘의 기운은 유난히 차분하고 진중하다는 느낌이다.

약초당 손님과 얼빔힐링 · 2

*두 명의 중년여성 손님

두 명의 여성 손님이 찾아오셨는데, 두 분 중 한 명이 기관지가 안 좋아 말을 조금만 해도 목이 잠기며 힘이 들고 무기력해진다며 뭐 좋은 것이 없느냐고 하신다. 우선 수세미도라지즙(수세미, 도라지, 생강, 대추, 맥문동 첨가)을 권해 드리고 난 뒤 대화를 하면서 손을 잡고 얼을 탐색을 해 보니 약지 라인에서 어골(변형된 뼈)이 잡혀서 지조침(삼지안)으로 잡아주니 아프다고 몸을 비튼다. 이어서 검지 라인에서도 약간의 아시가 잡혀서 잡아주니 역시 아프다고 한다. 손을 탐색한 결과 폐와 기관지, 목뼈 부분이 안 좋으냐고 하니 어떻게 아느냐고 하며 나를 빤히 바라보신다.

손등의 아시혈 자리 부위를 알려 주며 이곳을 삼지침으로 해당 기관의 얼룩을 비워내면 아픈 것이 힐링 될 것이라고 알려 주면서 최소 하루 30분 이상 힐링을 하라고 하니 고맙다고 한다.

*부부 손님과 얼빔힐링

날씨가 무더운 어느 날, 기골이 장대한 남자와 보통 체격의 여성인 부부 손님이 찾아왔다. 남편이 근자에 땀을 많이 흘리고 무기력한 상태라서 힘이 든다고 좋은 약이 없느냐고 한다. 얼빔힐링 힐러의 기질이 발동하여 남자 고객의 손을 잡아보니, '와~!' 정말 보기 드문 완전 통뼈가 장난이 아니었다.

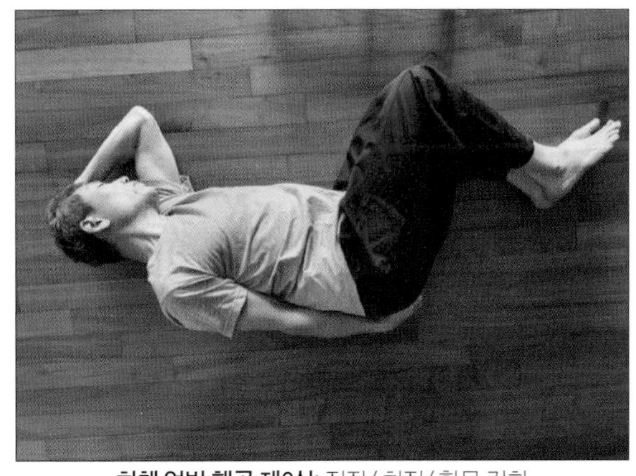
하체 얼빔 행공 제6식: 직장/ 치질/ 항문 강화

이렇게 건장한 분이 무기력하고 힘이 든다니 조금 의아해 하며 손을 탐색하는데, 팔과 손이 너무 두껍고 뼈가 굵어 아시혈이 잘 잡히지를 않는다.

'아놔~(?)'

그래도 포기하지 않고 열심히 손 부위를 탐색하는데, 좌측 손의 약지와 중지 사이(폐, 대장, 심장, 소장) 초입에서 다행히(?) 어골이 잡힌다. 그곳을 삼지침으로 잡아주니 강한 통증을 느낀다. 동시에 어깨 견갑골을 지조침으로 잡아주니 그곳도 통증을 느끼며 덩치에 어울리지 않게 몸을 비튼다.

이어서 우측 손을 탐색하니 검지와 중지 라인(간, 심장)의 손목 쪽 가까운 곳에 어골이 잡혀서 그곳을 잡아주니 아프다고 또 덩치에 어울리지 않게 몸을 비튼다. 20여 분간 두 곳을 삼지침으로 비우기 힐링을 해주고 힐링 자리를 알려주며 집에서 쉬는 시간에 자주 해 주라고 알려주니 연신 고맙다고 인사를 한다.

폐와 간에 얼룩이 생겨 땀을 많이 흘리는 것 같다.

남편의 상태를 진단해 주니 신기하다며 아내도 한 번 봐달라고 하는데, 부인은 싫다고 손사래를 치고 있었지만 은근히 기대하는 기색이었다.

하체 얼빔 행공 제7식: 생식기 기능 강화

일단 여성 손님에게 어디 불편한데 없느냐고 탐문을 하니 없다고 한다. 손을 잡고 손등을 탐색해 보니 처음에는 잘 잡히지 않아서 이리저리 탐색하다 보니 아니나 다를까, 검지와 중지 라인의 손등 중간쯤에서 미세한 어골이 잡힌다. 그곳을 삼지침으로 살짝 잡아주니 '아야야~!' 하는 소리와 함께 너무 아프다며 몸을 비튼다.

하체 얼빔 행공 제8식: 무릎 관절 강화

그래서 심장은 괜찮으냐고 물으니 그때서야 심장이 안 좋고 스트레스를 많이 받아 힘이 든다고 한다. 부인도 힐링을 잠깐 해 주며 힐링 포인트와 힐링 방법을 알려주며 시간 날 때마다 해 주라고 알려 주니 고맙다고 인사를 한다.

이들 부부는 3주 후에 약을 주문한다는 명목으로 아들까지 데리고 왔는데, 아들 상태를 점검해 달라고 하여 탐색을 하며 아들의 아픈 부위와 상태를 알려주니 아들이 신기해 한다. 아들을 잠깐 힐링해 주고 나서 해당 부위에 좋은 약을 주문하였고, 남편도 약(생맥산맥을 돌게 하는)을 주문하였다. 아들은 평소 약을 지어줘도 약에 대한 믿음이 약하고 잘 먹지 않으며 이러한 것들에 대해 불신이 심하여 부모님이 선체험한 것을 말하면서 약초당에 한 번 같이 가보자고 하여 데리고 온 것이다.

아들의 상태를 진단하며 대화를 하니 그때서야 조금 믿는 눈치다. 그러면서 약을 먹어보겠다고 하여 원기회복과 스트레스, 면역력이 약하여 그에 좋은 약을 추천하니 주문을 하고 간다.

약초당 손님과 얼빔힐링 · 3

*세 명의 중년여성 손님과 얼빔힐링

어느 날 세 명의 중년여성 손님들이 찾아왔다. 두 명은 먼젓번에 오셔서 얼빔힐링 체험을 하고 간 손님이고, 또 다른 한 명은 처음 온 손님이었다. 얼빔힐링을 체험하고 간 두 명의 손님들이 같이 온 손님은 어디가 아픈지 알아보라고 나에게 주문하고, 새로 오신 손님은 '에이, 그걸 어떻게 알겠냐'며 되었다고 손사래를 친다.

하체 얼빔 행공 제9식: 발목 관절 강화

'우움~! 나를 테스트 하나? 하지만~ 마다할 내가 아니지~.'

새로 온 손님의

왼손목의 고골과 저골을 감싸 잡고 오른손으로 탐색해 나가다 보니 간, 목(갑상선), 위장, 폐, 척추 라인에서 어골이 잡혀서 삼지침으로 잡아주니 '아야야~!' 하고 인상을 쓰며 몸을 비튼다. 탐색결과를 바탕으로 손님의 간, 목, 위장, 폐, 척추 부위가 불편하지 않으시냐고 물어보니, 그 부분이 모두 안 좋아 종합병원이라며 신기한 눈으로 나를 바라보며 어찌해야 하냐는 표정이다.

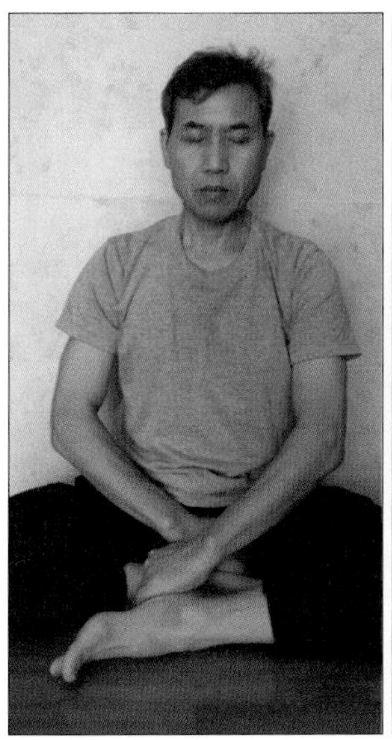
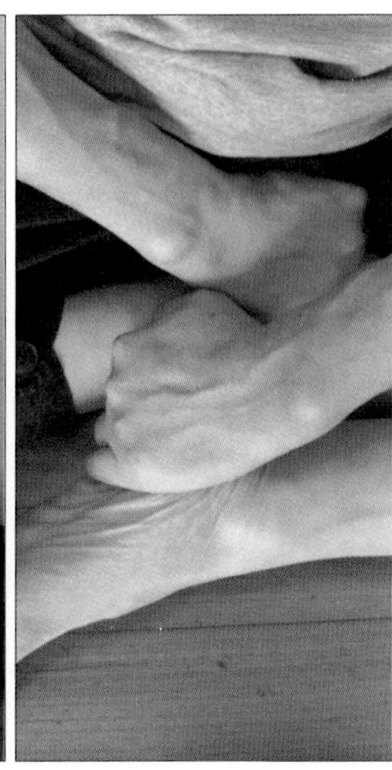

하체 얼빔 행공 제10식: 방광/ 대장/ 생식기(발 뒤꿈치) 강화

힐링 포인트와 힐링 방법을 알려 주며 하루 30분 이상 꾸준히 해 주어야 한다고 알려 주니 알겠다고 하며, 당장 불편한 기관지(갑상선)에 좋은 것을 추천해 달라고 하여 수세미도라지즙(수세미, 도라지, 생강, 대추, 맥문동)을 추천하니 구매하고 간다.

*셀프 얼빔힐링

10여 년 전에 우측 위쪽의 어금니를 임플란트한 이빨이 음식을 씹으면 약간의 통증이 있어서 문제가 생겼나 싶어 치과에 한 번 가봐야겠다는 생각을 하였다. 퇴근하고 식사 후에 양치질을 하는데 해당 부위가 조금 거북하여 통증이 있는 곳을 손가락으로 만져보니 잇몸의 안과 밖이 약간 부어 있었다. 아마 잇몸에 염증이 생겨서 붓고 통증이 있었던 것으로 판단하고 즉시 아픈 부위의 잇몸 안과 밖을 혀로 마사지하듯이 10여 분간 쓸어주고 입안 전체를 혀로 문질러주고(입안 힐링) 아침에 일어나 확인해 보니 붓기가 거의 빠져 있고 통증도 거의 사라졌다.

'와~ 신기하네~!'

약 2주 전에도 입안이 쓸리고 불편하여 확인해 보니 입안 좌측 천장 부위에 백태가 생겨 쓰리고 아파서 혀로 쓸어주며 한동안 힐링을 해 주었는데, 이때도 이틀 만에 사라지는 경험을 했다. 생활 속에서 셀프 얼빔힐링을 해 주니 매우 효과적이고 나이 들어가며 건강관리에 많은 도움이 되고 있다.

얼빔힐링과 자연숨결명상호흡 · 5

*얼빔힐링 행공을 체득한 PH도반님

그동안 자연숨결명상호흡을 같이 수련하면서 도반들에게 얼빔힐링 행공(온몸 샤워 행공)을 알려주었는데, 그간 해온 행공들에 익숙해서인지 얼빔힐링 행공을 무심코 받아들이는 도반님들이 있었다.

다양한 공부를 해 나가는 자연숨결명상원에서는 어떤 정형화 된 내용을 강요하거나 주입시키지는 않는다. 그러니 알려준 내용을 받아들이고 하지 않고는 수련자 몫이기에 궁금해서 스스로 묻을 때까지 기다린다.

근자에 PH도반이 몸이 불편한 곳에 얼빔힐링을 하는 행공을 알려주니 효과를 인지하고 자세한 동작을 알기를 원해서 온몸 샤워 행공(얼빔힐링)에 대해 다시 한 번 각 동작을 같이 하며 몸에 미치는 효과를 상세히 설명해 주었는데, 실제로 해 보고 효과가 좋다며 몸에 불편한 곳이 생기면 얼빔힐링 행공을 하겠다고 한다.

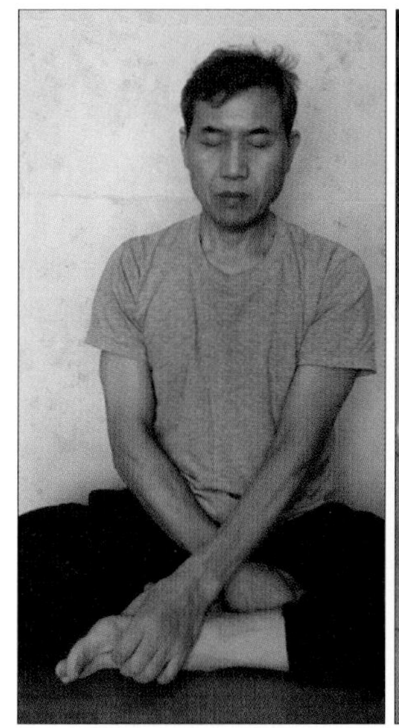
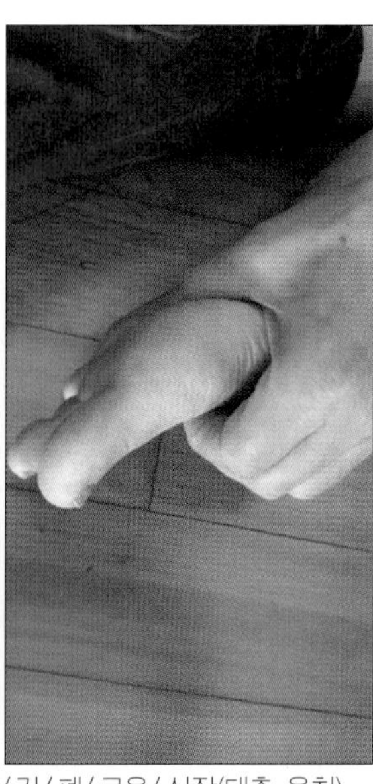

하체 얼빔 행공 제11식: 위/ 신장/ 간/ 폐/ 근육/ 심장(태충, 용천)

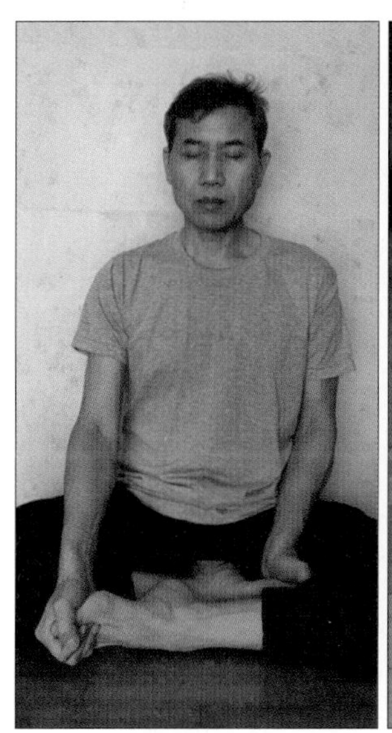
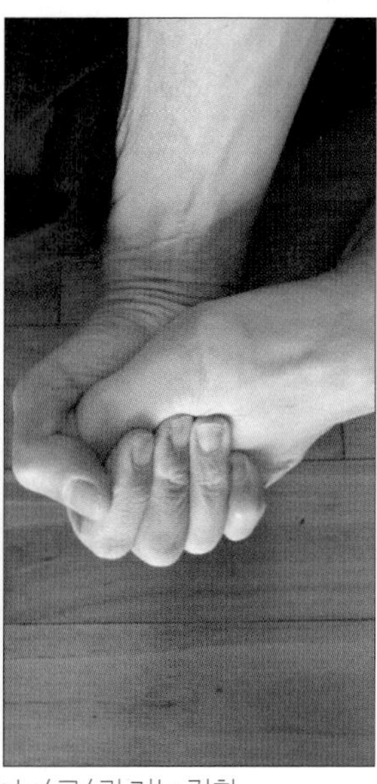

하체 얼빔 행공 제12식: 눈/ 코/ 귀 기능 강화

PH도반이 얼빔힐링 행공을 해 본 소감으로는 우선 몸이 피곤할 때 해 주니 피로가 해소되고, 또 깊은 숙면을 취할 수가 있는 데다 몸의 긴장이 풀어져 이완이 잘 되고 본 수련 시에 몰입이 잘 되는 것 같다고 한다.

이처럼 얼빔힐링 행공은 온몸을 샤워하듯이 2개 동작(상체, 하체) 22개 행공 동작과 함께 삼지안 또는 장뜸으로 힐링을 동시에 해 주니 각종 질병을 예방할 수 있는 효과가 있는 행공이라고 생각이 든다.

한 사람이라도 제대로 얼빔힐링 행공을 체득하여 효과를 체득하게 되니 얼빔힐링 행공을 만든 보람이 더해 기쁜 마음이 든다.

은하 우주방사선 피폭장애 관리를 위한 얼빔힐링(비우기)를 접하고 그동안 수련해 온 경험을 통해 행공 동작과 접목하여 심사숙고하여 만든 얼빔힐링(온몸 샤워 행공)이 여러 인연 있는 사람들에게 전해져 체득을 통해 건강한 삶을 영위할 수 있기를 희망해 본다.

제 3 부

자연숨결명상호흡

| 이종보 |

자연숨결명상호흡 입문단계-몸 느낌, 임맥 수련

'자연숨결명상호흡' 은 그동안 약간 인위적인 단전으로 호흡을 내릴 때와 달리 편안하게 호흡을 하게 되면 호흡이 자연스럽게 깊어지고 단전자리가 형성되며 자신의 몸을 인식하고 몸 상태를 스스로 인지할 수 있게 된다.

더욱 깊은 경지로 들어가기 위해서는 자연스러운 호흡을 통해 임맥(승장~회음) 경락 중에서 승장혈~단전(석문혈)까지 제대로 유통하고 임맥 경로를 통해 단전으로 기운이 내려가는 것을 가만히 바라보고 있으면 의식의 몰입이 아주 깊어지고 임맥 경로를 통해 강한 기운이 축기되어져 고차원의 세계를 경험할 수 있다. 즉, 자연스러운 호흡으로 자기 몸 느낌을 통해 먼저 자신을 알고 난 후 임맥 경락을 유통해 임맥 경로를 통해 기운을 단전에 축기하는 과정으로 이해하면 된다. 이를 '자연숨결명상호흡' 이라고 명하게 되었다.

가장 기초적인 '몸 느끼기' 수련과 '임맥 경락' 을 제대로 유통하는 과정에서 중단전이 닦이며 마음의 안정과 평화, 잔잔한 기쁨과 즐거움, 일상에서 감정의 기복 변화가 적고 안정되어가고 있음을 느끼고 있다.

또한 수련이 진행되면서 평소 사물을 대할 때 자연스럽게 자연과 상호 교감이 이루어지며 자연과 우주, 사람, 사물을 이해하는 데 많은 도움이 되고 있어 어느 때보다 즐겁고 충만하고 행복함을 느낄 수 있다.

몸 느낌, 임맥 수련이 끝나고 대맥 운기, 소주천 운기, 대주천 운기, 전신주천 운기, 채약 운기 등 경락유통수련을 하기 원한다면 깊은 몰입(선정)에 들어간 상태에서 해당 경락 운기를 수련하게 한다. 그리 되면 기존의 기 수련자들이 지금까지 느껴보지 못한 충만한 기감과 밀도, 다른 차원의 세계를 경험하게 되어 수련과 공부에서 한층 더 큰 진전을 보게 될 것이다.

자연숨결명상호흡—몸 느낌, 임맥 수련 요결

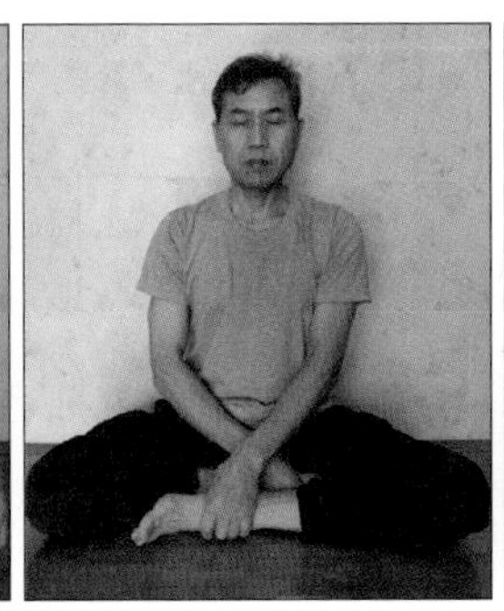
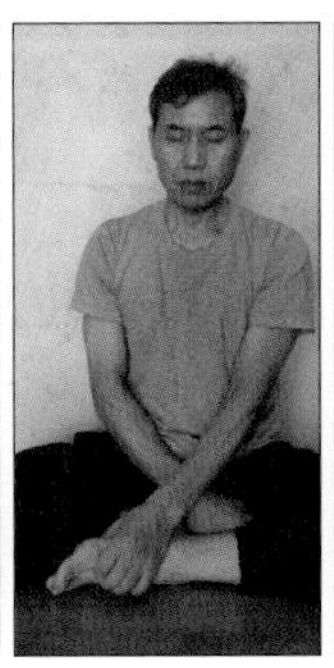
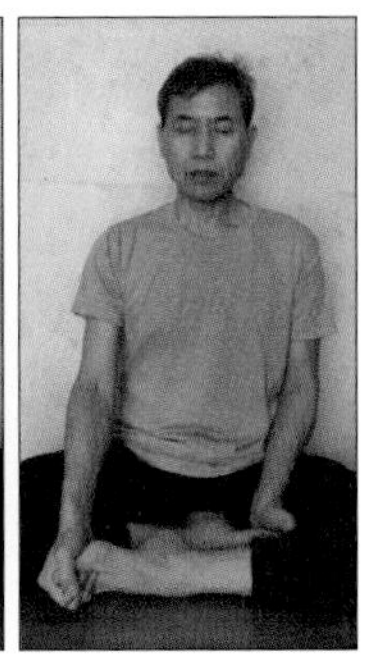

몸 느낌 명상호흡 수련(1단계)

1. 수(水–물)–태동

와식으로 누워서 편안하게 몸을 이완시키고 자연스럽게 숨(호흡)을 쉬며 온몸을 느낀다. (촉감, 질감, 기감 등 몸의 변화 상태)

● 의식은 온몸 전체를 바라보며 몸 외부(피부)만 느낀다.
● 한 번 수련하는 시간은 20분 정도가 적당하다.(길면 수면으로 빠질 수 있음)
● 20분을 한 후에 몸을 풀고 다시 와식으로 편안한 자연호흡을 하며 반복한다.
● 수련자가 몸 외부의 변화를 느낌을 인지하면 의식을 피부 속으로 두고, 장기(위, 대장, 신장 등)의 부분도 느껴 본다.
  – 이때의 느낌은 열감, 냉감, 통증, 시원함, 청량감 등 여러 증상이 수련자마다 다르게 나타날 수 있다.
  – 몸을 느끼는 감각(오감)과 무형의 빛(에너지)에 대한 새로운 인식이 되고 자신의 실체성을 알 수 있게 되며 육신의 감각을 통해 몸(정)과 마음(신)을 조절하여 우주 공간의 빛(에너지)과 소통하는 기초적인 수련이라 할 수 있다.

참고사항

- 의식은 마음이고, 마음은 곧 의식이다.
- 의식은 빛이고 에너지이다.
- 의식은 진동이고 파동이다.

몸 느낌 명상호흡 수련(2단계)

1. 목(木－봄)－생동

태통(수－水)에서 수련하며 기운에 대한 느낌을 알게 되었을 것이다. 하지만 와식수련은 아직 끝나지 않았다. 지금부터는 자연스럽게 숨을 쉬는 자연숨결명상호흡 방법에 관해 설명하겠다.

● 의식을 코에 두고 들숨과 날숨을 자연스럽게 쉬는데, 기감이 느껴지면 물이 코 아래 임맥 선상으로 물이 흐르듯이 의식을 둔다(생동감, 실체감).

● 단전(석문혈)을 향해 내려가는 에너지(기, 빛)의 통로가 임맥혈에 만들어져야 한다(임맥 경락, 즉 승장혈~단전까지의 통로의 중요성을 인식한다).

● 의식을 호흡에 두고 수련하며 기다린다(집중력, 실체감). 급한 마음은 절대 금물이며 여유로운 마음을 가지고 수련에 임한다(초보자는 단전자리를 잡아준다).

－이렇게 수련하다 보면 시간과 세월 속에서 임맥혈이 점차 가늘한 실줄과 같은 느낌이 오며 에너지(기, 빛)의 통로가 생기고 색다른 호전(명현) 반응도 느낄 수 있다.

－그러다 보면 석문혈에 단전자리가 잡히고 에너지(기, 빛)가 쌓여 빛의 공간감도 느끼게 되며 자신의 몸 내외(안과 밖)가 하나가 되는 등 우주와 하나(우아일체)가 되는 현상을 인지하게 된다.

참고사항

• 수련자의 수련 진도에 따라 와식과 좌식수련을 병행한다.

• 임맥혈을 따라 단전까지 이어지는 통로에서 에너지(기, 빛)가 흐르고 흘러가다 보면 중단전(옥당혈)에 쌓인 한(에고, 업, 카르마 등)이 닦이며 마음이 정화되어 편안해지고 근심 · 걱정이 조절된다.

• 사람의 근본은 마음이 올바로 서야 한다.

몸 느낌 명상호흡 수련(3단계)

무단복제금지

2. 화(火-여름)-성장

꽃이 피고 열매를 맺는 단계가 되어야 한다.

- 단전(석문혈)을 느끼고 에너지(기, 빛)의 통로가 임맥선상에 형성되었다면 열정과 집중력을 발휘하여 수련 시간을 더욱 늘려야 한다. 또한 에너지(기, 빛)의 밀도와 충실도(질량)를 높이려면 자연숨결호흡이 끊기지 않도록 리듬(파장화)을 타고 고르게 쉬면서 잡념을 줄이고 집중력을 높여가야 한다(오랜 시간과 세월 속에서 집중력과 탐구심으로 인내하며 수행하여야 한다-실체).
- 그동안 삶과 생활에서 형성된 고정관념과 아집, 집착과 욕심을 내려놓고 순수한 마음을 가질 수 있도록 성찰을 통한 부단한 노력이 필요하다. 수련 중의 잡념은 머리(뇌)에서 일어나기 때문에 단전으로 내려가는 에너지(기, 빛)를 위로 상승시켜 수련에 방해가 된다(수승화강).
- 쉼 없이 꾸준히 즐겁게 자연숨결호흡 수련을 하면서 에너지(기, 빛)는 단전으로 축기를 하고 그 에너지(기, 빛)는 임맥으로 내려가면서 중단전(옥당혈)을 닦고 닦아서 그동안 형성된 욕심과 아집, 에고로 물들어 어두워진 마음(중단전 옥당)의 빛을 닦아내야 한다.
  - 단전으로 내려가는 에너지(빛)는 의식을 두고 가만히 바라만 본다(생동감).
  - 그렇게 에너지(기, 빛)가 단전까지 흐르는 것을 인지하다 보면 단전에서 밝은 공간감이 생기고 어떤 빛의 통로 같은 곳으로 빨려 들어가는 등 여러 가지 현상을 체험하게 된다.
  - 그 깊은 내면 공간(선정)의 빛으로 들어가면(빛에 안기는 느낌) 아늑함과 은은함이 느껴지고 잔잔한 기쁨과 즐거움, 충만감과 행복감 등이 나의 의지와 상관없이 일어나는 것을 인지하고 느끼게 된다.

참고사항

- 수련 시간과 횟수를 늘리고 집중력을 높여 열정적으로 수련을 해야 한다.

몸 느낌 명상호흡 수련(4단계)

3. 금(金-가을)-결실

이제는 기본적인 자연숨결명상호흡 수련의 결실을 보는 단계가 되어야 한다.

- 지금까지의 수련은 자신의 몸과 마음 감정, 기감을 알아가는 과정이었다면 이제부터는 스스로가 주체적 주도적으로 되어 어떤 수련단계에 연연하지 말고 자신의 빛을 찾아가야 한다.
- 대맥 운기, 소주천 운기, 대주천 운기, 전신주천 운기, 채약 운기 등 경락 유통 수련을 하기 원한다면 깊은 몰입(선정)에 들어간 다음에 해당 경락을 운기하게 되면 기존의 기 수련자들이 지금까지 느껴보지 못한 충만한 기감과 밀도를 느끼며 수련과 공부에 한층 더 큰 진전을 보게 될 것이다.
- 그동안 살아오면서 자신의 삶 속에서 형성된 아집과 에고, 미움과 원망, 욕심과 탐욕 등으로 하늘이 정해 준-자신이 프로그램화하여 태어난- 길을 망각하고 인간에게 특권으로 주어진 자유의지를 올바로 발휘하지 않아 생긴 수많은 인과응보로 인해 자신이 만든 탁하고 어둡고 한 맺힌 기운은 사라지지 않고 에고와 함께 동행하게 된다.
- 그러나 수행을 통해 양심과 명백함의 가치를 지키고 올바른 의식의 빛을 밝히게 되면 상주(인당)에 머물고 있는 하늘의 빛이 밝아져 원신의 성장을 통해 궁극의 자신의 본 자리로 돌아가게 되는 것이 하늘의 뜻이다.
  - 지구라는 별은 영혼을 가진 육신을 통해 물질계의 모든 현상(생각, 감정, 오감)을 체험하게 하여 이를 바탕으로 의식의 빛을 성장시키는 공부의 장을 펼쳐 놓은 곳이라는 것을 알 수 있을 것이다.

참고사항

- 인간의 몸에 있는 상단전 인당혈에 빛(21g)이 거한다는 사실을 과학적으로 입증한 바가 있다.

자연숨결명상호흡원

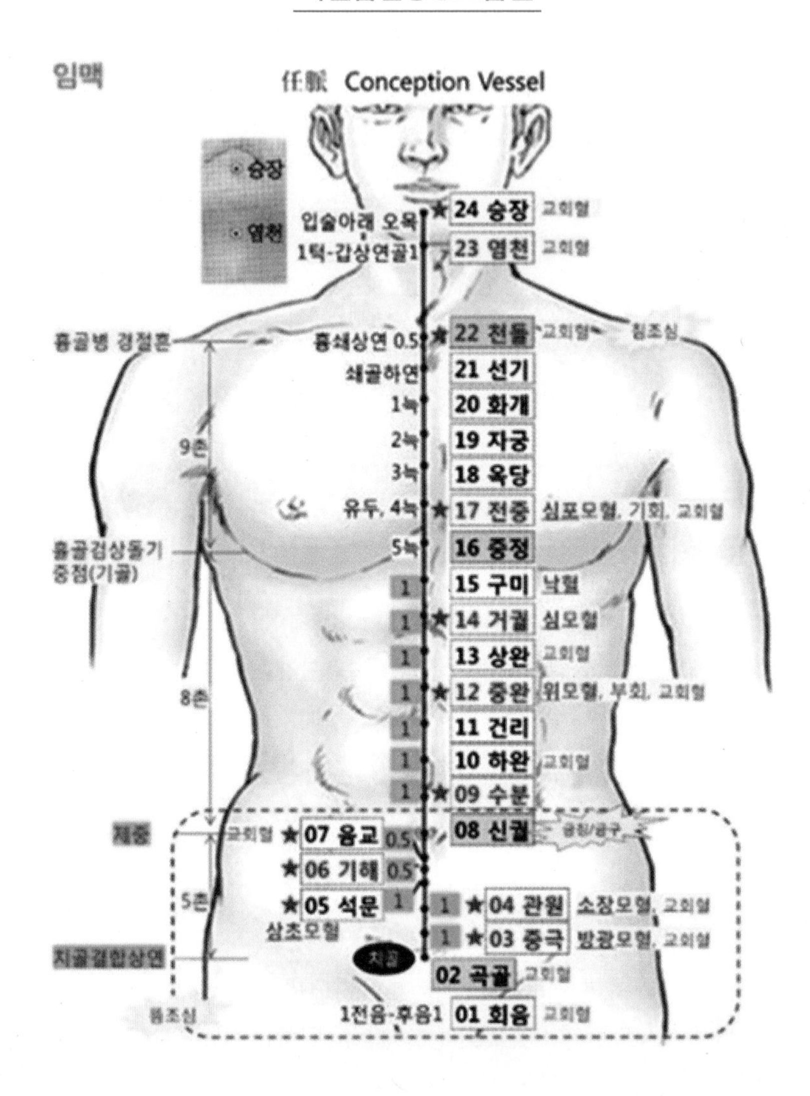

P.S. 자연숨결명상호흡의 입문 과정인 '몸 느끼기 수련 요결'을 정리할 수 있도록 도와주신 상선 님께 감사의 말씀을 올리는 바이다.

자연숨결명상호흡 수련기

약초당에서 많은 업무를 처리하다가 12월 말 때쯤에 조금 한가해지니 긴장이 풀리면서 육신의 정화작용이 같이 일어난 듯하다. 평소 육신의 관리가 중요함을 새삼 체감하는 계기가 되었다.

육신이 마음에도 영향을 미쳐 새해 첫날부터 약간 우울하였으나 첫날부터 육신의 정화작용이 일어났으니 올 한해는 더욱 정진하라는 뜻인가 보다 하고 긍정적인 마음으로 바꾸었더니 감사한 마음이 일어났다.

2020년 2월 14일 (금)

그동안 애증이 많았던 S수련단체에서의 생활을 정리하고 이제 다시 원점에서 새 출발하고자 준비를 하고 있다. 오로지 정심 정도에 의한 수련, 깨어 있는 수련, 양심에 의한 수련, 오롯이 자신을 바라보고 성찰하는 수련인으로 거듭나야겠다.

자연스러운 호흡(본 수련, 행공), 단전이 충만한 호흡, 전 과정의 복습을 끝까지 충만하게 하기, 단전을 먼저 의식하고 집중하기, 단전을 가만히 바라보기 등등, 그동안 S단체에서 수련하다가 모두 내려놓고 바라보니 또 다른 모습, 또 다른 세계가 보이기 시작하면서 공부의 시야도 넓어지고 있다.

무엇이든지 좋고 유익한 것은 받아들이고 배우고 익히는 자세로 수련하다 보면 자신이 원하는 결과가 있을 것이다.

새롭게 시작하는 자연숨결명상호흡 수련의 이야기를 진솔하고 꾸밈없이 있는 그대로 정리할 것을 새삼 다짐해 본다.

2020년 2월 27일 (목)

요 며칠 사이 체기와 몸살 비슷한 몸 상태로 조금 고생을 했다. 오늘 아침에는 깨우침의 마음이 일어났다.

"모든 사물과 상황을 있는 그대로 보자." 그리고 "생각을 긍정적이고 희망차고 기쁘고 감사함으로 바꾸자."

어느 누구든지 잘하는 것은 받아들이고 칭찬하며 부정적인 생각과 말, 행동은 하지 말자고 다짐을 한다. 진정한 수도인이라면 자신에게 집중하고 성찰하여 양심을 기본으로 명백함을 추구해야 하지 않을까 한다.

이제부터 새롭게 다시 제대로 공부를 해 보자. 오늘도 이렇게 자신을 성찰하며 한 발씩 나아가는 자신에게 감사하고 생활 속의 도를 실천하고 있는 자신이 행복하다.

'일상에서 의수단전, 내관반청하며 편안한 자연숨결호흡을…!'

2020년 3월 5일 (목)

오늘날짜로 S단체에서 수련생활을 마감 정리했다. 작년(2019.8.28)에 내가 가지고 있던 S단체의 모든 직분을 내려놓겠다고 면담을 한 이후 같이 수련해 온 도반들이 동요되지 않도록 7개월간 연착륙 과정을 거쳐 마무리하게 되어 다행이라 생각한다. 더군다나 지금은 코로나로 도반들이 수련도장에 안 나오고 있는 상황이라 나의 상황을 도반들이 알지 못하게 자연스럽게 정리되어 다행이다 싶다.

1998년 7월 8일, S수련단체에 입문하여 2020년 3월 5일까지 21년 9개월간 육신의 건강도, 마음공부도 하게 되어 감사하게 생각한다. 스승님의 귀천 이후 너무 달라지고 있는 분위기와 상황에서 한동안 많은 갈등과 고뇌를 하다가 나 자신의 소신과 신념이 맞지 않아 정리하게 되어 서운하고 섭섭하지만 어쩌겠는가? 스승님께서 귀천하시기 전에 측근에게 남긴 말씀으로 내 심정을 대신하고자 한다.

"나 아닌 또 다른 내가 나타나서 의식을 구속하고 속박한다면 미련 없이 도문을 떠나 공부하여라."

2020년 3월 6일 (금)

근자에 수련하면서 자연숨결호흡법 적응하기와 집중하는 법을 재인식하며 충분한 복습 수련을 하고 있다. 며칠간 온양 수련을 복습해 주고 있는데, 온양 기운이 충분히 적셔 내려와 온양 구슬이 떨어질 때까지 계속할 예정이다.

오늘 아침 본 수련 시에 무심하게 자연숨결명상호흡을 하고 있는데 호흡이 단전 속으로 쑤~욱 내려가며 단전이 자연스럽게 호흡을 하고 있었고, 의식이 분리되며 어느 공간으로 들어갔는데 그곳은 바다 한가운데 섬이 있고 그 주변에 제법 큰 배가 한가로이 떠 있었다.

의식이 마치 현실과 꿈의 경계선상에 놓여 있었다. 호흡과 의식 집중이 조금 자연스럽게 되고 있었다. 아침 행공수련 시에 문득 소소한 일상이 참 감사함으로 다가온다. 좀 더 평소에도 의수단전, 내관반청하며 생활 속의 도를 실천해 나가자.

2020년 3월 16일 (월)

근자에 자연스러운 호흡법으로 새롭게 시도하고 있는데 효율적인 것 같다. 우선 기본 의식을 단전에 10% 정도 두고 코에 의식을 두고 호흡이 코에서 단전으로 드나드는 것에 집중하면서 자연숨결명상호흡을 하니 의식이 호흡과 같이 단전으로 내려가면서 자연스럽게 집중이 되며 단전이 각인되고 축기가 된다. 그리고 대맥~전신주천까지 운기 복습을 2분간씩 하고 난 뒤 양신(陽神) 수련을 하고, 아침식사 후 단계별 복습을 하고 있다(지금은 온양을 몇 주째 복습하고 있음).

평소 호흡을 할 때도 단전에 기본 의식을 두고 코로 호흡이 드나드는 것을 의식하고 자연숨결명상호흡을 하니 단전의 기감이 잘 느껴진다.

2020년 4월 2일 (목)

현재 운영하는 건강원(계산동 320-4)이 임대가 되어 계양산로 19에 있는 상가로 4월 10일에 이전하기로 결정이 되었다. 코로나 때문에 경제적으로 어려운 시기임에도 운이 좋게도 현 가게를 내어 놓은 지 약 10여 일만에 정리가 되며 이사를 하게 되어 매우 기쁘고 다행이다. 하늘이 나를 도와주는 타이밍이 마치 천라지망과 같이 일사천리로 진행되고 있어 감사한 마음이다.

요즘 와식자세로 편안한 자연숨결명상호흡을 20분씩 3회 정도 하고 있는데, 몸이 사라지는 느낌과 온양 수련을 할 때처럼 온몸이 추운 느낌, 그리고 몸이 찌릿찌릿한 느낌이 동반되며 단전의 느낌이 오롯하게 각인된다.

그리고 축기, 대맥 운기, 소주천 운기, 대주천 운기, 전신주천 운기까지 매일 운기 복습을 하고 온양 복습도 자주 해 주고 있다.

또한 감각을 잊지 않기 위해 양신 수련도 꾸준히 하고 있다. 요점은 와식(편안하게 누운 자세)으로 자연숨결명상호흡을 하면서 온몸으로 느끼기, 전 단계 운기복습을 한 후에 양신 수련을 하고 있다. 조금 차분해지면서 욕심 없이 수련을 진중하게 진행하다 보니 새롭고 참 좋은 것 같다.

약초당 이전준비로 일지를 기록하는 데 소홀했지만 차후 수련을 지속하면서 느낌과 깨달음, 마음작용 등을 상세하게 기록해 나갈 예정이다.

2020년 4월 25일 (토)

그동안 약초당 이사를 하고 정리하느라 정신이 없었지만 이제 한숨을 돌리게 되었다. 자연숨결호흡 수련은 여전히 와식(편안하게 누운 자세)으로 자연숨결명상호흡을 하고 있는데, 몸이 예민해지고 상주 인당의 자극이 자주 느껴진다.

오늘 아침에는 와식으로 자연숨결명상호흡을 하면서 온몸의 표면에 의식을 고루 분포하여 호흡하니 몸 전체가 시원하다. 이어 몸 표피 아래로 의식을 두니 밝고 둥근 공간감과 시원함이 느껴진다. 좀 더 지나니 둥근 공간감이 인식되며 육체가 투명한 것으로 인식된다.

2020년 4월 27일 (월)

소주천 행공 후 축기~전신전주까지 운기수련을 하였는데, 의식을 온몸에 두니 은색으로 느껴지고 점점 의식을 몸 안쪽으로 집중해 들어가니 몰입력이 일어나며 은색 둥근 공간감이 형성된다.

몸은 시원하다. 그리고 양신 수련에 드니 내면 공간으로 몰입력이 높아지고 공간감이 형성된다.

2020년 5월 2일 (토)

새벽 집 수련, 축기~전신주천 운기복습을 하였는데 와식수련 시에 온몸 피부에 전기가 흐르는 느낌이고 의식을 안으로 집중하니 둥근 원형의 환한 공간이 인식되어진다. 그 원 안에 황금색 둥근 빛무리가 보여 의식을 하지 않으니 사라진다.

축기~전신주천 운기 시 기감이 예전보다 충만함을 느낀다. 백회로 도광영력을 받아 하주로 보내니 의식이 다운되며 몰입력이 일어난다. 와식수련을 할 때 몸 느끼기 수련을 병행하니 의식의 집중도가 예전보다 좋아지고 있다.

2020년 5월 31일 (일)

주말 집에서 몸 느끼기 와식수련과 호흡집중(임맥 느끼기) 수련을 하고 있는 중이다.

임맥을 타고 기운이 단전으로 들어가서 야구공만한 둥근 기운이 강한 진동을 일으키며 약 1분 정도 단전이 강하게 떨리고 의식이 마치 블랙홀로 빨려 들려가는 것 같은 느낌으로 순간 두려운 느낌이 들었지만 의수단전하며 대맥을 운기하고 의식을 돌려 나왔다.

이렇게 강렬한 기감은 수련 이후 두 번째인데 이번이 제일 강렬하고 특이한 경험이다.

2020년 7월 9일 (목)

오늘 새벽 수련은 행공 후에 와식으로 몸 느끼기 수련을 20분씩 4회 하였다. 특정 수련보다 오로지 자연숨결호흡으로 몸 느끼기에만 집중하며 수련하였다.

처음에는 온몸으로 시선을 두고 수련을 하니 점차 몸의 경계가 사라지고 공간감만 느껴졌는데 공간에는 구름이 드리워진 듯하였고 그 공간에서 빛무리가 모였다가 사라지고 빛이 명멸하는 것이 반복되었다.

몸은 여러 군데서 살아 움직이는 듯하며 반응이 왔는데, 발바닥은 찌릿한 기감과 고환 부분은 뻐근하고, 팔 엘보는 묵직하며 저림이 오고, 무릎은 시원하고 차가운 느낌으로 사기가 빠져 나가는 듯하였다.

신장부위는 뻐근하고 단전 아랫부분이 묵직한 반응이 왔는데 몸이 약간 안 좋은 부분에서 반응이 오는 듯하다. 좀 더 수련에 용맹정진해야 되겠다는 생각이 든다.

2020년 7월 13일 (월)

자연숨결명상호흡으로 몸 느끼기 수련을 하는데 간간이 수면에 빠지고 편안하게 누워있는데도 다리가 저릿거린다. 다시 집중하여 수련하는 도중 좌측 무릎, 발끝, 골반, 팔 엘보 등에서 무거운 기운이 느껴지며 사기가 빠져 나가는 듯하다.

몸은 풍선처럼 부풀어 오르기도 하고 몸 전체를 바라보고 있으면 내면 공간으로 들어가게 되기도 하는데, 은하수 같은 무수한 빛무리가 명멸하기도 하다가 은색 둥근 빛무리도 보이다 사라진다. 의식을 단전에 집중하지 않아도 자연숨결명상호흡을 하니 단전으로 기운이 자연스레 축기 되는 것이 인지된다.

2020년 7월 14일 (화)

새벽 수련을 하는데 온몸으로 의식을 집중하니 몸의 형체가 기운으로 싸여져 있는 느낌이다. 오른쪽 손목이 10여 회 빙빙 돌며 용천으로 시원한 기운이 감지된다. 더욱 몰입이 되니 내면 공간에서 물안개가 낀 호수 같은 광경에서 연초록색 버드나무와 난초 같은 풀들이 보인다. 수련 말미에 몸 전체에서 시원한 기운이 어린다.

2월부터 몸 느낌 수련을 하고 있는데, 아직 이 정도 밖에 안 되나 하고 조금 조급한 마음이 일어난다. 그동안 달라진 점도 많은데, 욕심을 부리지 말고 기본부터 차근차근 정심 정도로 나아가자.

2020년 7월 15일 (수)

어제 하루 종일 체기로 고생을 했다. 만성 위장병이 속을 썩인다. 아침 수련 시에 몸 외부전체가 선명하게 인지되고 몸이 마치 타이어에 공기가 차오르듯이 부풀어 오르며 기운이 온몸에 꽉 채워지는 느낌이다. 새벽 수련이 끝나고 식사 준비를 하는데, 인당에서 강한 기운이 어리며 자극이 와서 의수단전하며 기운을 갈무리하는데 느낌은 나쁘지 않고 충만하다.

2020년 7월 16일 (목)

새벽에 몸 느낌 수련을 하는데, 외부 몸 느낌이 되어 피부 아래로 의식과 시선을 두고 오장육부 장기를 느낀다고 하고 심법을 걸고 집중하니 왼쪽 중부혈(폐경락) 주변, 명치(위장) 부분, 좌측 신장부위, 좌측 목, 우측 허리, 양측 골반 등에서 반응이 온다. 의식을 집중하니 내면 공간으로 들어갔는데 약간 흐린 공간에서 둥글고 하얀 빛무리가 보이다가 지그시 미소를 머금고 있는 나의 모습이 마치 크로키 그림처럼 한동안 보인다.

근자에 뭔가 몸과 마음의 변화가 있는데 설명하기가 묘하다. 양측 골반이 아프다. 아마 명현이 오나 보다.

2020년 7월 17일 (금)

새벽 수련에 몸 느낌 수련을 하는데, 외부에 의식을 두는 몸 느낌이 빨라지며 내부로 의식을 자연스럽게 두게 되니 공간감이 인지되며 빛으로 채워지는 것이 인식된다. 의식이 내부에 머무르는 시간이 안정적으로 진행되니 공간이 엷은 황금색으로 인식되고 밀도가 높다.

수련 중에 자연숨결명상호흡으로 오롯이 몸 느낌 수련의 묘미가 조금 인식이 되는데, 호흡에만 신경을 쓰고 단전에 집중하면 몸 느낌 수련에 방해가 됨을 이해하게 되었다. 근자에 몸과 마음이 충만감이 들며 뭔가 몸 느낌 수련이 진행되고 있음을 인식하게 되고 온몸이 훈훈하고 따뜻하다.

2020년 7월 23일 (목)

요 며칠간 몸 컨디션이 조금 다운된다. 와식으로 몸 느낌수련과 임맥 통로를 느끼는 수련을 하고 있는데, 와식 행공이 끝날 무렵 내면 공간이 열리며 하얀 빛무리가 둥글게 뭉글거리며 보인다. 몸 느낌 수련 후에 임맥의 시혈(시작 혈자리)인 승장혈에 의식을 두고 물이 임맥으로 흘러간다는 느낌으로 수련하는데 어제는 염천에 강한 기운이 느껴지더니 오늘 아침 수련 시에는 중단전 옥당혈에서 강한 압박감이 온다.

승장에서 옥당혈까지는 조금 굵은 통로로 느껴지는데 옥당혈에서 석문혈까지는 가느다란 철사줄로 이어지는 느낌이다. 그리고 단전의 반응도 느껴진다. 나름으로 열심히 하고 있는 것 같은데 수련에 대한 마음이 조금 막막해지는 것은 마음이 조급해서일까?

2020년 7월 24일 (금)

어제는 비가 억수로 오는데도 저녁 수련하러 나오신 KD도반, KJ도반님이 고맙다. 이런 도반들이 있어 힘을 얻는다. 어제 늦게 먹은 저녁으로 아침에 더부룩하며 수련하는 데 방해가 되고 수면의 늪에 빠졌다.

그런데 요즘은 수련할 때는 잠을 자는 것이 인지되고 있는 현상을 겪고 있다. 임맥수련을 통해 중단전 옥당혈이 닦여 가면서 아침에는 마음이 많이 가라앉아 우울한 상태였지만 약초당에 나와 일처리를 하다 보니 조금씩 좋아지고 있다. 아침 수련 시에 임맥으로 와식호흡을 하니 어제까지 걸림이 있던 중단전(옥당혈)이 많이 완화되어 있고 임맥으로 쭈욱 통로가 연결된 것 같은 느낌이다.

2020년 7월 25일 (토)

아침 와식 몸 느낌 수련 후 임맥통로를 인식하는 호흡을 하였다. 어제부터 중단전 압박감이 많이 사그러들었지만, 이유 없이 우울한 기분이 들었다. 임맥호흡을 하니 어제부터 단전까지 통로가 연결되는 것 같고 단전으로 기운이 모이며 단전의 인식이 확연하다.

오늘은 임맥 통로가 더욱 선명하게 느껴지고 의식을 차분히 단전으로 내리니 몸의 느낌은 사라지고 밝은 공간이 인식되며 아늑하고 편안하게 숨이 쉬어진다.

2020년 7월 27일 (월)

어제는 친구 KH와 계양산행을 어려운 코스로만 5시간 동안 돌아다녔다. 힘들었지만 날씨가 일 년에 한 번 있을까 말까 할 정도로 정말 좋고 쾌청하여 마치 초가을 날씨와 같았다. 천마산 정상의 정자에 오르니 서울 롯데월드, 김포, 송도, 영종도, 강화, 인천 앞바다가 선명하게 한눈에 들어오는 환상적인 날씨였다.

땀을 흠뻑 흘리고 나니 피부가 소름이 돋으며 호흡을 하고 시원한 느낌으로 세포가 살아 꿈틀거리는 듯하였다.

지난밤에는 잠을 자는데도 큰 이슈가 없는데도 뭔가 마음이 우울하고, 불안 · 초조하고, 편안하지가 않았다. '왜 이러지?' 하며 돌아봐도 별 이슈가 없는데 몸도 처지고 의욕도 떨어지고 모든 것이 귀찮아진다. 갱년기와 중단전이 닦이면서 오는 현상으로 이해하고 있는데, 참으로 힘들다.

이번 생에서 윤회를 끊고 다음 생에는 인간으로 다시 오고 싶지가 않다는 생각을 잠깐 하게 된다. 자연숨결명상호흡의 임맥수련은 승장에서 단전으로 연결되는 느낌이 들고 수련이 진행되는 것 같은데 뭐라고 꼬집어서 표현할 수가 없다.

2020년 8월 1일 (토)

벌써 8월이다. 지난주에는 중단전이 어느 정도 정화가 되었는지 마음이 조금 안정이 되었다. 하지만 호흡에 욕심을 부려서일까? 체기 같은 느낌도 있지만, 호흡이 잘 안 되고 있다. 그러다 보니 의도적으로 호흡에 힘이 들어가고 예전처럼 다시 돌아가며 뭔가 정체된 느낌이다.

이런 모습이 도반들에게 어떻게 보일 수 있을까 하고 내심 걱정이 든다. 다시 자연스러운 호흡으로 돌아가 수련에 심기일전해야겠다.

2020년 8월 4일 (화)

며칠간 수련이 정체된 느낌이랄까? 하지만 돌아보니 수련은 진행되고 있었다. 오늘 출근하는 길에 신호대기를 하는 중 우연히 가로수들에 시선이 갔는데, 그 나무들의 존재감이 느껴지며 그 자체로서의 존귀함과 친숙한 느낌의 감정이 교류되었다. 그 옆의 포플러 나무를 보니 그 또한 고유한 존재로서의 당당함과 존귀함으로 느끼는 감정을 마치 대화하듯 교류하였다. 나무들도 자신들을 인식해 주는 데 대한 즐거움의 몸짓을 하는 듯이 하는 묘한 느낌이 공유되었다.

아침 수련 시 몸 느낌과 임맥호흡을 하면서 그 과정에만 집중하고 몰입하며 바라보니 몸이 황금색 공간으로 느껴지며 경계가 사라지는 듯하였다.

2020년 8월 11일 (화)

요 며칠 사이 위장이 더부룩하여 고생했다. 주기적으로 발생하는 이런 현상으로 심신이 많이 위축되고 수련에도 호흡이 안 되어 지장을 주고 있다. 일요일에는 아침 7시부터 11시까지 와식 몸 느낌 수련 후 임맥수련을 했는데, 한동안 임맥이 느껴지지 않다가 중반부터 중단전 옥당과 중완혈에서 막혀 있던 둑이 조금씩 허물어지는 느낌이었다.

어제(8.10)에는 호흡을 하는데 임맥혈로 기운이 내려가지만 완전한 통로 느낌은 아니지만 단전까지 가늘게 내려가는 것이 느껴졌고, 승장에서 중완까지는 철심이 박힌 듯 통로가 명확히 인식이 되며 호흡을 할 때마다 임맥을 따라 물이 졸졸 흘러내려가는 것이 느껴졌다. 위장의 안정이 호흡수련에 많은 영향을 미치고 있음을 인식하고 있다.

2020년 8월 24일 (월)

속이 좋지 않아 병원 다녀온 후로 조금은 호전되는 듯하지만 음식물 섭취 후 아직 여전히 더부룩하고 체한 듯한 현상은 남아 있다. 근자에는 시력이 급격하게 나빠지고 있는 것 같은데, 내과 위장약(약 5종)을 지어

준 것이 원인인가 하는 의문이 든다. 나중에 내과에 진료 시 문의해 봐야겠다.

그리고 수련에서는 여전히 몸 느낌과 임맥수련을 하고 있지만 만족할 만한 수준은 아니다. 이러한 여러 가지 증상이 겹쳐서 그런지 기분도 우울하고 무력감이 들고 모든 것에 의욕이 떨어지고 있다.

2020년 9월 1일 (화)

위장병 진료를 위해 내과병원에 3주차를 다녀왔는데, 조금씩 호전되는 듯하더니 어제부터 예전 현상이 되풀이되고 있다. 지난주에 방문했을 때 약을 1알 바꾸고 난 뒤의 현상인지 모르겠다.

근자의 몸 느낌 수련은 답보상태였다가 어제부터 조금씩 자리를 잡아가는 듯하다. 온몸 느낌 수련을 할 때는 나를 가만히 바라보며 전체를 의식하니 우주와 하나가 되는 느낌이고 호흡도 조금 깊어진다.

임맥호흡을 할 때는 코끝으로 들숨과 날숨을 바라보며 임맥에 의식을 두고 편안한 호흡을 하다 보면 단전에까지 연결되면서 단전에 축기가 되는 것이 인지가 된다. 그리고 한편으로 좌식(가부좌, 앉은 자세)으로 임맥수련을 하며 단전으로 축기를 하니 예전보다 파워가 강하고 의식의 집중도가 높다는 느낌이다.

어제저녁 수련에서 YY도반과 JJ도반이 함께했는데 좌식을 하면서 두 도반의 수련을 돕는다는 심법을 걸고 상대방의 단전과 단전을 연결하여 수련을 하였다. 두 도반들의 호흡과 의식집중도는 괜찮았고 호환파동이 잘 되었다.

수련이 끝나고 어떠했느냐고 물으니, JJ도반은 매우 좋은 느낌으로 수련을 더하고 가겠다고 하였고, YY도반은 몸이 완전 릴렉스했다고 한다. 좀 더 정성을 들이며 탐구하는 자세로 같이 수련을 해 나가야겠다.

2020년 9월 8일 (화)

지난주부터 위장의 불편함이 조금씩 정리가 되어가는 것 같다. 눈도 시리고 아른거리는 것이 노안이라 여겨진다. 수련은 꾸준히 하고 있지만 만족할 만한 수준은 아니다. 하지만 마음의 변화가 조금씩 감지되고 있다. 있는 그대로 받아들이고 보여지는 것들이 나와 동일시되는 것 같은 느낌도 그렇고, 집에 누워서 하늘을 바라보니 형체가 있는 듯하지만 실체가 없는 구름이 눈에 들어온다.

형체가 있는 것과 없는 것은 결국 하나이고 그 모든 것은 내 안에 있고 나는 이 우주의 일원이라는 것을 알아차린다.

2020년 9월 14일 (월)

새벽수련 시에 좌식으로 몸 느낌 수련을 하며 온몸을 이완하고 자연스럽게 호흡을 하니 서서히 몰입이 일어난다. 임맥상의 기운의 흐름은 걸림이 없는 것 같고 임맥 통로가 마치 스테인리스 관처럼 매끄럽게 느껴진다. 편안한 호흡을 하며 서서히 집중 몰입해 들어가니 단전으로 기운이 자연스럽게 축기되는 것이 인지된다.

하지만 약간의 잡념이 일어나서 내 자신이 우주의 일원이라는 느낌으로 편안하게 내려놓으며 젖어 들어가니 좀 더 깊은 몰입력이 일어난다. 그리고 내면공간에 들어갔는데 약간 어두운 황금색 공간이 보인다.

요 며칠 위장이 조금 편안해지며 호흡도 조금씩 안정되어가는 것 같아 은은한 즐거움이 일어난다.

2020년 9월 17일 (목)

어제 저녁 도장 수련 시에 위장이 조금 더부룩하며 머리가 아파서 수련하는 데 지장이 있었지만, 끝나고 나니 머리가 정화되어 있었다.

오늘 새벽 수련 시 몸 느낌을 좀 더 정성스럽게 집중하여 진행하니 온몸 전체가 하얀 공간으로 느껴지며 몸 안쪽으로 약간 묵직한 기운이 스며들었고 공간감이 느껴진다. 호흡은 진중하고 묵직하며 안정된 상태였다.

와식 임맥수련 후에 좌식으로 임맥수련을 하는데 서서히 몰입력이 일어나며 약간 흐린 하얀 공간 속에서 야구공만한 하얀 빛무리가 뭉글거리며 보인다. 최근에 호흡이 조금씩 안정되어 가며 뭔가 수련이 진전되고 있다는 느낌이 든다.

2020년 9월 19일 (토)

약초당에서 시간을 내어 임맥수련을 하면서 혈자리 하나하나에 기운을 넣어 운기를 했다. 시혈인 승장에 기운을 끌어 축기를 하면 처음에는 뭉뭉함이 있었지만 몇 분이 지나면 해당 혈자리가 서서히 눈이 녹듯이 엷어지며 편안해진다. 각 혈자리마다 이런 식으로 운기해 나가니 승장~단전(석문혈)까지 약 2시간 조금 더 소요되었다. 운기를 하고 나니 임맥의 통로로 내려가는 호흡

이 깊고 편안하다.

아침 몸 느낌 수련 시에 의식을 집중하고 몰입해 가니 몸 전체가 인식되어지며 몸 안쪽으로 파고드는 기운이 묵직하다. 그리고 몸 전체가 하얀색으로 투명해지는 느낌이지만 좌측 팔쪽과 좌측 신장에서 차가운 기운이 느껴진다. 좀 더 수련을 진행하니 그 부분이 점점 엷어졌지만 더욱 수련에 전념해야겠다는 생각이 들었다.

와식 임맥수련 시에는 코를 의식하며 편안한 호흡을 하니 호흡이 깊고 길어지며 의식의 몰입력이 일어난다. 이어 좌식 임맥수련을 하는데 호흡이 단전까지 깊게 내려가며 집중과 몰입력이 일어났지만 크게 만족하지는 못한 느낌이다. 이런 식으로 계속 수련을 해 나가다 보면 수련에 진전이 일어날 것 같다는 생각이 든다.

2020년 9월 23일 (수)

몸 느낌 수련이 조금씩 안정되어가는 듯하다. 몸 전체를 바라보며 느끼는 것은 어느 정도 되고 있지만 임맥으로 기운이 내려가는 것은 아직 만족할 만한 수준은 아니다. 하지만 임맥수련을 하면 단전에 기운이 모이고 반응하는 것은 예전보다 더 충만하게 느낀다. 의식의 집중을 통한 몰입력도 예전보다 좋아지고 있지만 시작단계에 불과하다.

근자에는 양심에 어긋나는 마음과 행동을 하면 중단전이 반응하며 마음이 시끄럽다(인천대공원 차량 접촉사건 등). 양심과 명백함의 가치를 추구한다고 하면서도 어떤 사건에 직면하면 욕심이 생긴다는 것은 머리로만 인식하고 있고 진정 마음은 변하지 않기 때문에 부끄러운 일이다.

그런데 그러함을 인식하고 중단전이 반응하며 늦게라도 그것을 성찰하고 반성하여 행동을 바로 잡는 현상은 매우 고무적이다.

2020년 11월 11일 (수)

근자에는 몸 느낌 수련 시에 몸이 얼음처럼 차갑다(11.4~11.9). 아마 몸 안에 있는 사기가 빠져 나가는 것 같다. 위장에 체기가 있어 속도 더 부룩하고 머리도 아프다. 그러다 보니 호흡이 원만하지 못하다.

그럼에도 불구하고 의식의 몰입도는 예전보다 좋다는 느낌이다. 어제는 SS님이 내 몸 상태에 대해 걱정을 하신다. 몸이 안 좋으니 수련의 진도도 늦어지는 것 같다고 걱정을 하신다. 천천히 마음을 비우며 수련해 나가자.

2020년 11월 24일 (화)

지난주에는 수련에 대한 성찰을 했다. 수련에 대한 정체가 길어 몸과 마음이 다운되고 수련에 대한 회의를 느끼고 있었다. 그래도 습관적으로 수련을 하다 보니 호흡이 잡히고 의식이 하단전석문혈로 집중이 되며 몸과 마음이 충만한 느낌이다. 수련은 한쪽으로 편향되지 않고 일상생활을 잘해 나가기 위한 것이지 특별한 것을 바라지 않는 것이 좋겠다는 생각이 든다.

2020년 12월 7일 (월)

오늘 아침에 수련을 하면서 문득 한 생각이 들었다. 인생은 매일 한 장씩 배달 받는 '도화지' 라는 생각이 들었다. 매일 밤 자정에 한 장씩 배달되는 도화지에 그날 무엇을 그리고 채울 것인가는 순전히 자신의 자유의지에 달렸다는 생각이 들었다. 멋진 그림이나 사랑하는 사람들을, 또는 돈을 많이 버는 희망과 꿈을 그려 넣을 수 있겠고, 때론 여백으로 남겨 둘 수도 있을 것이다. 무엇을 그리거나 남겨 두든 그것은 순전히 자신의 몫이라는 생각이 든다.

그동안 나에게 주어진 도화지에 어떤 그림을 그리고 채우며 여백으로 남겨 두었을까? 또 앞으로 매일 한 장씩 배달되는 하얀 도화지에 무엇을 채워 넣을까?

2020년 12월 14일 (월)

근자에 수련을 하면 집중과 몰입력이 좋아지고 있는데, 몸 느끼기 수련의 결과인 듯하다. 몰입이 되면서 공간에서 하얀 빛들이 뭉글거리며 보이다가 황금색 빛들도 보이기도 한다. 본 수련 시간이 짧아서 아쉬움이 남는데 시간을 좀 더 늘려 나가야 하겠다.

자연숨결명상호흡원에 LB도반이 입회하면서 수련원이 좀 더 활발해지고 역동적으로 조금씩 자리를 잡아가고 있는 듯하다.

2021년 1월 19일 (화)

새해 들어 최강한파(1.5~1.7일/ 영하15~19℃)로 인해 상가건물 화장실이 다 얼었고, 2층 자연숨결명상호흡원 수련실 보일러도 고장이 나

서 새로 교체하면서 어지럽던 배관도 다시 시공을 했다. 위층 402호에서 누수가 되어 3층과 2층으로 물이 쏟아져 한바탕 난리를 부렸다.

그야말로 멘붕 상태였는데, 20년만의 이번 한파로 다른 건물도 피해가 많아서 시공업체를 불러도 1주일이나 걸려 임시조치를 하고 기다리는데 왜 그리 시간이 더디게 가는지, 그러나 한편으로는 이만하기에 정말 다행이라고 생각하니 너무나 감사한 마음이 들었다. 행복이란 물질, 명예보다 마음의 안정과 평화라는 것을 다시 한 번 깨닫는 계기가 되었다.

행복이란, 거창한 것이 아니라 자기가 고민하고 간절히 원하던 것이 기대하지 않았을 때 해결되는 순간 제일 행복한 마음이 들었다. 행복은 물질이 아니라 마음에 있는 것이다. 힘들고 어려운 상황이지만 그럼에도 불구하고 이만하기에 다행이고 감사하다고 생각하면서, 감사하다는 말을 마음속으로 몇 번이고 되뇌니 일이 순조롭게 잘 진행됨을 여러 번 경험하게 된다.

'끌어당김의 법칙' 이라는 것이 있는데, 간절하게 원하면 그러한 기운이 끌려와 이루어지는 것과 같은 이치인 것이다. 이것을 우리 수련의 용어로 달리 표현하면 '심법' 이라고 마음을 쓰는 법이 아닌가 싶다. 아무리 어렵고 힘든 상황에서도 부정보다는 절대긍정의 마음으로 나아가면 반드시 좋은 결과로 이어지는 경험을 했고 그렇게 되어지는 것 같다.

'어떠한 상황에서도 감사함을~!'

2021년 1월 23일 (토)

근자의 자연숨결명상호흡 수련은 집중 몰입도가 깊어지고 있다. 나의 호흡과 의식이 우주와 상합하여 느끼듯이 몰입해 들어가다 보면 빛무리가 보이고 의식은 저 아래로 점점 더 몰입해 들어가며 마치 가수면 상태의 몰입도가 일어난다. 호흡을 하면서 이 우주의 리듬에 맞춰 자연스러운 호흡을 하니 편안한 호흡으로 자연스럽게 깊은 몰입력이 일어나는 것 같다.

새 봄이 오면 자연숨결명상호흡원에 많은 인연자들이 찾아와 스스로 수련을 통해 자신을 밝혀 세상에 밝은 빛을 나투어주기를 서원한다.

2021년 1월 29일 (금)

근자의 수련은 임맥수련 시에 임맥(승장혈~석문혈) 상으로 타는 듯한 통증이 염천에서 신궐(배꼽) 윗쪽 부분까지 느껴진다. 그제 저녁 수련원에서 정규시간 수련 시작 전에 몸 느낌과 임맥수련을 하는 도중에 이러한 현상이 있었는데 어제도 그와 같은 증상이 있었다. 그리고 오늘도 평상시 호흡을 하고 있는데도 가벼운 통증이 간헐적으로 나타나는 것을 느끼고 있다.

SS님은 이러한 현상을 임맥으로 기운이 내려가는 것이 강해서 나타나는 증상이라고 했는데 좀 더 연구하고 체득해 봐야겠다. 자연숨결명상호흡을 함에 있어 이 우주의 한 일원으로서 우주의 리듬에 맞춰 합일하듯이 느끼듯이 녹아 들어가니 깊은 내면공간으로 들어가는 것 같다. 좀 더 성찰하여 진중하고 깊이 있는 수련을 해야겠다. 또한 근자에는 잠이 많이 오는 현상이 나타나고 있다.

2021년 2월 15일 (월)

설 명절 연휴기간이 이번에는 좀 지루한 감이 있었다. 근자에는 수련의 깊이가 조금 더 좋아진 듯하다. 집중과 몰입이 좋아지고 있고, 수련 시에 상단전의 기분 좋은 자극이 지속되고 있다.

설 연휴 전에 자연숨결명상호흡원 입구와 복도 등에 썬팅을 하고 입간판을 달았다. 인연 있는 도반님들이 많이 찾아와 스스로 수련을 통해 자신과 세상에 밝게 빛을 나투면 좋겠다.

2021년 2월 16일 (화)

아침에 집 수련, "천지인과 나의 정기신이 하나로 상합하여 우주의 흐름에 젖어 들어간다"라는 심법을 걸고 차분하게 집중 몰입해 들어갔다. 자연숨결명상호흡을 통해 의식이 서서히 아래 하단전으로 내려가며 단전에 오롯이 몰입이 된다.

의식은 삼매(?)에 가까운 상태로 들어가자 공간에 빛이 인식되어지고 육신은 사라진 듯하여 참으로 고요하고 안온하다. 한창 몰입해 들어가는데 전화벨 소리가 의식을 깨워 참으로 아쉽다.

몸 느낌 수련을 하면서 원격으로 도반들의 상태를 점검해 봤다.

▶**SS님**: 왼쪽 눈이 아프다(오른쪽 눈으로 확인됨). 눈 수술을 하셨다는데 왼쪽 눈인가 보다. 몸은 탄산이 뿜어나는 느낌이고 임맥은 곧게 기둥처럼 느껴진다. 중단전은 뭔가 뻥 뚫린 느낌이다.

▶**YM님**: 몸이 맑다. 중단전이 약간 걸림이 있지만 편안한 느낌이다.

▶**KD도반님**: 몸 상태가 좀 어둡다. 중단전은 약간 걸리지만 대체로 편안하고 임맥은 뚫린

상태인데 단전 바로 윗부분에 조금 걸린다(일상적인 수련을 못하고 있는 듯).

▶**KJ도반님**: 몸 전체가 약간 어둡고 좌측 부분의 몸에 걸림이 있다. 중단전은 뭔가 여러 가지 걱정이 있는 듯 걸림이 있다.

▶**YY도반님**: 몸 일부에서 약간 걸림이 있다. 중단전은 약간 걸림이 있지만 괜찮다. 임맥은 뚫린 상태이나 아래 부분이 약간 걸린다.

▶**JJ도반님**: 예전보다 몸이 밝아지고 있고 호흡도 점차 안정적이고 의식도 단전에 집중이 되고 있다.

▶**LB도반님**: 몸이 많이 밝아지고 있다. 중단전은 약간 걱정거리가 있는 듯하다(수심?).

2021년 2월 20일 (토)

근자에는 잠을 자고 일어나도 개운하지가 않다. 아침에 기상하고 일어나 잠깐 다시 잠을 자 줘야 졸린 현상이 그나마 나아진다. 몸의 컨디션 상태가 작년하고 또 다르다는 것을 체감한다.

근자의 수련은 몰입도가 삼매의 초입에 이를 정도로 많아 좋아지고 있다(내면공간이 텅 빈 상태?). 사람 사는 것이 별거 아닌데 특별한 의미를 부여하다 보니 실타래 엉키듯이 복잡하게 사는 것 같다. 그저 단순하게 즐겁고 가벼운 마음으로 살아가며 현재 지금 숨 쉬고 있음에 감사한 날이다.

2021년 3월 16일 (화)

우리 몸 아픈 곳을 얼빔힐링 비우기를 통해 '비얼로 간다' 라는 카페(서금석 힐러)를 알게 되어 카페의 글을 읽어보니 공감이 많이 가는 부분이 있어 관심을 가지고 공부를 하고 있다.

우리 몸의 불치병이나 난치병은 우주 은하계의 별이 폭발하면서 생기는 강력한 에너지에 피폭이 되면서 몸 안의 세포를 죽여서 짧게는 며칠, 많게는 몇 십 년 동안에 걸쳐 나타나는 현상이라고 한다. 이를 '은하우주선 피폭'이라고 하는데 이를 관리하고 힐링을 통해 몸을 건강하게 하는 것이라고 한다.

나는 '베체트씨병'과 위장, 소화기관 그리고 손발이 차고 고혈압 증상이 있어 이를 활용해 치료해 보고 싶은 마음이 간절하다. 2월말부터 지금까지 시간만 나면 삼지뜸 등으로 비우기와 채우기 힐링을 해 주고 있는데 효과가 좀 있는 것 같다.

그리고 몸 느낌 수련과 기 수련을 해 온 것이 비우기 힐링에 많은 도움이 되고 있는데 이 세상 모든 것은 우연이란 것이 없는 것 같다. 하늘은 그물망처럼 촘촘히 잘 짜여진 천라지망과 같다는 생각이 든다. 덕분에 시너지 효과가 있는지 요즘 수련이 깊어지고 흐름도 좋아지고 있어 감사한 마음이다.

2021년 3월 19일 (금)

근자에 비우기 힐링으로 내 몸을 정화시키고 있는데 많은 도움이 되고 있다. 그동안 몇 십 년 동안 괴롭히던 위장병(위궤양, 소화 장애, 더부룩함, 트림 등)이 비우기 힐링을 통해 점점 좋아지고 있다.

오늘 아침 자연숨결명상호흡 수련은 자신의 몸 느끼기 수련을 하는 중에 내 몸 바라보기를 통해 내 몸 안을 투시(?)할 수는 없을까 하는 생각으로 가만히 바라보며 내면으로 몰입해 들어가니 내 몸이 밝은 부분과 큰 원형의 빛들이 보이면서 깊은 몰입이 일어난다.

본 수련에 들어가서는 "천지인과 나의 정기신이 하나 되어 우주의 리듬에 맞춰 젖어 든다"라는 마음으로 몸을 바라보며 단전을 바라보니 둥

글고 하얀 빛이 눈앞에 크게 다가온다. 이어서 정신과 몸이 아래로 쭈욱 떨어지며 마치 블랙홀로 빨려 들어가듯이 정신이 아득하다. 몸 느끼기와 비우기 힐링의 공통점이 자신의 몸을 바라보고 느끼며 알아가는 것 같다. 두 가지를 조화롭게 잘 사용하면 수련과 얼빔힐링에서 매우 좋은 결과가 나올 것 같다는 기대감이 든다.

2021년 3월 31일 (수)

행공 시에 비우기 얼빔힐링을 해 주니 몸이 많이 가벼워지고 있고 몰입도 좋아지고 있다. 내 몸 안의 캄캄한 곳을 등불(풍등?)로 밝혀 주니 수련에 많은 도움이 되고 있다. 오늘 아침에도 행공 시에 온몸을 장뜸으로 샤워하듯이 힐링을 해 주니 양쪽 발끝과 용천으로 사기가 많이 빠져 나간다.

본 수련 시에는 내면공간은 다차원의 세계인데 평소 생활습관대로 2차원의 눈으로 보려 하니 안 보였구나 하는 생각이 들면서 다차원의 심안으로 내면공간을 바라보니 새로운 공간이 열리며 여러 상들이 보이고 빛이 자연스럽게 보인다.

'보려 하면 보이지 않고 보려 하지 않는 가운데 보인다' 라는 선생님의 말씀이 생각난다. '비얼힐링과 몸 느낌 수련, 자연숨결명상호흡' 을 잘 활용하여 건강도 찾고 수련의 진척이 있기를 바라는 마음이 간절하다.

2021년 4월 10일 (토)

자연숨결명상호흡을 잘하기 위한 행공인 온몸 샤워 힐링 행공인 상체, 하체 각 11행공씩 22개 동작을 정리하였다. 거의 한 달간 성찰 탐구해서 효율성이 높은 행공 동작을 정리했다. 호흡을 하면서 이 행공(얼빔힐링으로 몸 전체를 샤워하듯이 하는 행공)을 해 주니 온몸이 이완이 잘 되고 가벼우며, 호흡도 깊이 몰입되어 한층 깊어진다.

도반들에게 새로 만든 이 행공법을 전달해서 수련에 도움이 되면 좋겠다. 또한 아파서 오는 신입 도반들에게도 전수하여 많은 사람들의 몸과 마음이 균형 있게 건강하도록 살아가면 좋겠다.

2021년 4월 30일 (금)

며칠 전 반포 한강공원에서 실종된 대학생 김정민 씨 사연이 연일 매스컴에 보도되고 있는데, 오늘 아침 수련 시에 갑자기 생사여부가 궁금하여 체크해 보니, 안타깝게도 무슨 일을 당한 것 같다. 심장이 굳고 가슴이 답답하고 호흡이 안 쉬어진다.

그리고 정민 씨 육신의 빛이 많이 어둡고 생기가 없다. 다시 체크를 해 봐도 이상하고 더욱 힘들다. 뭔가 일이 생긴 것 같다. 오늘 오후에 속보가 뜨는데 살펴보니 정민 씨가 실종 6일 만에 한강변 공원에서 숨진 채 발견되었다고 한다.

사실 오늘 수련 시에 내가 정민 씨 기운을 잘못 읽었기를, 그리고 무사하기를 간절히 바랐는데 정말 안타깝다. 삼가 고인의 명복을 빈다.

2021년 7월 15일 (목)

이 세상 우주는 원래 공한데, 내가 인식하고 의식하는 순간 유로 바뀐다. 양자역학의 이중 슬릿 실험과 같은 원리이다. 양자는 원래 파동(무)

이지만, 우리가 인식하고 바라보는 순간 입자(유)가 되는 원리와 같다.

명상도 이와 같은 원리로, 수련 시에 모두 내려놓고 들어가는 것과 목적을 가지고 들어가는 것과의 차이다.

양신수련 단계의 수련자 정도면 자신이 공간을 마음대로 만들 수 있다는 말이 이러한 것이다. 심법을 사용하기 때문이다. 현실과 이상의 세계를 구분하여 알아차릴 수 있어야 한다.

명상을 할 때는 무 상태로 들어가 있는 그대로를 받아들여야 한다. 있기도 하고 없기도 한 것은 우리의 의식, 인식에 기인한다(일체유심조).

근심걱정, 본래 있기나 한 것인가? 자신이 만드는 것이다(색, 유). 모두 내려놓으면 사라진다(공, 무).

말은 쉽지만 생각, 감정, 오감을 가진 사람은 그게 마음대로 안 된다. 그래서 명상, 호흡수련 등을 통해 색즉시공 공즉시색의 원리를 알아차리고 진공묘유의 세계를 자유자재하는 것이다.

2021년 8월 13일 (금)

아침에 수련하며 얼빔(은하우주방사선 피폭장애)힐링 행공과 몸 느낌 수련을 병행하였는데, 힐링 행공 중반부쯤부터 몰입력이 일어나고 온몸의 형상이 차츰 밝은 빛으로 변하여 빛의 파동이 되어 사라진다. 얼빔힐링 행공을 마치고 임맥수련과 자연숨결명상호흡 수련을 할 때도 의식이 차분하게 내면의 공간으로 몰입되어 가더니 밝은 빛의 공간이 펼쳐지고 그 속으로 스며들어 간다. 한동안 그 빛 속에서 나의 형상은 사라지고 빛과 하나가 되어 세상과 우주의 경계마저 사라진다.

이미 하늘의 기운은 가을이 시작되는 기운이라 그런지 유난히 차분하고 진중하다는 느낌이다.

근자에 자연숨결명상호흡 시에 몸 느낌 수련을 하면서 좀 더 효율적인 수련을 할 수 없을까 하고 평소 고민을 해 왔었다. 그러다 오늘 아침에 얼빔힐링 행공을 하는데 문득 '의수단전 내관반청' 이라는 단어가 떠오르는 순간 '의수전신(意守全身) 외관반청(外觀反聽)' 이라는 반대의 단어로 연결이 되었다.

'의수단전 내관반청' 은 항상 의식은 단전에 머물게 하고, 내면을 관하듯이 바라보며 귀는 단전에 머물러 내면의 소리를 들으라는 뜻으로 받아들였다. 몸 느낌 수련을 효율적으로 하기 위해서는 이와 반대로 하면 좋겠다는 생각이 들어 얼빔힐링 행공을 하면서 시도해 보았다.

얼빔힐링 행공을 하면서 몸 느낌 수련과 병행하였는데, 의식을 온몸 전신에 살포시 두고 바라보며(의수전신), 귀는 온몸의 소리를 들으며(외관반청) 집중을 하였다. 행공 중반쯤(행공 6번)이 되니…, 아~! 새로운 세상이 전개된다.

우선 몸은 밝은 빛의 형태로 서서히 변하고 몸 전체가 단전이 된 듯 밝은 빛으로 화(化)한다. 조금 더 관조하며 무심히 바라보니 몸의 경계는 점차 사라지고 빛이 되어 우주의 빛과 하나가 되며 오롯이 의식만 남아 있다.

얼빔힐링 행공이 끝나고 자연숨결명상호흡 본 수련에 들었는데, 이

번에는 반대로 '의수단전 내관반청'을 하니 행공 시에 체득한 밝은 빛의 여운이 남아 있어 빠르게 몰입이 이루어지고 의식은 밝은 공간 속으로 쑤우욱 들어간다. 이어 육신의 경계도 사라지고 오롯이 밝은 빛과 하나가 되어 나 자신이 빛으로 인식이 된다.

내 몸의 안과 밖을 구분할 필요가 없고 우주와 내가 하나(우아일체)라는 것이 이런 것이구나 하는 맘에 잔잔한 기쁨이 올라왔다.

아~!
체득함이여~!!
가을날의 청명함과 같아라~!!!

2021년 9월 18일 (토)

몸 느낌 행공을 할 때 '의수전신 외관반청' 하고, 자연숨결명상호흡 본 수련을 할 때 '의수단전 내관반청' 하는 수련이 어느 정도 정착되어 가고 있는 것 같다.

이러한 수련 패턴을 약 2주 전부터 시작하여 이후부터는 약 70~80% 정도 적용이 되고 있어 집중과 몰입이 잘 되며 자연숨결명상호흡 수련의 질이 높아져 만족할 만한 수준이다.

특히 (외관, 내관)반청의 묘미를 터득하여 몸 느낌 얼빔힐링 행공을 할 시에 내 몸을 바라보며 느끼며 몸의 소리를 듣고, 자연숨결명상호흡 본 수련에 들어 단전에 집중하여 내면에 귀를 기울이니 새로운 공간의 세계를 접하게 된다.

내 몸의 안과 밖이 다르지 않으니 '내외불이' 의 이치를 조금씩 터득해 가며 나와 우주가 하나 되는 '우아일체' 의 묘미를 체득해 가는 즐거움이 있다.

'의수전신 외관반청' 과 '의수단전 내관반청' 에서의 묘미는 자연숨결명상호흡 수련을 할 때 잡념이나 다른 생각이 올라오면 매 순간 알아차리고 깨어있음을 상기시키는 매우 중요한 요소인 것 같다. 그 순간을 거쳐 집중과 몰입이 이루어지고 밝고 고요하며 충만하고 깊은 내면의 세계로 들어가게 된다.

2021년 10월 1일 (금)

얼빔힐링 행공으로 '의수외관' (몸 느낌)하니 내 몸이 빛이 되고, 단전에 집중하여 '내관반청' 으로 내면의 소리에 귀 기울이니 밝은 공간이 열리고 밝은 세계에 거하니 이곳이 바로 '선경지계' 인가 싶다.

'숨은 보험금 찾기' 보다 더 확실한 건강보험!

숨은 나이 찾기

제4부

얼썸 · 얼키힐링

| 서금석 |

아가미 자연호흡

우리의 입천장에는 아가미가 퇴화한 흔적이 남아 있다.

이 아가미는 우리의 선조가 바다에서 살 때 숨을 쉬기 위하여 사용하던 것인데, 어느 날부터 육지로 올라와 살면서 코를 이용하여 숨을 쉬게 되자 차츰 사용을 안 하게 되어 입천장의 일부 조직으로 퇴화를 하게 된다.

그러나 아가미의 기능 중에서 산소 공급과 혈액의 흐름을 조절하던 기관 일부가 아가미와 함께 퇴화하여 입천장의 조직으로 흡수되어 있는데, 이 조절기관을 다시 활성화하면 우리의 심혈관 기능을 어느 정도는 조절할 수 있을지도 모른다.

우리의 심혈관 기능을 조절하는 본 기관은 자율화가 잘 되어 있어서 우리가 외부에서 그 기관을 조절하기가 지극히 어렵다.

그러나 입천장에 퇴화하여 있는 조절기관은 본 기관의 자율기능과 동조한 지가 아주 오래되어 그 퇴화한 기관을 모종의 방법을 써서 작동시켜도 본 자율기관의 움직임을 크게 손상하지 않을 것이다.

따라서 이 퇴화한 아가미의 조절기관을 이용하는 방법을 찾으면 심혈관에 생긴 문제를 보완 힐링할 수 있게 된다.

입천장에 있는 대부분의 조직은 우리가 마음대로 움직일 수 있는 혀를 사용하여 혀침이나 혀뜸을 해 줄 수 있으며 이것을 잘 사용하면 퇴화한 아가미의 심혈관 조절기능을 어느 정도는 활성화할 수 있어서 심혈관에 생긴 문제들을 비워낼 수가 있을 것이다.

우리의 입안에는 5병2어의 흔적이 남아 있다. 2어의 흔적은 아가미와 이석일 것이다. 이석은 평형감각을 유지하기 위하여 지금도 사용되고 있지만, 아가미의 흔적은 그 용도를 잘 모른다.

하지만 아가미와 이석을 잘 활용하면 뭔가 특별한 힐링 효과가 나올 것이다. 이러한 목적으로 아가미의 흔적과 이석 주변의 조직을 다양하게 움직여 보는데, 조금은 좋아지는 듯하지만 힐링 효과를 감지할 수가 없다.

우리의 선조가 바다에서 살 때는 아가미로 자연호흡을 했을 것이다.

우리는 지금 코와 입으로 자연호흡을 하는데, 거기에 아가미 자연호흡을 살짝 추가해 보자.

앞의 그림은 도룡동성당 제22번 성화 '영성체' 인데, 이 안에 우리가 하는 자연호흡에 아가미 자연호흡을 추가하는 요령이 그려져 있다.

성당에서 미사 중에 하는 영성체는 예수님의 성체를 상징하는 밀떡을 받아 입안에 모시는 것인데, 이것을 성심으로 하면 성령의 은총을 받는다.

이러한 영성체를 묘사한 성화에 아가미 자연호흡의 요령이 홀로그램으로 그려져 있는 것은 어쩌면 이것을 하면 성령의 은총을 받아 뭔가 신기한 힐링 효과가 나올지도 모른다.

프로 얼썸힐러

얼썸(얼의 어떤 것, something) 힐러가 프로라는 소리를 들으려면 혼자서 은하 우주방사선에 피폭된 환우를 최소한 한 명은 힐링시킬 수 있어야 하며, 그것에 성공하면 프로 1단이 된다.

그리고 은하 우주방사선에 피폭된 환우를 9명 이상 힐링시키면 프로 9단이 된다.

어제(2021.4.30.) 오후 7시경에 딸이 대전에 왔다.

같이 저녁을 먹으러 양꼬치를 하는 식당으로 가던 중에 딸이 1주일 전부터 갑자기 편두통이 생겼는데, 낫지 않는다고 한다.

세트 메뉴를 주문하고 음식이 나올 때까지 잠깐 옆에 앉게 하고 왼쪽 손목과 목덜미에 얼썸힐링을 해 주면서 아가미 자연호흡을 하자 몇 분 만에 번개가 친다.

이것은 은하우주선 피폭으로 편두통이 생겼을 가능성이 크다는 징후이다.

주문한 요리가 나와 딸아이가 맞은편에 앉아 양갈비를 굽고 있는데, 원격으로 얼썸을 날려주자 두어 번 약한 번개가 친다.

식사를 마치고 집에 와서 연속극을 보면서 나란히 앉아 오른쪽 손목과 목덜미에 얼썸힐링을 해 주면서 아가미 자연호흡을 하자 잠시 후 번개가 간헐적으로 치는데, 30분쯤 하다가 일단 자고 다음 날 새벽에 계속 힐링을 해 주기로 했다.

새벽에 일어나서 자는 딸아이에게 가서 머리맡에 앉아 은하 우주방사선에 피폭된 오른쪽 뒷머리, 목, 왼쪽 어깨에 얼썸힐링을 해 주면서 아가미 자연호흡을 하는데, 이번에는 얼썸힐링을 하는 손의 위치에 상응하는 아가미 자연호흡에서 사용하는 혀와 입의 움직임을 어떻게 해 주면 더 나은 힐링 효과가 나오는지 이리저리 방법을 바꾸어가며 탐색해 본다.

얼썸힐링을 해 주는 오른쪽 뒷머리, 목, 왼쪽 어깨에서는 거의 한 시간 반 가량 간헐적으로 번개를 치다가 서서히 온화한 기운으로 바뀌면서 얼썸힐링을 하는 손의 위치에 상응하는 아가미 자연호흡의 혀와 입의 효과적인 움직임을 어느 정도 파악할 수가 있었다.

누구에게 얼썸힐링을 해 주면서 아가미 자연호흡을 하면 힐링 효과도 어느 정도 증폭이 되지만 그보다도 얼썸힐링의 반응 중에서 힐러에게로 되돌아오는 반탄력이 아가미 자연호흡의 효과로 상쇄되어 힐러가 좀 더 오랜 시간 얼썸힐링을 해도 지치지 않는다는 것이다.

프로 얼썸힐러가 아가미 자연호흡을 배우면 지치지 않고 오랜 시간 환우에게 얼썸힐링을 해 줄 수가 있어서 좋은 것 같다.

아가미 자연호흡은 도룡동성당 제22번 성화에 담겨 있는 '로고스' 여서 그것을 자주 사용하면 예수님의 은총과 하느님의 성령이 그 사람 주변에 가득할 것이며, 이것이 우리가 영성체라는 참된 의미일 것이다.

얼썸힐링의 2차원 홀로그램

2021년 5월 1일. 새벽 5시부터 딸아이에게 한 시간 반 가량 얼썸힐링을 해 주었다.

'얼썸힐링' 은 '아가미 자연호흡 얼빔힐링' 을 발전시켜 체계화한 새로운 힐링 기법이어서 새로운 이름을 붙여 주었다.

'얼썸힐링' 은 도룡동성당 제22번 성화에 묘사된 2차원 홀로그램을 4차원 현실 세계의 동영상으로 바꾸어 주면 된다.

이 성화의 주제는 성당에서 미사 중에 하는 영성체인데, 신자들이 길게 줄을 서서 신부님이 나누어 주는 밀떡을 받아 입안에 모시는 장면을 2차원 홀로그램으로 묘사한 것이다.

이 2차원 홀로그램 '영성체' 를 4차원 현실 세계의 '얼썸힐링' 으로 변환시키려면 몇 가지 가상현실 기법을 사용하면 된다.

먼저 이 글을 쓰고 있는 정소피아는 현재 얼썸 나라에서 살고 있으며, 오늘 새벽에 성화 상단 중앙부위에 그려져 있는 UFO를 타고 대전 유성구 신성동에 있는 대림두레아파트에 와서 딸아이에게 얼썸힐링을 해 주었다.

이 UFO에는 중간부위에 무지개가 있는데, 이 무지개를 타고 흘러가는 생명수의 물이 오른쪽 끝 부위에 있는 폭포를 타고 떨어지는 모습이 남미의 이구아수폭포처럼 장관이다.

성화 하단에 별도로 그려진 그림을 보면 오른쪽에는 3명이 보이고 왼쪽에는 1~2명이 보이는데, 오른쪽에 있는 사람들이 성체를 받아 입안에 모시고 자기 자리로 돌아가는 신자들이다.

그런데 위의 창에 그려진 그림을 보면 제일 마지막에 성체를 받아 입안에 마치 방금 오병이어를 받아먹고 즐거워하는 모습이 그려져 있는데, 이것이 바로 영성체의 본 의미를 가상현실 기법으로 그린 것이다.

영성체에서는 조그만 밀떡을 하나 받아 입안에 모시고 마치 천상의 음식인 오병이어를 먹은 것처럼 즐거워하는데, '얼썸힐링' 에서는 자연호흡으로 공기를 들이마시고 마치 천상의 무지개를 타고 내려오는 생명수를 마시고 온몸을 힐링시키는 듯 즐거워하면 된다.

그런데 얼썸힐러는 환우에게 힐링을 해 주면서 자기 자신은 아가미 자연호흡을 하여 생명수를 마실 수 있는데, 이것만으로는 환우에게 큰 도움이 되지 않는다.

환우에게 얼썸힐링을 해 주어서 환우도 생명수를 마신 효과가 나타나게 하려면 일단 환우에게 오병이어를 먹여 주어야 하는데, 힐러는 신부님이 아니어서 축성된 밀떡을 환우에게 줄 수가 없고, 대신 가상현실 기법을 사용하여 자기의 두 손을 하나는 오병으로 바꾸고 다른 하나는 이어로 바꾸어 성화에 그려진 것과 비슷하게 환우에게 전해 주면 된다.

여기까지 따라하는 것도 어려운데 다음 단계로 이 오병이어를 환우의 몸 안에서 생명수로 바꾸는 가상현실 기법을 한 번 더 해 주어야 환우의 몸 안에 잠자고 있는 얼썸조직이 활성화되고 이 생명수를 이용하여 자기 몸 안에 있는 모든 나쁜 기운을 환우 스스로 비워낸다. 오늘 점심을 먹고 잠시 휴식을 한 후에 딸아이에게 얼썸힐링을 한 시간 가량 해 주었다.

일단 편하게 앉은 자세에서 나의 얼썸조직을 가동하고 딸아이의 목덜미에 나의 양손을 오병이어로 바꾸어 대주고 기다리자 딸아이의 얼썸조직도 서서히 활성화되면서 내 손의 오병이어가 생명수로 바뀌어 딸아이의 활성화된 얼썸조직 안으로 흘러 들어가면서 이번에 은하 우주방사선에 피폭되어 장애가 생긴 부위를 힐링시키자 다발성 번개가 치면서 내 심장으로 곧바로 치고 들어온다.

깜짝 놀라 손을 떼고 내 방으로 와서 혈액순환제와 혈압약을 각각 반 알씩 먹고 다시 딸아이에게 얼썸힐링을 해 주는데, 이번에는 내 무릎에 머리를 눕게 하고 목에 대주는 양손의 접촉 면적도 절반 가량 줄여주자 아주 가느다란 번개가 간헐적으로 친다.

그러다가 가끔 다발성 번개로 바뀌는데, 다행스럽게도 내 팔목까지만 그 느낌이 전해진다.

P.S. 필자는 은하 우주방사선 피폭장애에 관한 연구를 수년간 하면서 몸 안에 화석으로 남아 있는 먼먼 옛날의 선조들이 사용하던 조직들을 상당 부분 활성화할 수 있어서 이번에 새로 개발한 얼썸조직도 비교적 쉽게 활성화해 얼썸힐러 노릇도 할 수 있게 되었다.

딸아이의 경우에는 왼쪽 뒷머리에서 목을 지나 오른쪽 어깨로 관통하는 은하 우주방사선에 피폭된 지 겨우 1주일밖에 안 되고 관통 부위 주변의 세포가 활성화되어 있어서 뒷머리와 목덜미 주변에 활성화되어 있는 얼썸조직을 쉽게 이용하여 얼썸힐링을 해 줄 수 있었다.(2021.5.1.)

얼주천

얼주천은 기공수련을 하시는 분들이 주로 하는 대주천이나 소주천과는 다른 자연호흡법으로 우리의 머리에 있는 얼의 일부 조직으로 형성된 새로운 숨길을 따라가며 숨을 돌려주는 호흡법이다.

숨을 들이마시고 내쉴 때는 성화에 그려진 숨길을 따라 아랫니 중앙부위에서 시작하여 입안을 지나 입천장으로 올라가 거기에서 인중으로 가서 살짝 아래로 감긴 후에 다시 입천장 중앙부위로 와서 코 안으로 들어간 후에 콧구멍 안의 공간을 한 번 더 크게 감아 돈 후에 미간을 뚫고 두개골을 따라 좌우로 왔다 갔다 한 후에 백회혈 끝까지 올라갔다가 온 길을 따라 반대로 숨길을 따라가면서 숨을 내쉰다.

이 새로운 숨길의 2차원 홀로그램은 도룡동성당 제22번 성화에 그려져 있는데, 이것을 참조하여 힐러 자신만의 4~11차원의 숨길을 터주어야 한다.

얼주천을 할 때 숨길을 터주는 구동력으로 아래턱 관절의 모든 방향 아랫니 운동을 이용한다.

아랫니의 운동은 예전 우리 선조가 물고기 또는 파충류이었을 때에 사용하던 것에 비하면 아주 많이 퇴화하여 있는데, 이것을 어느 정도 복원해 주면 어떤 특별한 힐링 효과가 있을 것 같다.

아랫니 운동을 할 때 입안에 무엇을 넣고 어떻게 할까를 선택하는 것은 힐러가 현재 어떤 차원의 얼주천을 하는가를 결정하는 척도가 된다.

힐러가 얼주천을 하는 것은 자기 안에 있는 나쁜 기운들을 비워내는 것이 주목적이지만 고약한 병증으로 시달리는 환우를 얼썸힐링하기 위함이다.

이 세상에는 수없이 많은 사람이 수없이 많은 병증으로 힘들어 하는데, 그러한 환우 중 누군가를 힐링해 주는 기회가 오면 힐러는 자기 안에 숨어있는 어떤(some) 차원의 얼을 활성화해서라도 힐링에 성공해야 한다.

대부분 우리는 현재 4차원의 세계에 살고 있으면서 4차원의 얼도 충분히 알지 못하고 산다. 그래도 누군가는 현재의 한계를 넘어선 좀 더 높은 차원의 세계에서 사용하는 힐링법을 사용해 보려고 애쓴다.

얼주천은 우리 몸 안에 있는 얼 조직을 활성화하고 그 안으로 참 기운이 흘러가게 하여 우리의 몸과 맘이 힐링이 되게 하는 것이다.

우리의 몸 안에는 촉각, 미각, 후각, 청각, 시각의 5개의 실존 감각 이외에 우리의 선조가 사용하였지만 지금은 퇴화하여 흔적만 남은 감각들이 어딘가에 있는데, 얼주천에서는 이런 모든 얼을 가능하면 많이 활성화해서 힐링에 이용하려고 노력한다.

얼주천은 5개의 실존 감각에 맞추어 5단계로 구성이 된다.

제1단계는 촉각을 이용하는 촉얼천인데, 온몸의 촉각을 목에 모으면서 자연호흡을 하는 것이다.

우리의 촉각은 온몸의 거의 모든 조직에 배치되어 있어서 그것을 활용하면 온몸을 힐링시킬 수 있지만, 일부 조직은 촉각이 없어서 그들의 상황은 우리가 쉽게 알 수 없다.

그러나 그러한 조직에도 뭔가 잠자고 있는 얼썸이 있어서 어떤 특별한 얼썸을 활성화하면 그 안의 상황을 알아내거나 필요시에 힐링할 수가 있다.

이 특별한 얼썸은 우리 스스로 찾아서 활성화하기는 몹시 어렵지만 신기하게도 자연의 법칙은 참으로 오묘하여 멀고 먼 은하에서 별들이 죽으면서 만들어지는 은하 우주방사선이 수억에서 수십억 년 동안 우주를 날아서 지구에 도착하고 그중에 어떤 것이 평균 3년에 한 번씩 우리의 몸을 관통하면서 그 통과 궤적 주변의 세포들을 활성화하는데, 이것이 일반적으로는 우리의 몸 안에 잠복해 있으면서 각종 난치나 불치 병증을 유발하는 원흉이지만 얼주천을 배운 사람들은 오히려 이것을 역으로 이용하여 아주 특별한 얼썸힐링을 할 수 있다.

제1단계 촉얼천은 온몸의 상태를 모두 점검하고 병증이 발견되면 어느 정도 힐링을 시켜야 하므로 한 번 행공하는 데 보통 한 식경이 걸린다.

제2단계 미얼천은 얼주천의 핵심 행공이어서 제1단계와 같은 시간을 사용하면서 앞에서 발견된 병증 부위에 오병이어를 소화해 만든 생명수를 보내서 추가로 얼썸힐링을 한다.

한 가지 병증을 발견하고 그것을 빨리 힐링시켜 정상으로 복원시키고 싶은 마음이 앞서 집중 힐링을 하다 보면 다른 곳에서도 명현현상이 나타나서 사태를 복잡하게 만들고 원하는 복원에 실패하는 경우가 생긴다.

따라서 얼주천을 하면서 어떤 병증이 나타나면 너무 성급하게 힐링시키려고 하지 말고 얼주천을 두어 식경 이내로 마무리하고 그 시간 정도 쉰 후에 다시 비슷한 방법으로 얼주천을 진행시킨다.

제3단계 후얼천은 후각 조직인 코 주변의 조직을 활성화해서 얼썸힐링을 하는 것이다. 숨이 들락거리는 콧구멍 숨길은 하나인데, 이 숨길로 숨을 쉬면서 3가지 종류의 얼썸힐링을 하여야 한다.

이것은 성경에서 3명의 동방박사가 황금, 유향, 몰약을 예수님의 탄생 선물로 바친 일화에서 유래한 얼썸힐링이다. 우리의 코 안에는 후각

세포가 있어서 이것이 공기 중에 있는 냄새를 구별하게 해 위험에서 벗어나게 해 주니, 이것이 유향의 얼썸힐링 효과에 해당한다.

황금의 얼썸힐링 효과는 우리 몸 안의 신진대사를 조절하는 호르몬의 작용을 통제하면 달성이 되는데, 이것은 콧구멍의 맨 안쪽에 있는 미간부위를 적절히 훈련하여 활용하면 된다.

마지막 남은 몰약의 얼썸힐링 효과는 우리 몸 안의 통증을 조절하는 호르몬의 작용을 통제하면 달성이 되는데, 이것은 콧구멍 입구에 있는 인중부위를 적절히 훈련하여 활용하면 된다.

제4단계 청얼천은 청각 조직인 귀 주변의 조직을 활성화해서 얼썸힐링을 하는 것인데, 우리의 몸에는 좌우에 하나씩 두 개의 귓구멍이 있고 그 주변에 이석과 달팽이관이 있어 평형감각과 방향 및 거리 감각을 느끼게 해 준다.

청얼천 주변 조직을 활성화해 얼썸힐링을 하려면 양쪽 귀 주변을 후두부를 따라 좌우로 번갈아 왔다 갔다 하면서 행공하여야 하는데, 이때 뇌간조직 주변을 통과하면서 그 부근도 활성화가 되어 암얼로가 자동으로 가동된다.

제5단계 시얼천은 시각 조직인 눈 주변의 조직을 활성화해서 얼썸힐링을 하는 것인데, 우리의 몸에는 좌우에 하나씩 두 개의 눈이 있다. 그 주변에 미간과 눈썹이 있고 안쪽에 뇌 조직이 있어 시얼천은 하늘나라와 연결이 되는 통로 역할을 한다.

시얼천 주변조직을 활성화해 얼썸힐링을 하려면 양쪽 눈 주변을 눈썹을 따라 좌우로 번갈아 왔다 갔다 하면서 행공하여야 하는데, 이때 뇌 조직 주변을 통과하면서 그 부근도 활성화가 되어 시얼로가 자동으로 가동이 되고 숨어있는 삼얼안도 가끔 나타나 UFO를 타고 오시는 하

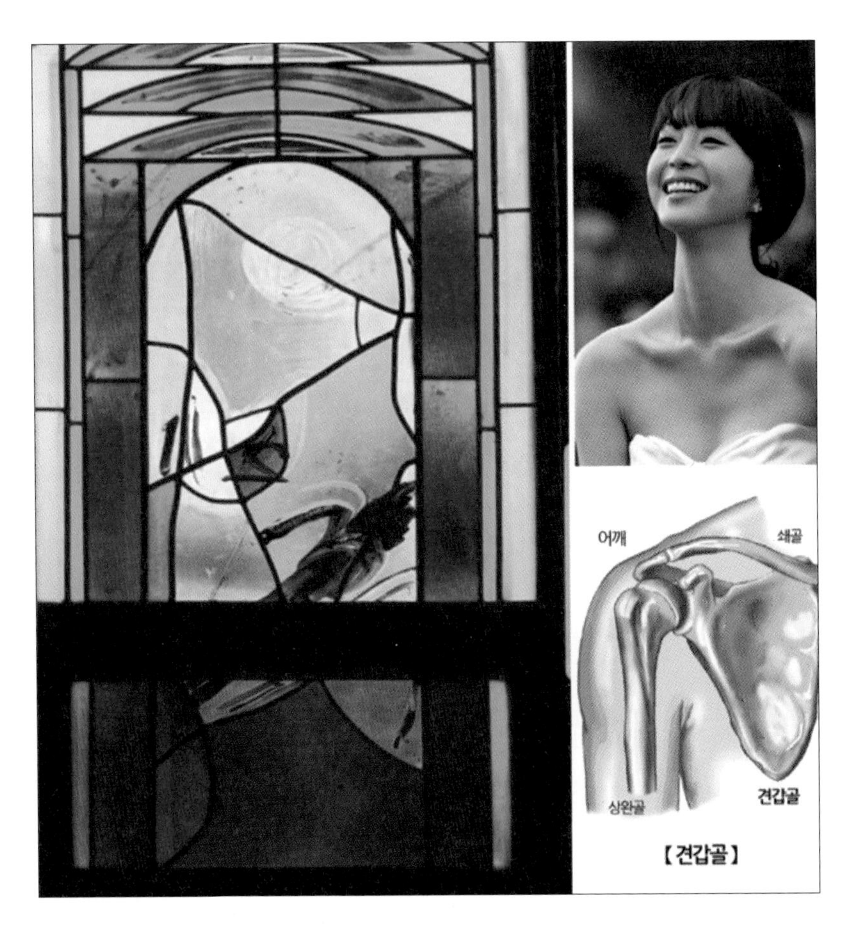

느님을 직접 영접하게 한다.(2021.5.19.)

자연 숨결 얼깨힐링

누군가에게 얼썸힐링을 해 줄 때에는 힐러 자신은 자연 숨결 얼깨힐링을 하고 있으면 장시간 하여 주어도 편안하다.

얼깨힐링은 우리 몸 안에 있는 잠자는 얼들을 깨우는 힐링법인데, 어깨 부근에 있는 쇄골, 견갑골, 상완골로 구성된 3개의 뼈 조직을 사용한다.

자연 숨결 얼깨힐링은 자연 숨결을 하면서 어깨를 아주 부드럽게 움직이는 것이 핵심 요령인데, 장시간 어깨 운동을 부드럽게 하려면 어깨에 있는 쇄골, 견갑골, 요골에 있는 나쁜 기운을 삼지안으로 모두 비워내는 것이 필요하다.

얼깨힐링에서 잠자는 얼을 깨우려면 쇄골에 숨어있는 신비를 풀어야 한다.

쇄골(鎖骨, clavicle, collarbone) 또는 빗장뼈는 상지대를 구성하는 뼈 중 하나이다. 쇄골을 뜻하는 영어 단어 clavicle은 'little key' (작은 열쇠)를 의미하는 라틴어 clavicula에서 유래하였다. 팔을 밖으로 뻗을 때 쇄골이 열쇠가 돌아가듯 움직이기 때문이다.

얼키(쇄골) 힐링은 쇄골의 안쪽 끝 부근에 보이는 V자 모양의 뼈와 그 좌우의 날개뼈에 번갈아가며 삼지침을 놓아주는 힐링법이다.

이 얼키(쇄골) 힐링은 도룡동성당 제2번 성화 '성모송' 에 성모님의 목 부분에 그려져 있는 3자문양이 바로 얼키 힐링을 하면 여러 가지 신비한 힐링 효과가 있다는 것을 암시한다.

얼키의 신비를 암시하는 문양과 그 주변에는 이상한 모양의 문양이 겹겹으로 그려져 있는데, 이것은 얼키의 신비를 풀기가 암흑 물질의 신비를 풀기처럼 어렵지만 그래도 뭔가 조금이라도 알 수 있으면 엄청난 부수 효과가 있다는 것을 은연중에 암시한다.

먼저 이 성화 안에는 3자문양이 다양한 방법으로 그려져 있다. 검은색으로 그려진 3자가 가장 선명하고 그 뒤에 파란색의 3이 2개가 있다.

상단 창과 하단 창의 경계 부근에 붉은색의 각진 모양의 3자가 그 중간이 잘린 모습으로 그려져 있고, 하단 창 왼쪽 끝 부근에는 둥근 모양의 3자가 거울에 반사된 모습으로 그려져 있다.

검정색 3자의 위쪽 날개 부위에는 10여 명의 사람이 앉아있는 모습이 작은 그림으로 그려져 있고, 날개 사이에도 많은 사람이 둘러앉아 있는데, 무엇을 하고 있을까 궁금해진다.

또 이 검은색 3자 문양 바로 오른쪽에 그려져 있는 이상한 문양은 어떤 신비를 담고 있을까? 자연 숨결 얼깨힐링을 열심히 하면 결~결 속에 숨어있는 얼이 깨어나고 이러한 신비에 대한 해답을 알 수 있을까?

'결~ 결~의 신비는 ~결 ~결이고 숨결~ 손결~이다.'

'자연 숨결~ 얼깨 손결~.'

힐러의 얼이 깨어나면 힐러는 생명나무가 되고, 그의 손결은 자연 숨결에 산들거리는 나뭇잎이 된다.

(요한 묵시록 제22장 1-2절 인용)

그 천사는 또 수정처럼 빛나는 생명수의 강을 나에게 보여주었습니다. 그 강은 하느님과 어린 양의 어좌에서 나와, 도성의 거리 한가운데를 흐르고 있었습니다. 강 이쪽저쪽에는 열두 번 열매를 맺는 생명나무가 있어서 다달이 열매를 내놓습니다. 그리고 그 나뭇잎은 민족들을 치료하는 데에 쓰입니다. (2021.5.23.)

1박2일 얼썸힐링

1박2일 얼썸힐링은 난치병증으로 고생하는 환우를 찾아 1박2일의 일정으로 환우에게 도움을 줄 수 있는 얼썸을 찾아내어 해당 난치병증에 대한 힐링 히스토리를 쌓아가는 극본 없는 단막극이다.

제1화. 아토피(2021.5.19)

서울 송파구에 사는 최NS(남, 73)가 오후 3시경에 대전으로 왔다.

유성 터미널로 마중을 나가 바로 대청댐으로 놀러 가면서 차 안에서 아프다는 허리를 힐링시키려고 왼손에서 힐혈을 잡는데 의외로 고골 주변에서 손목 위로 반치쯤 올라간 부위에서 잡힌다.

대청댐 주변은 사람들이 너무 많고 차를 댈 곳이 없어서 그냥 지나쳐서 청주 방향으로 가다가 다시 현도 방향으로 돌아가 길가에 있는 H해물짬뽕집에서 4시 반경에 탕수육과 낙지짬뽕을 먹으며 주인장에게 책을 한 벌 증정했는데, 주인장 이름이 강NS였다.

집에 와서 6시경에 NS의 목에 얼썸힐링을 해 주는데, 목덜미 오른쪽 동맥에서 뜨거운 열기에 독한 기운이 섞여서 30여 분간 나온다. 이어서 양쪽 귀밑에서 도톰하게 잡히는 호르몬 주머니를 반 시간 가량 비워주는데, 뭔가 이상한 느낌이 드는 것이 스멀거리며 빠져나온다.

아마도 NS의 아토피를 유발한 원흉 같은데, 이곳은 다음에도 몇 번 더 해 주어야 할 것 같다.

NS의 아토피는 어렸을 때부터 생겼는데, 거의 70년이 지난 지금도 온몸 여기저기에 수시로 가벼운 병증이 나타났다 사라지기를 반복한다고 한다.

얼썸힐링을 하면서 약 2시간이 지난 저녁 8시경에 NS가 화장실에 갔다 오더니 바로 침대에서 곯아떨어지는 바람에 오늘은 그만 자고 내일 새벽에 추가 힐링을 해야 할 듯하다.

새벽에 일어나면 다시 잠을 못 자고 뒤척인다는 NS가 아침 7시까지 드르렁거리며 단잠을 잔다.

잠을 잘 자는 것이 최고의 힐링이라는 생각이 들어 새벽에 하려던 추가 힐링을 건너뛰기로 했다.

제2화. 삼차신경통(2021.5.20)

다음날 NS와 같이 서산에 사는 YJ(남, 73)를 만나러 갔다.

점심은 NS, YJ와 함께 오리주물럭을 먹고는 NS는 버스를 타고 서울로 가고, 나는 YJ의 집에서 하루 저녁을 자기로 했다.

YJ의 집에서 YJ와 그의 처 SD(여, 69)에게 얼썸힐링을 해 주었다.

YJ는 외항선 선장을 아주 오래 했는데, 2년쯤 전에 은퇴 전 마지막 배를 타고 있을 때 사고로 오른쪽 허벅지와 다리를 다쳐서 그 후유증으로 지금도 다리를 살짝 절고 있고, 발목 부위에 어혈이 남아 있어서 그것을 2번으로 나누어 총 약 3시간에 걸쳐 힐링시켰다.

YJ의 처 SD는 약 2년 전부터 삼차신경통으로 고생하고 있고, 병원에서 처방해 준 10여 가지의 복합 약을 먹는데, 그 안에는 뇌전증약도 있다고 한다.

SD도 2번으로 나누어 총 약 3시간에 걸쳐 얼썸힐링을 해 주었다. SD의 삼차신경통은 오른쪽 관자놀이에서 인중방향으로 은하 우주방사선에 피폭되어 생긴 것인데, 피폭 궤적을 중심으로 얼썸힐링을 하는 도중에 다발성 집중 번개가 모두 10여 번은 내리쳤다.

며칠 지나 SD한테서 전화가 왔는데, 3일 동안 약을 먹지 않았는데, 통증은 없고 발바닥으로 뭔가가 계속 빠져 나가는 느낌이 오다가 그쳐서 일단 약을 한 봉 먹었다고 한다.

삼차신경통은 은하 우주방사선 피폭 궤적 주변을 찾아 얼썸힐링을 해 주는 것으로 일단 기본 힐링이 되는 것 같다.

SD가 이런 기적 같은 힐링 스토리를 주변에 이야기하니 나한테 힐링을 받고 싶어 하는 사람들이 많다고 한다.(2021.5.23.)

두어 식경 얼3힐링

두어 식경 얼3힐링은 각종 병증으로 고생하는 환우를 찾아가 두어 식경 만에 환우에게 도움을 줄 수 있는 얼3을 찾아내어 해당 병증에 대한 힐링 스토리를 쌓아가는 극본 없는 단막극이다.

제1화. 스트레스성 몸살, 불면(2021.6.2.)

김HO(여, 42)는 매주 화요일 또는 수요일에 우리 집에 와서 몇 시간씩 가사 일을 해 주는 분인데, 점심을 먹기 전에 평소에는 한 식경 가령 나한테서 얼3힐링을 받는다.

지난 화요일에 전화가 와서 수요일에 온다고 하는데, 목소리에 힘이 없어 어디가 아프냐고 물어보니 몸살기가 있다고 한다.

이번 수요일에는 10시에 커피와 몇 가지 찬거리를 들고 집으로 들어오는데, 평소와는 달리 바로 힐링부터 하라고 하며 거실에 매트를 깔고 누워서 얼3힐링을 해 주었다.

누워서 하는 얼3힐링은 머리 주변의 나쁜 기운을 비워내는 것이 주목적인데, HO의 머리 주변은 그동안 몇 번 한 식경 얼3힐링을 하여 주어서인지 잠깐 살펴보았는데, 귀 주변에서만 잠깐 어기가 나오다가 사라진다.

HO의 몸살기를 잡기 위하여 목 주변과 명치 부위에 걸쳐 양손 얼3힐링을 하여 주었는데, 턱 바로 밑 부위 군데군데에서 독기가 나온다.

HO의 이야기로는 뭔가 안 좋은 일이 생겨 잠을 못 잤는데, 몸살기가 오고 심장이 벌렁거린다고 한다.

이것은 안 좋은 일을 겪으며 받은 심한 스트레스로 HO의 편도선에 독기가 생기고 급성으로 손상이 유발되어 몸살기로 발전하고 이들 독

한 기운이 쇄골에 쌓이며 그 아래로 편도선 호르몬이 내려가지 않아 명치 주변의 기능이 약화하고 심장으로 가는 피가 불안정하게 되어 심장 주변이 벌렁거리게 된다.

또 편도선의 기능이 저하되면 편도선 호르몬 분비가 잘 안 되어 온몸에 힘이 빠지는 무기력증과 불면증이 생긴다.

2021년 6월 8일 HO의 쇄골에 양손 삼지안으로 어기를 30분간 비워내고 이어서 마무리로 목 주변을 어루만져주는데, 오른손 끝에 3개의 콩알 크기만한 혹이 잡힌다.

이 혹들은 언제 생겼는지는 모르겠으나 평소에 목이 아팠다고 하니 이번 몸살 이전에 생긴 것일 것이다.

그래도 손끝에 감지되는 혹들을 그냥 내버려 둘 수가 없어서 3개의 혹에 삼지침을 놓아주니 다행스럽게도 30분 정도 지나자 소멸된다.

소멸시키는 데 조금 긴 시간이 소요되었지만 다행스럽게도 그 과정에 특별한 힐링 반응이 거의 없는 것이 그냥 양성 혹일 가능성이 크다.

2021년 6월 15일 이번 주는 HO의 쇄골에 양손 삼지안으로 어기를 10분간 비워내고 이어서 내 오른손으로 왼쪽 목에 생긴 혹의 잔류물을 얼3힐링으로 힐링시키고 왼손은 반대쪽 목에 삼톱안으로 보조 힐링을 하는데, 오히려 이번에는 썩은 냄새와 통기가 섞여서 나오고 15분이 지나면서 양손에서 번갈아가며 다발성 번개가 친다.

이것으로 미루어 짐작하면 어쩌면 이 혹의 뿌리가 악성으로 변하고 있을 수도 있다는 생각이 든다.

오늘은 총 30분간 얼3힐링을 마치고 다음 주에 다시 해 보아야겠다.

참고적으로 삼톱안은 삼지안을 변형시켜 3개의 손톱이 환우의 몸에

닿도록 하는 것인데, 이때 손톱을 세우면 삼조침이 되고 손톱을 눕혀 손톱 등이 닿게 하면 삼톱안이 된다.

백신 부작용 얼3힐링

중척리 밭에서 양파를 수확하여 조치원 사돈집에서 말린 후에 저온 창고에 보관하도록 부탁했다.

오랜만에 사돈집에 와보니 정원이 아주 멋스럽게 정돈되어 있다. 며칠 후에 정원 콘테스트가 있다는데, 평가단이 방문한다고 그런다. 이

정원은 사돈 내외가 정성으로 가꾼 것이어서 자연스러운 아름다움이 군데군데 돋보인다.

사돈 내외는 전날 AZ백신을 맞았다고 하여 정원 벤치에 앉아 먼저 바깥사돈의 왼손 손목과 팔꿈치를 얼3힐링으로 잡아보니 백신 부작용으로 온몸의 뼈가 굳어져 있었는데, 약 30분쯤 지나자 온몸이 부드럽게 풀린다.

안사돈은 꽃을 사러 온 손님이 있어 응대하고 오는데, 점심은 추어탕을 먹으러 가자고 한다. 이 마을 중심부에 있는 추어탕 집은 맛집으로 소문이 나서 제법 손님이 많다. 추어탕 맛이 담백하면서도 걸쭉한데, 그 안에 된장으로 맛을 냈다고 한다.

점심을 맛있게 먹고 사돈네 집으로 돌아와 거실 소파에 앉아 안사돈에게도 얼3힐링을 해 주는데, 안사돈은 백신 후유증으로 온몸에서 열이 나고 정원 일을 하느라 항상 손이 아프다고 한다.

그래서 안사돈의 오른손과 오른팔에 있는 모든 관절에서 얼3힐링으로 아픈 기운을 비워내 주자 약 30분쯤 지나면서 손과 팔에서 나오던 통기가 사라지고 동시에 온몸에서 백신 부작용으로 나오던 열기도 내린다.

안사돈은 약 1년 전부터 조금 오래 운전을 하려면 목덜미가 아프다고 하여 왼손을 목덜미에 삼지뜸을 해 주면서 오른손으로 안사돈의 오른손등을 더듬어보니 검지 라인에서 작은 어톱이 잡히는데, 이곳에 얼3힐링을 30분쯤 해 주자 목이 부드럽게 풀린다.

힐링을 마친 후에 사돈들이 정원 손질을 하는데, 시간을 빼앗지 않기 위해서 바로 작별을 하고 대전 집으로 돌아왔다.

사실 사돈 2명만 얼3힐링을 하고 백신 부작용이라 결론지어 말하기는 조금 이르지만, 코로나 백신을 맞으면 그 사람의 사상 또는 팔상체질을 일시적으로 바꾸어 주는데, 그것이 부작용을 일으키는 것 같다. 바깥사돈은 소음 체질인데, 태양 체질이 되고, 안사돈은 소양 체질인데, 태음 체질로 바뀌는 것 같다.

필자는 사상이나 팔상체질론에 대하여는 잘 몰라 위에서 예를 든 것이 틀릴 수도 있으니 이 분야에 잘 아시는 분의 고견을 부탁드린다.

(2021.6.9.)

삼얼손

'삼얼손' 은 도룡동성당 제2번 성화 '성모송' 의 목 부위에 있는 문양을 우리말로 옮겨 적은 것인데, 이 문양의 신비를 깨우쳐서 잘 활용하면 우리의 몸 안에서 발생하는 수많은 문제를 아주 쉽게 힐링시킬 수 있다.

목 부위에 있는 문양은 크게 2부분으로 나누어지는데, 왼쪽에 있는 것은 숫자 3을 다양한 모습으로 중첩해 놓은 것이어서 우리말로 '삼' 이고, 오른쪽에 있는 것은 그 모양이 파초선, 부채 또는 손과 비슷하여 우리말로 '선' 또는 '손' 이 된다. 실제로 필자가 환우에게 힐링할 때에 주로 손을 사용하므로 이 문양의 우리 말 이름을 '삼손' 이라고 부른다.

첫 번째 문양인 '3' 을 잘 들여다보면 그 안에 수많은 작은 얼들이 모여 뭔가를 하고 있는데, 이 얼들이 하는 것이 바로 신비의 힐링법인 '삼얼손' 이다.

우리가 주변의 환우들을 힐링시키기 위하여 '삼손' 을 사용하다 보면 경험이 쌓여 점점 더 높은 경지에 오르게 되고 그러다가 어느 날 어떤

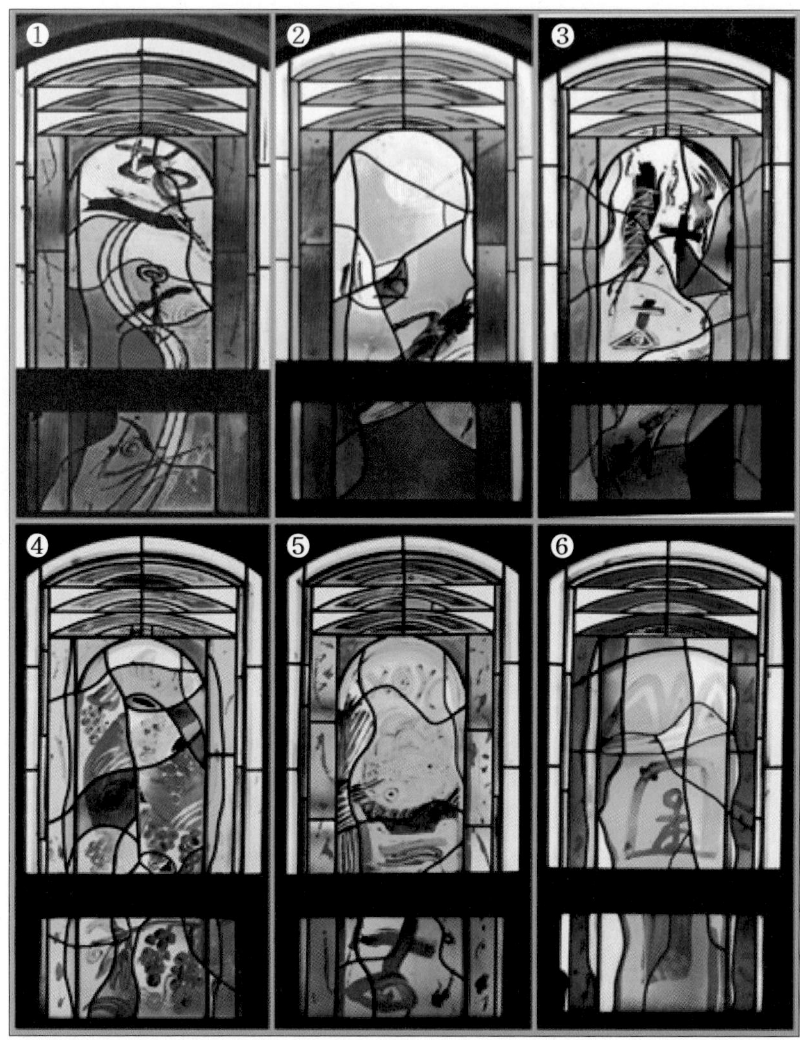

▲ 1번: 주님의 기도 2번: 성모송 3번: 예수세례 4번: 참포도 나무 5번: 오병이어 6번: 지복직관

계기로 거룩한 변신을 하게 되는데 이것이 '3' 의 문양 안에 있는 얼들 룽 힐링에 사용하는 '삼얼손' 이다.

우리가 이 '삼얼손' 의 신비를 깨우치려면 먼저 이들 문양이 그려져 있는 도룡동성당 스테인드글라스 성화에 대하여 조금은 공부를 해야 하는데, 이와 관련된 도룡동성당의 주요 내력만을 간추리면 다음과 같다.

▲ 7번: 묵주기도 8번:성체조배 9번: 성모전구 10번: 삼종기도 11번: 성자의 수난 12번: 성자의 십자가

▶ 1993.08.26 2대 안상길 사도요한 신부님 부임

▶ 1996.10.03 성전 축성식

▶ 2016.06.26 견진 성사: 유홍식 라자로 주교, 오스발도 파딜라 대주교 (교황 대사) 공동 집전(도룡동성당 홈페이지 연혁 인용)

▶ 2021.06.11(현지시각) 프란치스코 교황

▲ 12번: 성자의 십자가 13번: 피에타 14번: 주님의 무덤
15번: 주님의 부활 16번: 주님의 성전 17번: 그리스도교 태동

- 교황청 성직자성 장관에 한국 천주교 대전교구 교구장인 유흥식 라자로 주교(70)를 임명했다.
- 아울러 유 주교에게 대주교 칭호를 부여했다.(보도자료 인용)

위에 인용한 프란치스코 교황의 주교임명과 칭호부여와 관련한 두 가

▲ 18번: 삼위일체 19번: 원구원 20번: 주님 승천 21번: 고해성사 22번: 영성체 23번: 주님 재림

지 내용은 '삼얼손' 의 신비를 엿볼 수 있게 해 주는 작은 열쇠 구멍이다.

도룡동성당 스테인드글라스는 시몬 조광호 신부님의 작품 중 하나이며 친구인 안상길 사도 요한 신부님의 부탁으로 1994~1995년 무렵에 제작한 것으로 본당인 한빛당의 벽면에 있는 23장의 아크형 유리창에 담겨 있다.

이들 23장의 성화는 예수님의 일생과 가톨릭교회의 주요 역사를 주제로 추상 기법으로 그려져 있고 그 안에는 다양한 문양의 로고스가 들어 있는데, 이들 로고스의 신비를 풀면 우리 안의 각종 문제를 힐링시킬 수 있는 건강법인 '삼얼손'을 터득할 수가 있다.

시몬 조광호 신부님 약력

- 1947 강원도 삼척 출생
- 1977 서울가톨릭대학교 신학과 졸업
- 1979 사제서품(성 베네딕도 수도회)
- 1985~90 독일 뉘른베르크대학교 및 동대학원 졸업
- 1989 오스트리아와 독일 잘츠부르크에서 동판화 및 유리화 연구
- 가톨릭 조형 예술연구소장, 인천가톨릭대학교 종교 미술학부 교수, 인천가톨릭대학교 조형예술대학 학장 역임

전시

- 1982~2010년까지 개인전 21회
- 〈부활 초대전〉〈십자가 초대전〉〈얼굴전〉 등 기획전, 단체전 다수 참여

대표 작품

- 부산 남천주교좌성당 유리화
- 숙명여대박물관 로비 유리화
- 서울 지하철 2호선 당산철교 구간 대형 벽화

- 연세대 송도국제캠퍼스 교회 스테인드글라스와 벽화
- 서소문 성지 기념탑 등 국내외 20곳의 가톨릭교회 내에 대형 이콘화 및 제단벽화, 유리화 제작

개인전

- 2006 Angel 명상 드로잉전, 가나아트센터, 서울
- 현대그리스도교 미술 모색전, 인사아트센터, 서울
- 2004 월간 미술세계 창간 20주년 기념 초대전, 모란갤러리, 서울
- 2002 미국 탬파대학(University of Tampa), 플로리다, 미국
- 모란미술관, 조선일보 미술관, 서울
- 2001 Sabina Gallery, 로스앤젤레스, 미국
- 2000 Brad Cooper 갤러리, 플로리다, 미국
- 1997 서울갤러리(프레스센터 1F), 서울
- 1994 예술의 전당, 서울
- 1989 Nittenau K-Center, 독일
- C-Pirckheimer-Haus, 뉘른베르크, 독일
- 1988 Munsterschwarzach, 독일
- Gallery Profil, Cham, 독일
- 1987 Gallery Roseberg, 오펜바흐, 독일

저서

- 《그대 문의 안과 밖에서》(서울: 햇빛, 1992)
- 《얼굴》(서울: 샘터, 2002)
- 《내가 만난 천사 이야기-Angel》(서울: Art & Caritas, 2006)

시몬 조광호 신부님의 약력을 잘 살펴보면 '삼얼손' 의 원류를 짐작할 수 있다.

조 신부님이 성 베네딕도 수도회에서 사제 서품을 받고 독일 뉘른베르크대학교 및 동 대학원을 졸업하고 오스트리아와 독일 잘츠부르크에서 동판화 및 유리화를 연구하였는데, 이 과정에서 '삼얼손' 과 관련된 뭔가를 터득하셨을 것으로 짐작된다.

그 후에 귀국하여 얼마 안 되어 친구인 안상길 사도 요한 신부님의 부탁으로 도룡동성당의 유리화를 제작하면서 본당인 한빛당의 23개 창문에 '삼얼손' 의 신비를 자기도 잘 모르는 사이에 담았다.

조 신부님이 대전광역시 유성구 대덕연구단지 도룡동성당의 창문 유리화에 '삼얼손' 의 신비를 담은 것은 연구단지에서 근무하는 연구원 중에서 누군가가 '삼얼손' 의 신비를 풀 수 있을 것으로 기대해서일 것 같은데, 그러한 일이 1998년 말 IMF의 여파로 연구단지에서 퇴출당한 필자에게 주어지게 된 것이 신기하다.

필자는 2010년 8월 15일 살바토르란 세례명으로 도룡동성당에서 권일성 베드로 신부님에게 세례를 받았는데, 그러기 한 달쯤 전부터 한빛당의 23개 창문에 그려진 유리화에 신비한 건강법이 담겨 있다는 계시 말씀을 전해 듣고 공부를 시작하였다.

그 후로 거의 11년이 지나도록 공부를 하였는데, 그간의 연구 결과는 장편소설 형식으로 《비얼로 간다》(1권 및 2권, 2020년 12월)와 《힐링》(2021년 2월)을 출간하였고 최근에는 건강법의 이름으로 '삼얼손' 을 사용하게 되었다.

'삼얼손' 은 하늘나라의 건강법으로 11차원의 세계에서 사용되는 것인데, 우리가 경험하는 4차원의 세계에서는 '삼얼손' 의 신비를 제대로 알 수가 없다.

그래도 도룡동성당의 성화 안에 담긴 로고스를 아래 그림의 〈매듭을 푸는 마리아〉처럼 차근차근 잘 풀어보면 우리가 실전 힐링에 사용할 수 있는 '삼얼손' 을 터득할 수가 있을 것이다.

교황 프란치스코(라틴어: Franciscus PP., 이탈리아어: Papa Francesco, 1936년 12월 17일~)는 제266대 교황(재위: 2013년 3월 13일~)이다. 본명은 호르헤 마리오 베르고글리오(스페인어: Jorge Mario Bergoglio)이다.

1986년경 독일에서 유학하던 당시 아우크스부르크에 있는 〈매듭을

푸는 마리아〉 성화를 보고 깊은 감명을 받은 베르고글리오 신부는 성화의 복제품을 구입하고 아르헨티나로 돌아왔다. 이후로도 그는 〈매듭을 푸는 마리아〉에 대한 깊은 성모 신심을 간직하였다.(검색자료 인용)

상기 인용을 음미해 보면 이 세상에는 매듭으로 복잡하게 엉킨 끈이 있어 많은 어려움이 따르는데, 그 끈의 매듭을 마리아가 풀어주어서 우리가 편안하게 살 수 있으므로 우리는 성모 마리아에 대한 깊은 믿음을 가져야 한다는 것이다.

그러면 이 끈은 무엇이고 왜 이 끈에는 복잡한 매듭이 있는 것일까?

우리가 매일 뉴스를 보면 이 세상에서는 수많은 복잡한 문제들이 매듭처럼 생겨나고 시간이 지나면 그 문제들이 어떤 형태로든 풀어져서 해결되는데, 이러한 세상사가 끈이라는 시간의 기록에 담긴다.

끊임없이 이어지는 시간의 기록이 끈이라면 매듭은 그 기록 안에 담긴 사건들인데, 이 사건에는 미래에 다가올 매듭이 있고, 현재 마리아가 손에 쥐고 풀고 있는 매듭도 있으며, 다 풀려서 역사 속으로 사라져 더 문제를 일으키지 못하는 매듭의 흔적도 있다.

그러면 도룡동성당 벽의 23개의 창문 유리화들의 로고스에 담겨 있는 '삼얼손'의 신비는 어떤 매듭인가?

그리고 이 매듭도 성모 마리아가 풀어주실 것인가?

도룡동성당 유리화에 있는 로고스는 아직 풀리지 않은 매듭들이다.

지난 10여 년간 이들 로고스의 신비를 연구하면서 그래도 제법 많은 로고스를 풀고 그것을 사용하여 여러 환우의 문제점들을 힐링시킬 수 있었다. 그런데 그 로고스 안에 담겨 있는 극히 일부의 매듭만 풀리고 아직 풀리기를 기다리는 매듭들이 엄청 많이 남아 있다.

이러한 매듭들은 언젠가 어떤 환우의 안에서 문제점으로 나타나 나에게 힐링을 받으러 오면 그때 성모님의 손안에 든 매듭이 되고 이때 성모님에 대한 깊은 신심을 가지고 간구를 하면 그때 스르륵 풀릴 것이다.

이런 관점에서 보면 도룡동성당 유리화에 있는 로고스나 '삼얼손' 의 신비 안에 아직도 풀어야 할 매듭이 엄청 많이 남아 있다는 것은 앞으로 나를 찾아와서 자기 안의 문제점들을 풀고 싶은 고객들이 엄청 많이 있을 것이란 뜻이 된다.(2021.6.24.)

8년 묵은 매듭

8년 묵은 매듭을 풀기 위해 목포로 가는 열차를 탔다.

이 매듭은 8년 전인 2013년 6월 21일 21:30분경 집사람이 성당에서 하는 구역미사를 마치고 저녁식사를 하는 도중에 돌연사했는데, 이 상황을 당시 장모님에게 알릴 수가 없는 사정이 있어 알리지 못하고 케케묵은 매듭으로 넘겨지게 되었다.

그러다 이번 기일에 즈음하여 처형이 장모님에게 8년 전 사건에 관해 이야기를 해 주어 8년 묵은 매듭이 바로 성모 마리아의 손안에서 풀리기를 기다리는 매듭이 되었고, 나도 그 매듭풀기에 일조하기 위하여 목포로 가는 기차를 탔다.

목포 산정동에 있는 동부시장에 들러 돼지머리고기, 민어회, 병어회를 각각 만원어치씩 사서 처가에 들어서니 처남 내외가 장모님과 함께 기다리고 있다.

처남은 교직에 있다가 몇 년 전에 정년퇴직하고 요즈음은 무안군 몽

탄면에 있는 조그만 농장에서 이런저런 밭일을 하며 소일을 하는데, 내가 8년 만에 장모님과 묵은 매듭을 풀러 온다고 하자 분위기를 부드럽게 하러 내외가 함께 내려와 있다.

장모님과 1대1 대면보다는 4명이 오랜만에 만난 인사를 수선스럽게 하다 보니 묵은 매듭을 한결 헐겁게 해 주는 신기한 효과가 있다.

내가 장을 보느라 도착 예정시간보다 30분쯤 지나 1시 20분경에 들어섰는데, 그래서 같이 점심을 먹으려고 기다리다 막 식사를 하려는 순간에 내가 들어서서 내가 사 간 반찬들을 추가하여 점심을 먹게 되니 자연스럽게 격동의 초반 5분이 지나간다.

나는 인사하면서 내 오른손으로 잡은 장모님의 왼쪽 손목을 놓지 않고 밥상 주변에 나란히 앉아 처남 내외와도 인사를 했다. 그러면서 격동의 초반 5분에 장모님의 손목에서 감지되는 격한 기운을 자연스럽게 비워낸다.

점심을 먹으면서 장모님의 기색을 살펴보니 여기저기 부기가 있고 온몸에 나쁜 기운이 가득하다.

식사를 마치고 처남과 대화 중에 그간의 사정들을 가끔 이야기하며 집사람이 불시에 하늘나라로 간 사실을 당시 림프샘암으로 판정받아 항암치료를 받고 있던 장모님에게 알릴 수 없어 궁여지책으로 집사람이 중국으로 살러 간 딸과 사위를 따라 같이 중국으로 갔다고 거짓말로 둘러댄 경위를 대충 이야기했다.

이야기가 그런대로 부드럽게 마무리되자 처남 내외는 자기 집으로 가고 나는 장모님의 온몸에 원격으로 얼빔을 날려주며 힐혈이 어디에 있는지 찾아보아도 특별히 와 닿는 데가 없다.

장모님이 이야기하는 그 당시의 항암치료 과정을 요약하면, 전남대 화순병원에서 6차에 걸쳐 항암주사를 맞았는데 4차까지는 보험이 되는 항암주사를 맞고 5차와 6차는 1회에 200만 원을 내야 하는 비급여주사를 맞고 바로 퇴원을 하였다고 한다. 그런데 온몸이 여기저기 돌아가면서 극심한 통증이 있고 걸을 수가 없어 기어다녔고, 퇴원할 때는 작은 처남이 차까지 업고 가서 집으로 왔다고 한다.

이 이야기에는 여러 가지 모순과 의문점이 있는데, 가장 이상한 것은 왜 환자가 온몸 여기저기에서 극심한 통증을 겪는데, 병원에서는 6차 항암주사를 맞게 하고 바로 퇴원을 시켰느냐는 것이다.

이 의문의 통증이 그 당시에 왜 생겼는지를 알아야 힐링 스토리를 쓸 수가 있는데, 장모님이 그 당시 격동의 순간들을 아직도 가끔 격한 감정을 섞어서 말을 하니 매듭을 풀 실마리를 잡을 수가 없다.

이 8년 묵은 매듭을 풀기 위해서는 많은 시간이 필요할 것 같아 이번 일정은 2박 3일로 하기로 방향을 정했는데, 은근히 걱정되는 것은 그동안은 몸이 불편한 장모님이 해 주는 밥을 먹어야 한다.

그래도 서로 불편을 겪으며 지내다 보면 8년 묵은 매듭이 잘 풀릴지도 모른다.(2021.6.25.)

8년 묵은 매듭풀기 2일차

처남 내외가 아침 일찍 왔는데, 아침 7시 반부터 9시까지 처남의 오른쪽 어깨에 약 3개월 전에 생긴 어깨터널증후군을 힐링시켜 주었다.

처남의 어깨터널증후군은 약 1년 전에 오른쪽 어깨에서 골반까지 은하 우주방사선이 피폭되었고 그 장애로 어깨의 통증과 대장 출혈이 생기고 그래서 최근 건강검진에서 어깨터널증후군과 혈변이 진단된 것 같다.

현관 마루에서 정원을 바라보고 나란히 앉아 양손으로 삼얼손힐링을 해 주었다. 내 왼손으로는 처남의 오른쪽 어깨를 펴1꺽2로 짚어주고 내 오른손으로는 처남의 오른손 손목 주변과 검지 라인 팔목에서 힐혈을 약 두 식경 가량 잡아주고 이어서 손등 검지 라인을 힐링시키는데 특이하게도 정권 관절 부위에서 쩌리쩌리한 기운이 거의 2식 경이나 나온다.

어쩌면 이 쩌리쩌리한 기운이 은하 우주방사선 피폭에 의한 어깨터널증후군을 판단하는 기준이 될 것 같다.

처남은 꼬리뼈 주변에서도 식은땀이 30분쯤 나왔는데, 이것은 군대에 있을 때 곡괭이 자루로 꼬리뼈를 잘못 맞아 생긴 상처의 후유증으로 꼬리뼈 주변에 숨겨진 꼬리 근육에서 근막염이 생기고 그 후유증이 30년이 지나도 가끔 나타나는 것 같다.

꼬리 근육이 퇴화하여 숨겨진 곳에서 근육이 없는데도 근막염이 생기는 것이 신기하다.

처남 내외가 가고 다시 장모님에게 힐링해 드리는데, 어제부터 오늘 오전 11시경까지 거의 하루에 걸쳐 오른손 저골과 콩알골에서 어기를 뽑아내고 앞가슴 쇄골 왼쪽 한치 부위에 생긴 검붉은 색의 정맥 꽈리를 원격 힐링시키자 온몸에 기의 흐름이 어느 정도 안정이 된다.

오후 2시부터 3시 반까지 왼쪽 손목과 왼발 검중약 발가락에 생긴 변형을 잡아주었는데, 지속적인 번개로 온몸이 피곤하고 나른하다.

이 변형은 약지 라인 발등 중간부위에서 검지 발가락 중간부위로 2013년 6월 말경 항암 5~6차 치료를 하던 무렵에 관통한 은하 우주방사선에 의하여 생긴 것인데, 림프샘암에 의한 근육 통증을 온몸으로 퍼지게 한 원인으로 6차로 항암치료를 마치고 퇴원하였는데, 집에 와서 몇 달씩 거동도 못 하고 괴로움을 받게 한 것이다.

그런 사정 때문에 처형이나 처남들이 나의 안사람이 돌연사로 하늘나라로 간 사실을 장모에게 알릴 수 없었다.

오후 4시 반 경에 인근 공원으로 산책하러 다녀오자 장모님이 안방 침대에서 낮잠을 주무신다. 그래서 마루에 앉아 원격으로 장모님의 머리에 얼빔힐링을 1시간 가량 해 주었다.

저녁을 일찍 먹고 동네로 산책하러 나갔는데, 100미터쯤 떨어진 큰길 가로수 아래 모래땅에서 작은 얼석을 주웠다.

바로 집으로 돌아와 이 얼석을 손안에 쥐고 초저녁부터 바로 잠을 잤는데, 온몸이 시큰거리면서 쌓여 있는 노폐물이 빠져 나간다.(2021.6.26.)

8년 묵은 매듭풀기 3일차

오늘은 새벽 5시부터 약 30분간 장모님의 머리 주변에 펴1꺽2얼3힐링을 해 드렸다.

장모님의 머리에서는 독기가 별로 안 나오는데, 그래도 귀 주변의 호르몬 통로가 군데군데 뭉쳐 있어 풀어주었다. 장모님은 5시 반부터 촛불을 2개 켜 놓고 묵주기도 5단을 성모님께 바치신다.

아침 식사 후에 공원으로 산책을 다녀와서 9시부터 장모님의 오른발 약지 라인에서 오금에 이르는 부위에도 은하우주선이 피폭되어 생긴 장애를 한 시간쯤 힐링시키는데, 요란한 복합성 번개가 줄줄이 이어진다. 오른쪽 무릎에는 평소 통증이 심해 커다란 파스 2장을 붙이고 계신다.

양쪽 발이 편해져서인지 장모님이 오전 11시경까지 낮잠을 주무신다. 11시경에 처남 내외가 콩국물을 가지고 와서 점심은 콩국수를 만들어 먹자고 한다.

처남댁과 장모님이 준비하는 동안에 처남 어깨에 대해 2차 힐링을 해주었다.

이번에는 내 왼손으로는 처남의 오른쪽 어깨를 펴1꺽2로 짚어주고 내 오른손으로는 처남의 오른쪽 팔꿈치를 펴1꺽2로 짚어주는 양손 얼3 힐링을 해 주었는데, 어제보다 더 요란스럽게 번개를 친다.

이것은 처남이 그동안 아픈 어깨를 힐링시키지 못하고 이런저런 농사일을 하느라 무리하게 사용하여 오른쪽 팔 전체가 상당 부분 망가졌고 그것이 힐링되면서 나타나는 현상이다.

한 시간쯤 지나 콩국수가 다 되어서 오랜만에 먹는데, 집에서 직접 갈아서 만든 것이어서 그런지 국물이 걸쭉하고 고소하다.

식사 후에 처남 내외가 먼저 자리에서 일어나 자기 집으로 가고, 나도 30분쯤 더 있다가 장모님께 아쉬운 인사를 하고 기차를 타러 역으로 향했다.

대전으로 돌아가는 기차 안에서 이번 2박3일 힐링 여행을 되돌아보니 8년 묵은 매듭은 그런대로 원만하게 풀어진 것 같았다.

그런데 의아한 것은 8년 전에 장모님이 항암 5~6차 주사를 맞을 무렵에 양쪽 다리에 맞은 2번의 은하 우주방사선 피폭과 처남의 오른쪽 어깨에서 골반 방향으로 맞은 은하 우주방사선 피폭이 어쩌면 정소피아가 의도적으로 조종한 작품일 수도 있다는 생각이 들었다.

살아 있는 사람은 아인슈타인의 특수상대성 원리를 깰 수가 없어서 먼 은하에서 지구로 빛의 속도로 날아오는 은하 우주

구분	열차번호	출발	도착	특실	일반실	유아	자유석
직통	1402	목포 07:12	서대전 10:19	-	예 매 좌석선택	-	-
직통	1404	목포 08:45	서대전 11:57	-	예 매 좌석선택	-	-
직통	1062	목포 10:42	서대전 13:24	-	예 매 좌석선택	예 매	-
직통	1406	목포 11:40	서대전 14:48	-	예 매 좌석선택	-	-
직통	1408	목포 16:05	서대전 19:17	-	예 매 좌석선택	-	-
직통	KTX 482	목포 16:51	서대전 19:27	예 매 좌석선택	예 매 좌석선택	예 매	역발매중 (1량)
직통	1064	목포 17:42	서대전 20:29	-	예 매 좌석선택	예 매	매 진

방사선을 조종하여 원하는 표적을 자기 마음대로 맞힐 수가 없다.

그러나 누군가가 하늘나라에 올라가 은하 우주방사선 피폭 방향을 조종하는 업무를 맡게 되면 어느 정도는 자기의 재량으로 몇 개의 은하 우주방사선을 원하는 어떤 표적에 관통하도록 조종할 수가 있다.

정소피아는 2013년 6월 말에 대전광역시 유성구 송강동에 있는 구룡 고개 위에 도착한 전용 UFO를 타고 비얼나라로 가서 새로 신설된 얼빔 부서의 부서장 살바토르 성인의 얼빔 담당비서가 되었고, 그래서 얼빔 부서에서 하는 작전의 목적으로 지구상 특정인의 특정 부위에 은하 우주방사선이 피폭되도록 조정할 수가 있다.

그런데 정소피아가 비얼나라에서 전남대 화순병원에서 항암치료를 하는 자기의 어머니를 감시하던 중에 담당의사가 제5차 치료에 보험적용이 안 되는 1대에 2백만 원이나 하는 항암주사를 권하고, 어머니가 자기 통장으로 그 돈을 지급하는 것을 보고 말리는 차원에서 어머니의 왼쪽 발등을 살짝 관통하는 은하 우주방사선을 날린다.

장모님은 왼쪽 발의 통증으로 갑자기 거동을 못 하게 되고 이것이 새로 맞은 비급여 항암 주사의 부작용으로 생각하는데, 며칠이 지나 6차 항암주사도 비싼 것을 맞으라고 담당의사가 권한다.

큰 병에 걸린 환자는 의사가 하는 처방에 따를 수밖에 없어 장모님은 통장에 남은 잔액 170만 원을 처남에게 주고 모자라는 것을 처남이 보태서 내게 하였는데, 이것은 자식에게 금전적으로 의지하지 않으려는 장모님의 자존심에 큰 상처를 입힌다.

이런 것을 모니터로 보고 복장이 터진 정소피아가 이번에는 오른발 무릎에서 시작하여 검지 발가락을 관통하는 은하 우주방사선을 날려 자기 어머니가 아예 거동을 못 하게 만들고, 환자가 비급여 항암주사를 2회 맞고 하반신을 못 쓰는 부작용이 생긴 것에 놀란 담당의사가 자기에게 불똥이 튈까 걱정되어 갑작스럽게 장모님을 퇴원시킨다.

'당시의 담당의사는 이 글을 읽고 반성하기를…….'

이런 사연으로 정소피아가 비얼나라로 갑작스럽게 올라간 사실을 장모님에게 알릴 수가 없어 미루고 미루다가 8주기를 맞이하며 처형을 통해 알리고 8년 묵은 매듭을 풀게 된 것이다. 이때의 분위기를 부드럽게 하려고 정소피아가 남동생의 어깨에 은하 우주방사선이 피폭되게 하여 내가 목포에 갔을 때 그것을 힐링시켜 주어서 장모님의 마음을 조금이라도 부드럽게 되도록 하였다.

누가 어느 날 갑자기 어디가 아프면 그것은 하늘나라에서 보내주는 경고이며 이런 때에는 자기가 최근에 한 어떤 결정이나 행위에 잘못이 있어서이므로 자기 자신을 다시 한 번 살펴보고 아픈 곳에 삼얼손힐링을 하면서 생긴 매듭을 바로 푸는 올바른 길을 찾아야 한다.(2021.6.27.)

35년 묵은 매듭

요즈음 밝은 빛님의 온몸에 잠복한 어기들이 한꺼번에 우후죽순처럼 나타난다는 글을 읽고 은근히 걱정되어 불시에 인천을 다녀왔다.

10시 10분쯤부터 명상원에서 힐링을 시작하였는데, 밝은 빛님의 왼쪽 무릎에 작은 반점이 대여섯 개 나와 있고 다른 곳에도 약한 증상들이 나타나 있다고 한다.

일단 가장 집중적으로 나타나는 왼쪽 무릎에 나의 왼손으로 장뜸을 하고 나의 오른손으로 왼쪽 팔꿈치 안쪽에 1펴2꺼3투 얼손힐링을 해 주자 각종 약초 냄새와 요상한 기운들이 빠져 나온다.

약 20분간 얼손힐링을 해 주고 같은 자리에 밝은 빛님이 스스로 얼손힐링을 하게 자세를 잡아주고 나는 등 뒤로 가서 밝은 빛님의 생명나무 주변을 탐색해 보니 양쪽 견정혈 주변에서 열기가 감지된다.

좌우 견정혈에 약 30분간 양손으로 얼손힐링을 해 주고 있는데, YM도반님이 와서 나는 YM도반님에게 힐링을 해 주었다.

YM도반님(73)은 나와 동갑인데, 23년간 석문호흡을 하여 얼굴이 동안이다.

YM도반님은 젊었을 때 각종 운동을 많이 하였고, 35년 전에 축구를 하다가 골대 바로 앞에서 슛하면 골인을 시킬 수 있는 절호의 기회가 있었는데, 골을 차려는 순간 갑자기 하반신 마비가 와서 공을 차려는 자세 그대로 몸이 굳어져 주변 사람들이 폭소를 터트리는 해프닝이 있었다고 한다.

그 이후로 손과 발이 굳어져서 거동이 불편한 상태로 10여 년을 지내다가 석문호흡을 하면서 조금씩 거동이 편해졌다는데, 아직도 손과 발의 상당 부분이 풀리지 않아 불편하다고 한다.

이 이야기를 종합해 보면 YM도반님은 35년 전에 중추신경 어딘가에 은하 우주방사선을 피폭 받고 불시에 사지마비가 왔을 것으로 짐작이 된다. 처음 만나서 이야기 조금 듣고 척추검사를 하자고 할 수가 없어 일단 사지의 굳은 상태를 살펴보기로 하고 먼저 왼손을 점검하는데, 검지 손끝에서 뭔가가 잡혀 내 손톱을 세워 지조침을 놓아 주며 아프면 말씀해 달라고 하자 YM도반님이 그렇잖아도 많이 아파서 자기의 진기를 보내 통증을 완화하고 있다고 한다.

YM도반님은 기공술의 대가여서 외부 자극에 대항하는 진기를 보내

대응을 하는데, 이러한 것을 필자는 처음 겪어보는 상황이어서 그대로 지켜보고 있자 15분쯤 지나 그 부위가 정상으로 회복된다.

YM도반님의 왼손 검지는 몇 년 전에 유리에 베어서 1센티미터 정도의 상처가 생겼는데, 병원 치료를 하지 않고 집에서 연고와 반창고로 치료를 하고 나았으나 그 후로 손끝이 마비되어 감각이 없다고 한다.

이렇게 손끝이 마비된 상처 후유증을 15분 만에 복구시켰으니 얼손 힐링을 할 때 환우가 기공을 써서 도움을 주는 것도 어느 정도 시간을 단축하는 효과가 있는 것 같다.

이어서 오른손을 살피는데, 우선 눈에 띄는 문제는 엄지와 검지 사이의 아귀 부위에 살집이 거의 없어 손으로 무엇을 집기가 어렵다고 한다.

이렇게 근육이 손실된 경우에는 역근법을 사용하면 효과가 있는데, 이것은 시간이 너무 많이 걸려 지금은 할 수가 없어 일단 손과 팔목 주변을 살펴보자 이 분의 뼈가 온통 굳어 있는 통뼈여서 여기저기 돌아가면서 지조침으로 뼈 안마를 해 주었는데, 그 정도로는 아귀에 근육이 극히 미미하게 회복된다.

점심식사로 인근 식당에서 냉면을 먹고 명상원으로 돌아와 YM도반님의 왼쪽 발을 힐링시키는데, 눈에 띄는 문제는 발등 상부의 발목 부위가 살이 없어 함몰되어 보이고 검중약지 바로 위 발등에 10여 개의 어골이 촘촘하게 박혀 있다. 그중에서 검지 반치 위에 있는 가장 큰 대장어골 하나만을 지조침으로 공략하는데, 처음에는 악취와 죽은 세포가 나오다가 15분이 지나면서 최루가스가 30여 분간 나와 내 눈을 뜰 수 없이 아리게 한다. 이 최루가스는 마비 증상이 있는 환우가 힐링될 때 나오는 어기 중 하나이다.

거의 한 시간에 걸쳐 왼쪽 발을 힐링시키고 다음 순서로는 머리 힐링을 해 주기 위하여 내 무릎에 머리를 눕히고 나의 왼손으로는 목 뒤에 얼손힐링을 하고 오른손으로는 오른쪽 귀 주변에 얼손힐링을 해 주자 10여 분만에 목에서 번개가 한 번 치고 10여 분을 더 기다리자 정상으로 돌아간다.

이어서 척추를 따라 10센티미터쯤 내려가자 다시 어기가 나오다가 10분쯤 지나 또 한 번 번개가 치고 10여 분이 지나자 정상으로 돌아간다.

경추와 척추 라인에서 2번의 마른번개가 있었던 것은 35년 전에 맞은 은하 우주방사선 피폭장애의 후유증인데, 그렇게 오랜 시간이 지나고도 마른번개를 치는 것이 신기하다.

마지막 코스로 오른쪽 발을 힐링시키는데, 이곳에서도 검지 라인에서 어골이 잡힌다. 30여 분 동안 지조침을 놓아 주어도 힐링될 조짐이 보이지 않아 그만 오늘 일정을 마치기로 했다.

차를 몰고 집으로 돌아오면서 생각해 보니 오늘 YM도반님을 힐링시키는 내내 도반님이 자기의 진기를 내가 힐링시키는 부위에 보냈는데,

그것이 초반에는 상승작용을 하다가 척추 라인에서 마른번개를 친 이후에는 힐링을 억제하는 반작용을 한 것 같다.

어쨌든 35년 묵은 매듭을 대충 풀어주었으니 나머지 힐링은 YM도반님이 스스로 할 수 있을 것으로 예상한다.

인천에서 겨우 몇 시간 힐링을 해 주고 와서 2일간 자가 힐링을 했는데, 아직도 양어깨에 뭉친 반탄어기가 풀리지 않는다.

이것은 YM도반님을 힐링해 줄 때에 YM도반님이 자기의 진기를 힐링 부위에 보냈는데, 이것이 반탄어기가 되어 내 몸에 들어와 양어깨 주변에 뭉쳐서 생긴 현상으로 판단된다.

이 반탄어기를 비워주기 위하여 적당한 얼석 두 개를 골라서 그곳에 양손으로 1펴(엄지)2꺼(중지)3투(약지) 얼손힐링을 약 2시간쯤 해 주자 양쪽 어깨가 정상으로 회복된다.(2021.7.10.)

얼빔3투힐링

얼빔3투힐링은 우리 안의 나쁜 얼룩을 비워내어 힐링으로 가는 3(삼, 삶)이다.

우리 안에 어떤 문제가 생겼을 때 그것이 주변에 나쁜 얼룩을 만드는데, 그 나쁜 얼룩이 어느 순간 짠~ 하고 힐링이 된다면 그것보다 좋은 3(삼, 삶)은 없을 것이다.

고희를 넘긴 필자의 3(삼, 삶)은 매일 매 순간 내 안의 어떤 얼룩들을 3투로 힐링시키는 것이다.

우리가 젊어서는 하루의 피로도 저녁에 잠을 자고 아침에 일어나면 모두 말끔하게 힐링이 되는데, 언제부터는 잠을 자고 일어나도 뭔가가 몸속에 얼룩으로 남아 있어서 이른 아침부터 특별한 힐링을 추가로 해주어야 그날을 무사히 보내고 저녁에 잠을 잘 수가 있게 된다.

그런데 그 언제부터는 특별한 힐링에 더 특별한 뭔가를 해도 몸속으로 들어온 나쁜 얼룩을 말끔하게 해소하지를 못하고 온몸 여기저기에 이런저런 얼룩이 남아 온갖 괴로움을 겪기 시작한다.

필자의 경우에는 나이 50에 명예퇴직하고 그 후로 돌팔이 힐러 노릇을 20여 년 하며 이런저런 잡다한 힐링법을 개발하고 그런대로 건강하게 잘 살면서 그 경험을 모아 장편 실화소설 《비얼로 간다》 1권 및 2권(2020년 12월)과 장편 체험소설 《힐링》(2021년 2월)을 발간하였는데, 그래도 내 안에 생겨나는 얼룩들을 말끔하게 해소하지 못하여 최근부터 '얼빔3투힐링' 이라는 것을 새로 개발하기 시작하였다.

아침에 일어나서 '얼빔3투힐링' 을 거의 온종일 하고 있으면, 저녁에 그런대로 편안한 잠을 이룰 수 있다.

가끔 누군가가 찾아와서 나한테서 힐링을 받고 가도 그 시간이 한 시간 이내이면 저녁에 좀 보채기는 해도 아침이 되면 거의 무리 없이 다시 '얼빔3투힐링' 을 할 수 있다.

예전에는 한 시간 이상 힐링을 받고 가는 특별한 손님이 가끔 왔었지만, 코로나19 덕분에 요즈음은 그런 손님이 거의 없어 필자가 매일매일 나 자신을 스스로 '얼빔3투힐링' 을 하면서 소일하는 데 별문제가 없다.

'얼빔3투힐링' 을 하기 시작한 지가 얼마 안 되어 아직은 보강하여야 할 부분이 많이 있는데, 이러한 것들이 차츰 이루어지면 하루에 서너 시간은 다른 분들을 도울 수 있는 실력이 될지도 모르겠다.

이러한 것이 조만간 이루어지리라는 근사한 희망을 품고 먼저 그동안 하여 온 '얼빔3투힐링' 을 정리하여 소개한다.

'3투힐링' 은 생명체 내부에서 생명 유지를 위하여 자연스럽게 일어나는 삼투현상을 사용하여 온몸을 힐링하고 온몸의 항상성을 건강하게 유지하는 자연 힐링법이다.

'3 to 힐링' 의 숨겨진 신비를 살짝 엿보려면 글자 변조를 조금 하여 '3투어링' 또는 영어로 '3 to erling' 이라고 부르면 되는데, 이것은 얼링을 하는 3이란 의미이고, 우리 몸에 얼링을 해 주는 3투를 의미하기도 한다.

여기에서 얼링은 얼룩힐링을 줄인 말인데, 우리 몸 안의 얼룩을 힐링시키는 건강법이란 의미이다.

우리 몸 안의 얼룩은 우리 몸을 구성하면서 생명 현상을 주관하는 실체인 세포들이 생로병사를 하면서 보이는 모든 모습의 흔적이다.

우리 몸을 구성하는 80조 개의 세포 안팎에 있는 모든 물질이 항상성을 유지하기 위하여 뭔가를 하면 후에 그중에서 중요한 것들은 모두 얼룩이 되어 어딘가에 흔적을 남기고 시간이 지나면서 각종 후유증을 유발하는데, 이 모든 얼룩을 건강하게 힐링시키는 것이 바로 '3투어링' (3 to erling)이다.

우리의 몸을 구성하는 80조 개의 세포는 별도의 DNA를 가지고 있으며 각자의 생로병사를 겪으므로 이들 각각이 별도의 얼룩이라고 볼 수도 있는데, 우리는 인지 능력의 한계로 이들 각각의 건강을 실시간으로 돌볼 수가 없고 다만 후에 이들이 만들어 내는 얼룩의 흔적만 관리할 수 있다.

그래서 우리는 자기의 건강을 돌보기 위해 가장 효과적인 방법을 사용해야 하는데, 필자의 소견으로는 세월의 흔적인 얼룩을 전문으로 추적 관리하는 3투어링(3 to erling)을 개발하는 것이 하나의 지름길이 될 것으로 생각한다.

3투어링(3 to erling)은 필자가 얼마 전부터 개발하기 시작한 건강법이어서 이것이 완성되려면 몇 달간 공든 탑을 쌓아야 하지만, 중도에 무너지지 않고 완성이 된다면 많은 사람에게 도움을 줄 수 있을 것이다.

(2021.8.20.)

3투어링 사례 · 1

앞장에서 3투어링(3 to erling)은 세월의 흔적인 얼룩을 전문으로 추적 관리한다고 했는데, 그러려면 먼저 우리 몸에 남아 있는 얼룩의 정체를 어느 정도는 알 수 있어야 한다.

우리 몸에 어떤 이상이 생겨서 병원에 가면 의사가 각종 진단 기술과 장비를 동원하여 이상의 정체를 파악하고 치료를 하는데, 우리 몸에 남아 있는 얼룩을 진단하고 힐링시켜 주는 의사는 아마도 없는 것 같다.

그래서 3투어링(3 to erling)에 관한 설명을 하기 전에 필자가 최근에 이것을 개발하면서 시험 사용한 사례를 소개한다.

2021년 8월 10일 오전 11시 HO(42세, 여)의 제7 경추 부근과 오른손 엄지 라인 손목 부근에서 3투어링으로 독한 어기를 약 30분간 비워주었는데, 이때 반탄어기가 내 몸에 들어왔는지 나의 제7 경추 부근에서 약한 통기가 느껴진다.

이 부위를 잠자기 전에 30분쯤 3투어링해 주었는데, 다음 날 새벽에도 여전히 통기가 있어 그 부근을 이리저리 만져주어도 자세가 불편하여서인지 힐링 효과가 별로이다.

아침 식사 후에 잠시 쉰 후에 다시 한 시간쯤 추가 힐링을 해 주자 등과 목이 전반적으로 부드러워진다. 추가의 힐링은 적당한 얼석을 양손에 쥐고 TV를 보며 명상을 두어 시간 더 하자 목과 등 주변 멀리에 있는 어기가 스멀거리며 사라진다.

HO를 힐링시키는 30분간 받은 반탄어기를 소멸시키는 데 꼬박 하루가 걸린다. 이 과정에서 평생 내 안에 서서히 쌓인 노폐물 찌꺼기도 상당 부분 같이 휩쓸려 나갔을 거로 여기고 위로로 삼는다.

2021년 8월 16일 오전 11시

오늘 낮에는 HO의 왼쪽 다리에 3투힐링을 약 40분간 해 주었는데, 먼저 내 오른손으로 HO의 왼쪽 무릎 윗부분에 있는 림프기관을 덮어주고 왼손으로는 새끼발가락부터 아시혈을 탐색하자 중지 발가락에서 독한 어기가 감지된다.

거기에서 시작하여 중지 발가락 라인을 따라 독한 어기를 모두 소멸시키는 데 무려 40분이 걸린다.

내가 오른손으로 잡은 HO

의 왼쪽 무릎은 힐혈에 해당한다. 이것은 중심 림프기관이 있는 곳이고 왼손으로 잡은 중지 발가락 라인을 따라 길게 형성된 것들은 아시혈에 해당하는데, 이것들은 주로 말초 림프기관이다.

위에 소개한 사례를 조금 더 부연 설명하면 HO는 우리 집에 일주일에 한 번씩 와서 집안일을 도와주는 아주머니인데, 두어 달 전부터 올 때마다 약 30분간 나에게서 힐링을 받는다.

첫 번째 사례를 시행하기 전주에는 HO의 오른쪽 어깨 아픈 것을 힐링시켜 주었고, 그 다음 주에는 목 부위를 힐링시키고, 그 다음에는 왼쪽 다리를 힐링시켜 주었는데, 그 모든 곳에서 비교적 강하고 때로는 독한 어기가 나온다.

이러한 어기가 나오는 이유는 HO의 몸에 남아 있는 세월의 흔적인 각종 얼룩이 비워지면서 어기로 빠져 나온 것으로 판단된다.

필자가 지난 3주 동안 3번에 걸쳐 HO에게 3투어링을 약 30분씩 해 주고 그 안에서 얼룩들을 비워 주었는데, 이러한 얼룩은 병원에서 진단할 수 없는 것들이어서 보통은 무시하고 살지만 실제로는 HO에게 건강상의 어떤 불편을 주는 것들이었을 것이다.

3투어링(3 to erling)은 세월의 흔적인 우리 몸 안의 각종 얼룩을 전문으로 추적 관리하는 가장 효과적인 방법의 하나다.

이번 주에는 HO의 오른쪽 발에서 3투어링을 해 주었는데, 검지 라인에서 얼룩이 잡혀 약 30분간 어기를 비워주었다.

예전에는 어디에서 어기가 나오면 그 원인을 추정해 보기도 했는데, 요즈음은 누군가의 몸 안에서 어기를 비워 얼룩을 지워주는 것이 바로 3투어링을 하는 보람으로 여긴다.(2021.8.22.)

노구힐링

노구(老軀) 힐링은 필자처럼 늙은 몸을 힐링시키는 건강법이다.

누구든 나이를 어느 정도 먹으면 온몸 여기저기 아프기 시작하는데, 이러한 것을 힐링시켜 그런대로 편안한 노후 생활을 즐기려면 여기에서 소개하는 노구힐링을 실행해 보시길 바란다.

노구힐링은 누구나 편안하게 앉아 자기의 두 손을 자기의 몸 여기저기에 대주고 있으면 저절로 힐링이 되는 노인들이 하기 쉬운 건강법이다.

노구힐링을 효과적으로 하려면 손을 대주는 위치를 잘 선택하여야 한다. 항상 한 손은 아시혈에 대주고 다른 손은 힐혈에 대주어야 하는데, 그 부근이 정상으로 돌아올 때까지 15~30분 정도 그대로 대주고 있으면 문제된 부위가 저절로 힐링이 된다.

여기에서 아시혈은 자기가 현재 불편하거나 아프게 느끼는 곳이니까 누구나 자기 스스로 아시혈을 쉽게 찾을 수 있다.

현재 불편하게 느끼는 곳이 여러 군데이면 그중에서 가장 불편한 곳을 선택하여 한 손을 대주면 된다. 그리고 힐링시키고 싶은 아시혈을 선택하였으면 그곳에 한 손을 가만히 대주고 다른 손으로는 힐혈을 찾아야 한다.

힐혈을 찾으려면 간단한 요령이 필요한데, 아래 그림을 잘 보고 현재 자기가 아시혈로 선택한 부위에서 가장 가까운 곳에 있는 파란색 점(림프절) 위에 손을 대고 손끝에서 느껴지는 느낌이 어떤지 신중하게 살펴본다.

보통 몇(?) 초 정도 대보면 알 수 있는데, 아무런 느낌도 없으면 다음에 있는 파란색 점으로 옮겨 이상한 어떤 느낌이 있는지 아주 신중하게

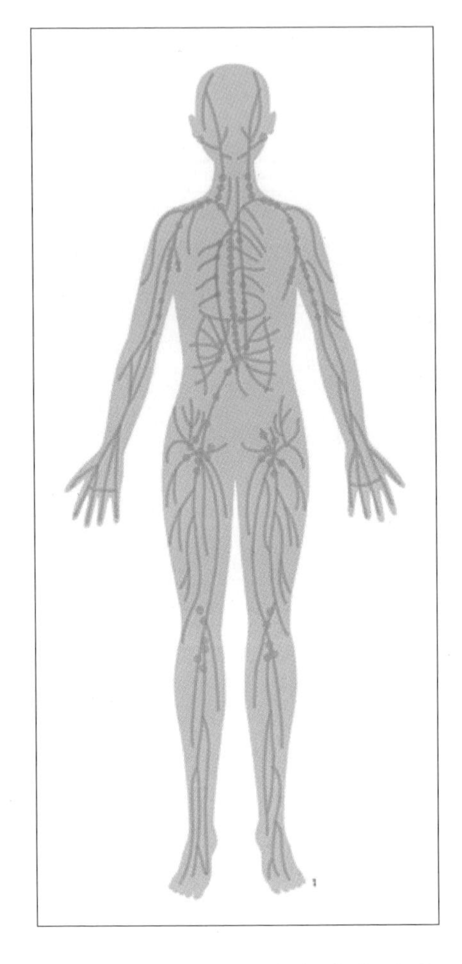

탐색한다.

이러한 방법으로 그림에 그려진 파란색 점들을 차례대로 탐색해 보면 어디에선가 이상한 느낌이 감지되는 곳이 나오는데, 그곳이 바로 힐혈이 된다. 그곳에 다른 한 손을 가만히 대 주고 아시혈과 힐혈 두 군데에서 아프거나 어떤 이상한 느낌이 다 사라질 때까지 기다리고 있으면 약 15~30분쯤 지나 힐링이 저절로 이루어진다.

노구힐링을 어느 정도 하다 보면 겉으로 드러나는 불편한 곳이 모두 없어지게 되는데, 그 이후에는 숨어있는 얼룩을 찾아 힐링시키는 '얼룩힐링' 을 하여야 한다.

우리의 몸 안에는 여러 가지 원인으로 수많은 얼룩이 숨어있고, 이것들을 그냥 버려두면 어느 날 불쑥 고개를 내밀어 병증으로 나타난다.

이러한 얼룩이 병증으로 발전하기 전에 '얼룩힐링' 을 해 주는 것이 노구힐링의 요령이다.

앞에 소개한 노구힐링을 어느 정도 해 보면 누구나 '얼룩힐링' 도 손쉽게 할 수 있다.

'얼룩힐링' 에서 해야 할 것은 숨어있는 얼룩을 찾아내는 것인데, 이것은 자기의 손끝으로 온몸을 이리저리 신중하게 탐색해 보면 어디에선가 뭔가 이상한 느낌이 드는 곳이 잡힌다.

이 이상한 느낌이 잡히는 곳은 바로 그곳에 얼룩이 숨어있기 때문인데, 그곳을 찾으면 그곳을 아시혈로 삼아 한 손을 가만히 대고 다른 손으로는 그곳에서 가장 가까운 파란 점부터 시작하여 이어지는 파란 점들을 차례로 탐색하여 힐혈을 찾아 힐링을 시키면 된다.

위의 그림은 우리 몸 안의 림프계인데, 그 존재가 밝혀진 지가 겨우 20여 년밖에 되지 않았다고 한다. 림프계는 우리 몸 안의 노폐물을 처리해 주고 바이러스 등이 침범하면 퇴치하는 아주 중요한 면역기관이어서 이들을 이용하는 힐링법인 '노구힐링' 이나 '얼룩힐링' 은 아주 효과가 좋은 멋진 건강법이 된다.

참고적으로 다른 힐링법에서는 힐혈을 상기 그림의 파란 점(림프샘)이 아닌 곳에서 잡기도 하는데, 나이가 드신 분이 주로 하는 '노구힐링' 에서는 꼭 파란 점(림프샘)에서 힐혈을 찾는 것이 중요하다.(2021.8.24.)

'숨은 보험금 찾기' 보다 더 확실한 건강보험!

숨은 나이 찾기

제 5 부

숨은 나이 찾기

| 서금석 · 이종보 |

은하 우주방사선 피폭장애 힐링 요약

먼 우주에서 날아오는 은하 우주방사선은 평균 3년에 한 번 꼴로 우리 몸을 관통하며 각종 장애를 일으킨다.

'삼지상상' 은 우리의 몸과 맘과 영혼에 깃든 모든 나쁜 기운으로 이루어진 '아시상' 을 들여다보고 비워내는 세 개의 손가락으로 이루어진 치유의 '힐상' 이다.

이러한 삼지상상은 힐러의 양손이 환우의 몸 상태를 얼마만큼 잘 느끼느냐가 중요한데, 좀 더 효과적으로 하기 위하여 필자는 자연숨결명상의 몸 느끼기를 수련한다.

우주방사선 피폭으로 장애를 입은 사람을 삼지상상으로 들여다보면 어디를 언제 어떻게 피폭을 당하고 어떠한 장애가 생겼는지 알 수 있고, 또 그 장애로 생긴 나쁜 기운을 삼지상상으로 모두 비워내면 그 사람은 늘 건강하게 살 수 있다.

아시상은 현재 우리의 몸 안에 나쁜 기운이 모여 있는 모습이고 힐상은 이 아시상을 힐링시킬 수 있는 좋은 기운이 모여 있는 모습인데, 삼지상상에서는 3개의 손가락으로 아시상과 힐상을 들여다보고 이 두 개의 상을 공진시켜 서로 겹치게 하여 나쁜 기운과 좋은 기운이 서로 보완 상쇄되어 편안한 기운으로 힐링되게 한다.

삼지상상 - 1

2021년 8월 28일 토요일 아침 9시부터 11시까지 얼석 안에 숨어있는 힐상을 내 몸 안에 투영하여 내 안의 아시상을 '삼지상상' 시킨다.

아시상은 나 자신의 홀로그램이며 우주만물의 다른 홀로그램인 얼상 중에서 힐링 효과가 있는 홀로그램인 힐상과 서로 조화롭게 합쳐주면 '삼지상상' 이 된다.

낮에 '삼지상상' 연습으로 우주 안의 여러 가지를 힐상으로 삼아 내 몸 안 여기저기에 숨어있는 잠얼을 찾아 힐링시키다가 저녁 무렵에 오른쪽 발 엄지 라인에 있는 잠얼에서 명현반응이 나오면서 그 부근에 아시통이 생긴다.

저녁 7시부터 2시간 가량 오른쪽 발 엄지에서 발목에 이르는 부근에서 예리한 통증을 수반하는 아시통이 생겼는데 여러 가지 힐링을 해 보

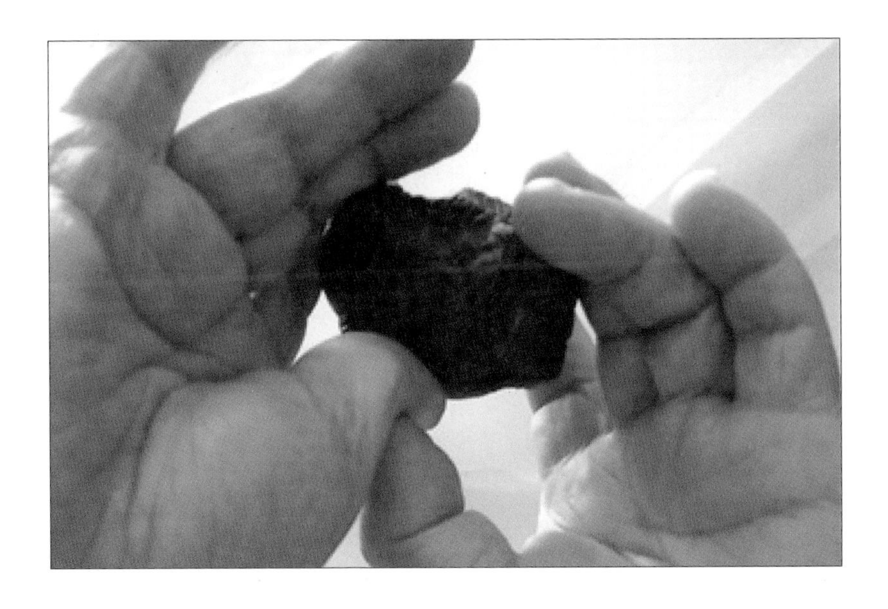

아도 통증이 계속되다가 양손으로 발목 아시혈과 무릎 힐혈을 무작정 잡아주고 있자 30여 분이 지나며 겨우 통증이 누그러져 잠을 잘 수 있게 된다.

2021년 8월 29일 일요일 아침 5시부터 한 시간 반 가량 오른쪽 발 엄지 라인에 생긴 아시상을 오른쪽 무릎 한 뼘 위쪽의 힐상으로 '삼지상상'을 해 주었다. 시작한 지 한 시간이 지날 무렵에 아시상과 힐상 사이에 웅~웅거리는 이상한 호응 반응이 몇 분 가량 이어졌는데, 이것이 '삼지상상'의 힐링 반응일지도 모르겠다.

이 반응이 있고 몇 분이 지나 엄지 라인 발바닥 옆구리로 둔중한 번개가 한 번 쳤는데, 예전에는 그곳에서 번개를 칠 때 연결 심줄에서 예리한 통기가 있었다. 그런데 이번에는 통기가 전혀 없고 그냥 둔중한 느낌이 드는 울림이다.

아침 10시부터 왼손 엄지 첫 번째 관절에 생긴 어골을 오른손 엄지로 짚어 아시상을 만들어 주고 양손 검지와 왼손 엄지로 루비 원석을 잡아주어 힐상으로 역할하게 하여 '삼지상상'이 되도록 한다.

12시까지 '삼지상상'을 했는데, 왼쪽 끝 부근에는 있는 0.2mm 크기의 어골 한 개만 겨우 힐링시켰다. 나머지는 점심식사 후에 오후 일과로 해야 할 듯하다.

오후 2시부터 거의 1시간 반 가량 추가 힐링을 해 주자 왼손 엄지 관절부위가 정상으로 돌아간다.

오후 4시부터 한 시간 가량 집 모양의 손바닥 크기 연수정을 왼쪽 겨드랑이 아래 옆구리에 끼고 침대에 누워있는데, 온몸의 기운이 편안해지고 마치 완성된 나 자신이 된 듯한 느낌이 든다.

2021년 8월 30일 새벽 2시에 일어나서 약 30분간 거실을 돌면서 발차기를 하고 다시 연수정을 왼쪽 겨드랑이 아래 옆구리에 끼고 한 시간 가량 침대에 누워있었는데 그런대로 편안하다.

새벽녘 동이 틀 무렵에 맞추어 다음 카페 게시판에 '삼지상상' 코너를 만들고 '삼지상상' 의 새로운 세계가 막 동이 텄음을 온 세상에 알렸다.

삼지상상 - 2

2021년 8월 30일 월요일 아침 10시 5분경에 화장실 변기에 앉아 있는데, 갑자기 혀끝에 예리한 통기가 느껴지고 이어서 가슴에서도 작은 통증이 지나간다. 이것은 은하 우주방사선이 피폭될 때에 나타나는 징후인데, 좀 더 정확한 진단을 위해서 피폭 궤적을 따라 10시 10분부터 '삼지상상' 을 해 본다.

10시 50분쯤부터 내 오른손으로 코 인중 오른쪽 부근에 대주고 잠시 후에 작은 번개가 치고 이어서 찌리찌리한 느낌이 10여 분간 지속된다. 오른쪽 젖꼭지 한 치 아래 부위에서도 찌리찌리한 기운이 감지된다.

누구나 평균 3년에 한 번 꼴로 은하 우주방사선에 피폭이 되지만 이 피폭되는 순간을 바로 포착할 수 있는 확률은 겨우 몇 % 정도인데, 오늘 아침에 맞은 곳이 혀끝 부근이고 이곳은 감각 신경 세포가 많은 곳이어서 바로 알 수 있었다.

피폭 궤적도 가슴 부위를 지나갔는데, 그곳도 혀끝에서 1차 감지하고 '아~, 은하우주방사선에 피폭되었구나~!' 하는 1차 자각이 있은 몇 초 후에 약한 통기가 2차로 감지되어 피폭 궤적을 바로 알 수 있었던 소중한 경험이었다.

또 마침 '삼지상상'을 개발하는 중이어서 피폭 직후에 바로 최고의 힐링법으로 은하 우주방사선 피폭증후군 탐색작업에 들어가고 겨우 1시간 남짓 걸려서 1차 힐링을 완료할 수 있었다.

오늘은 아침 10시에 HO가 집안일을 돌봐주러 왔다.

이번 주에는 11시 20분부터 30분간 HO의 쇄골과 왼쪽 귀 주변에 '삼지상상' 을 해 주었는데, 15분이 지나자 HO의 얼굴에 평온한 기운이 가득하고 왼쪽 손가락 중 검지가 쥐암쥐암거린다.

이때 HO에게 해 준 '삼지상상' 은 쇄골이 1차 아시상이 되고 왼쪽 귀 주변이 2차 아시상이 되며, 힐러인 나 자신이 힐상이 되면서 HO의 얼굴에 평온한 기운이 가득하고 왼쪽 손가락 중 검지가 쥐암쥐암거리는 것이 바로 '삼지상상' 반응이 된다.

오후 1시에 HO가 일을 마치고 간 후에 TV를 보면서 은하 우주방사선 피폭증후군 2차 힐링을 1시간 반 가량 해 주었다.

코 아래부위는 아직도 엉얼거리는데, 주변으로 퍼진 느낌은 아직 없고 젖꼭지 아래는 명치쪽으로 엉얼거림이 퍼져서 잡힌다.

오후 4시 반 경에 산책하고 집에 돌아와 우연히 왼쪽 손목 주변을 살펴보는데, 손바닥 최상부에 있는 뼈들이 약간 튀어나온 것처럼 느껴진다. 이것이 오늘 아침에 맞은 피폭 후유증은 아닐지(?) 하고 살펴보는데, 부엌에서 뭐가 '퍽~' 하고 깨지는 소리가 들린다.

가보니 설거지 선반에 있던 대접 하나가 두 동강으로 깨져 있다. 이것도 은하 우주방사선에 피폭되어 깨진 것으로 짐작이 되는데, 아무래도 오늘 우리 집은 은하 우주방사선이 집중적으로 피폭되는 살이 낀 날인 듯하다.

2021년 8월 30일 밤 10시부터 중국 드라마 '대명풍화' 35회를 보고 11시경부터 오늘 아침에 맞은 은하 우주방사선의 나머지 궤적을 손끝으로 탐색하는데, 10여 분이 지나 오른쪽 이마에서 번쩍하고 작은 번개가 친다.

번개를 치는 위치가 피부에서 1cm쯤 들어간 비교적 얕은 깊이인 것 같다. 그래서 아침에 감지한 인중에서 5mm 오른쪽, 오른쪽 젖가슴에서 명치방향으로 1치 부근, 그리고 방금 작은 번개가 친 오른쪽 이마에서 속으로 1cm쯤 들어간 위치를 선으로 연결해 보니 아침에 피폭된 은하 우주방사선의 직선 궤적이 대충 그려진다.

밤 11시 20분쯤 탐색을 마치고 다시 잠을 자러 안방으로 간다.

침대에 누워 복부 주변을 살피는데, 배꼽에서 3치쯤 위 부근에서도 약 1cm 깊이에서 작은 번개가 감지된다.

이들 4곳을 연결해 보니 다음 궤적은 국부에서 조금 떨어진 빈 곳을 지나간다.

2021년 8월 31일 아침 5시부터 어제저녁에 탐색 완료한 피폭 궤적을 따라 정밀 탐색하는데, 인중 오른쪽 주변에 아직도 해리 전자와 이온들이 많이 남아 있다.

이곳을 중심으로 피폭 궤적을 따라 양팔을 길게 대주자 몰려 있던 해리전자와 이온들이 몇 줄기로 분산이 되며 먼저 오른쪽 발바닥으로 번개 일 섬이 일고, 이어서 온몸 여기저기로 산발적으로 몇 분 간격으로 작은 번개들이 퍼져 나간다.

아침 6시경부터는 거의 현장이 정리되고 혼란 상황이 끝나간다.

아침밥을 먹고 8시경에 머리통을 살펴보는데, 위와 뒤 머리통 결합부 사이의 연골이 욱신거리며 살짝 솟아오른다.

어제 피폭이 된 부위에는 오른쪽 이마에서 눈, 인중 오른쪽, 오른쪽 턱뼈가 포함되는데 거기에서 복작거리던 해리전자와 이온들이 분산되면서 일부가 머리뼈를 통하여 반대편 뒷골 뼈와 두 정 뼈로 가서 그 결합부에서 욱신거리며 뒤풀이하는 중이다.

머리통 여기저기에서 뒤풀이하는 녀석들을 손끝으로 달래 자기 집으로 보내는 데 거의 한 시간이 걸린다.

은하 우주방사선에 피폭이 되고 단 하루 만에 피폭 현장이 대충 정리가 되는 것도 새로운 힐링 신기록이 될 것이다.

우리가 어떤 병증을 힐링시키고, 몇 달~ 몇 년~ 몇 십 년 후에 어떤 후유증으로 다시 한 번 더 그 병증을 겪게 되는데, 은하 우주방사선 피폭장애도 후에 어떤 후유증으로 고생하게 된다.

이런 후유증을 최소화하기 위하여 1차 삼지상상 힐링 후에 바로 10시 반부터 2차 삼지상상 힐링을 한다.

2차 삼지상상 힐링에서는 주로 왼손에는 적당한 얼석을 쥐고 오른손으로는 격지공을 사용하는데, 이것이 넓은 영역에 숨어있는 얼룩들을 찾아서 소멸시키는데 더 효과적이다.

몇 시간 전에 뒤풀이를 요란스럽게 하고 흩어진 무리 중에서 상당수는 여기저기 인연을 따라 어딘가로 가다가 어느 구석에 자리를 잡고 새로운 삶을 산다. 이들의 삶은 대부분 고달픈 역경 속을 헤쳐가야 하는데, 그러다가 일부는 나쁜 무리와 어울려 훗날 못된 짓을 하는 후유증으로 나타난다.(2021.8.31.)

삼지상상 - 3

'삼지상상' 은 우리 안의 상에 우주 만물의 상을 중첩해서 보다 나은 우리의 상을 만드는 것인데, 어제까지 만들어진 과거의 상에 오늘의 상을 겹치게 하고 내일은 그 위에 내일의 상을 겹치게 하여 더욱 나은 내일을 만드는 힐링법이다.

우리의 몸은 흔히 소우주라고 부르는데, 이것은 우리의 몸 안에 우주만물의 모든 상이 축소되어 들어 있기 때문이다. 이렇게 우리의 몸은 아주 복잡미묘하게 만들어져 있어서 우리의 인지 능력으로는 우리 몸 안에서 일어나는 모든 일을 헤아리고 힐링시키기에 많은 어려움이 있다.

그래서 '삼지상상' 에서는 우리 몸의 건강을 대표하는 림프계를 주제로 공부하고, 그 지식을 바탕으로 매일 매 순간 림프계를 건강하게 유지해서 그것이 우리 몸을 전체적으로 건강하게 힐링시키는 건강법이 되도록 한다.

우리 몸 안 림프계의 주요 기능과 역할은 밝혀진 지 겨우 20여 년밖에 되지 않아 이것에 대하여 필자도 잘 몰라 인터넷을 검색하여 주요 내용을 아래에 인용한다.

♦ 림프계는 외부에서 침입해 들어온 이물질의 일종인 항원에 대하여 림프구라는 세포가 직접 반응하거나 항체라고 부르는 수용성 화학물질을 분비하여 반응함으로써 인체를 보호하는 기구이다.

♦ 림프계의 구성은 림프구와 이 세포들이 집단으로 모여 있는 림프기관, 각 림프기관을 연결해 주는 림프관, 그리고 림프관 속에 존재하는 혈액과 유사한 림프액으로 이루어져 있다.

♦ 림프계의 기능은 골수에서 만들어지는 B림프구에 의한 것으로 항원에 대하여 항체라는 수용성 화학물질을 분비하여 항원을 무력화시키는 체액성 반응이다.

♦ 또 가슴 한가운데 위치하는 앞 가슴뼈의 바로 뒤, 심장의 바로 앞에 존재하는 좌우 이엽기관인 흉선에서 생산되는 T림프구에 의한 면역

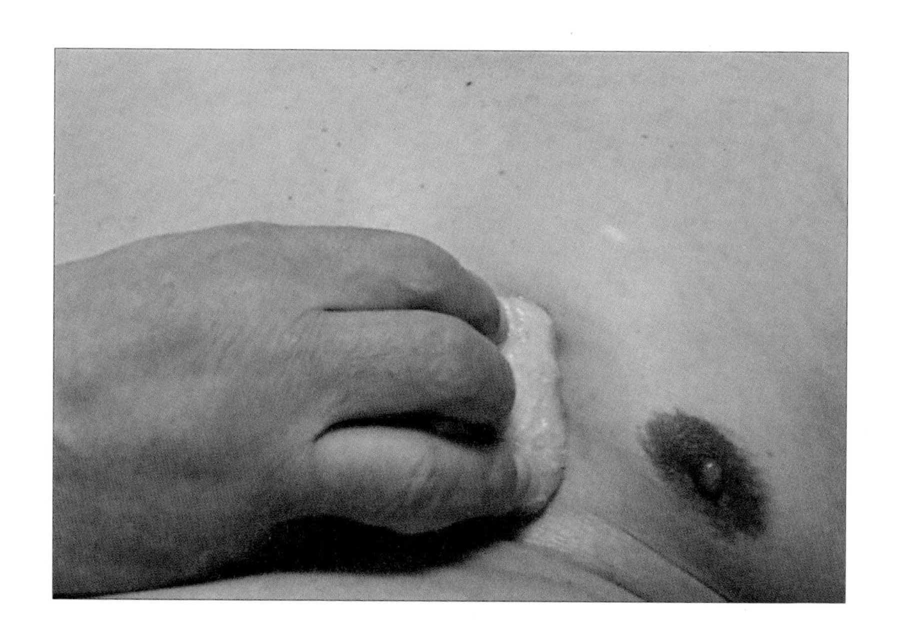

반응으로 세포가 직접 항원과 반응하여 무력화시키는 세포 매개성 반응이다.

실례로 2021년 8월 30일 월요일 아침 10시 5분경에 필자가 피폭된 은하 우주방사선 궤적에 오른쪽 흉선이 포함되어 있었다. 이것이 어떤 영향을 미치는지 2021년 9월 1일 오후 5시부터 탐색을 해 본다. 해당 부위에 얼석을 대주자 30여 분이 지나면서 고약한 쓴맛이 입안에 가득하다. 1시간이 지나면서 쓴맛은 줄어들고 대신 얼석을 감싸고 있는 손끝에서 열기가 올라온다. 저녁 7시경에 1차 힐링을 완료하고 취침에 든다.

♦ 림프구의 크기는 다양하지만 제일 작은 것은 적혈구와 크기가 비슷하다. 핵이 세포 대부분을 차지하기 때문에 세포질은 아주 작은 부분을 차지한다. 세포질 내에는 다른 백혈구에서 흔히 관찰되는 과립이 없다. 림프구는 능동적으로 움직일 수가 있어서 혈관 벽을 통해서 여

러 조직으로 이동해 갈 수 있다.

- ♦ 림프구가 존재하는 대표적인 곳은 림프샘이라고 할 수 있지만, 그 외에 비장 · 흉선 · 골수와 장의 점막층에 집중적으로 분포하고 있고, 체내의 많은 결합조직 내에도 산재해 있다.
- ♦ 이와 같은 기관들을 통틀어 림프기관이라고 하며 면역반응이 관여하는 양상에 따라서 중심 림프기관과 말초 림프기관으로 나눌 수 있으며 중심 림프기관에는 흉선, 골수가 포함되고 말초 림프기관에는 림프샘, 비장, 장 점막층 림프조직이 포함된다.
- ♦ 이 두 기관의 가장 큰 차이는 중심 림프기관은 외부에서 침입해 들어온 이물질에 대해서 직접 반응하지 않고 말초 림프기관의 림프구가 직접 반응할 때 이를 후원하는 역할을 한다는 점이다.

실제로 2021년 8월 30일 월요일 아침 10시 5분경에 필자가 피폭된 은하 우주방사선 궤적에 오른쪽 흉선이 포함된 것이 마음에 걸린다. 앞의 설명에 의하면 흉선은 중심 림프기관에 속하는데, 이것 일부가 은하 우주방사선 피폭으로 손상이 되었을 때 무엇으로 어떻게 힐링시켜야 할지 감이 안 온다.

삼지상상 - 4 : 삼지장상

장력은 손바닥에서 나오는 힘을 말하는데, 우리의 장력이 크면 그만큼 손으로 할 수 있는 일이 많아진다.

장력은 누구나 적당한 훈련을 하면 어느 정도는 더 크고 세게 만들 수 있는데, 필자가 사용하는 훈련 방법은 양손에 적당한 얼석을 쥐고 세 손가락의 장력을 이리저리 가하여 힐상을 만드는 '삼지장상' 이다.

얼석을 손안에 쥐고 이리저리 힘을 주면 단단한 얼석은 변형이 되지 않고 대신 작용—반작용의 자연 원리에 의하여 자기가 받은 힘을 그대로 우리의 손과 몸으로 반탄시켜 되돌려 보내는데, 이 반탄력을 이용하여 우리의 몸을 힐링시키는 '삼지장상' 을 만들 수 있다.

이것은 우리가 어떠한 얼석을 사용하고 또 이 얼석에 어떻게 힘을 주느냐에 따라서 반탄력도 달라지고 우리 몸의 어디가 어떻게 힐링 되는가도 달라진다.

즉, '삼지장상' 은 우리가 선택하는 얼석과 이 얼석에 힘을 주는 방법을 잘 연습하면 우리의 몸을 어느 정도는 원하는 대로 힐링시킬 수 있다.

앞에서 언급한 내용만으로도 눈치가 있는 사람은 '삼지힐상' 을 쉽게 터득할 수가 있는데, 좀 더 오묘한 수준의 비법을 터득하려면 앞장에서 소개한 림프계의 기능을 잘 활용하여야 한다.

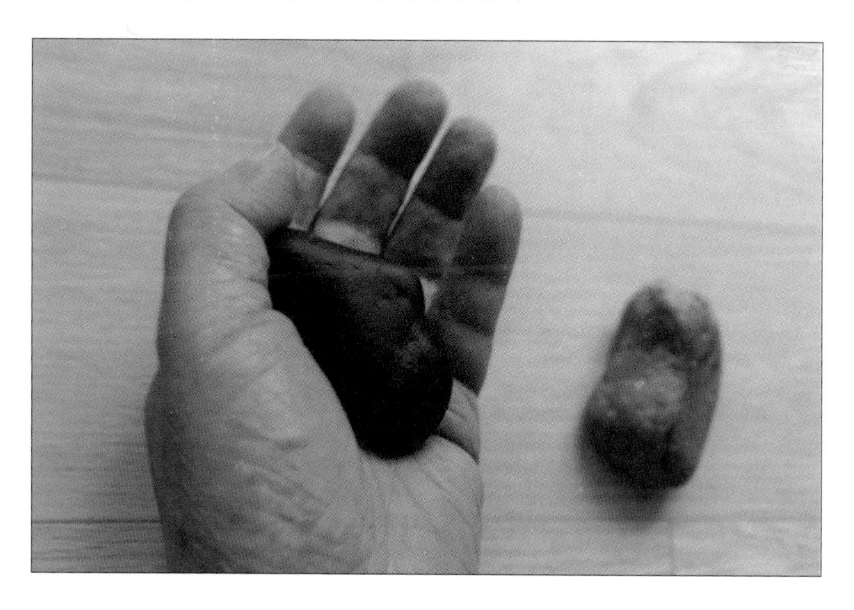

림프계의 기능을 설명한 추가 내용을 요약 인용하면 아래와 같다.

◆ 림프관을 흐르는 림프액은 모세혈관에서 배어나온 조직간액을 회수한 것이며 혈장과 거의 같은 성분으로 수분 외 단백질이나 포도당, 지방 등을 함유한다.

◆ 림프액은 정맥처럼 주위의 근육이 수축·이완을 반복하면서 흐르며 온몸을 순환하는 데 8~12시간이 소요된다.

◆ 림프액은 죽은 세포나 혈구 등의 노폐물이나 소화관에서 흡수된 지방을 운반하는 역할을 하며 이중 노폐물은 림프샘에서 제거되고 지질은 문맥에서 간으로 운반되어 처리한다.

◆ 림프에 함유된 세포성분은 백혈구의 일종인 림프구가 대부분을 차지하고 세균이나 바이러스로부터 몸을 지키는 면역 기능을 담당한다.

상기 내용에서 '림프액은 죽은 세포나 혈구 등의 노폐물을 림프샘에서 제거한다'는 내용이 있는데, 이 림프샘과 림프액의 노폐물 제거능력을 최대한 잘 활용하는 것이 '삼지상상'의 핵심 요결이다.

우리가 아시상이나 힐상을 양손의 삼지로 가만히 잡아주는 이유는 이렇게 하면 그곳에 쌓여 있는 노폐물들이 삼투압현상에 의하여 자연스럽게 제거되기 때문이다.

2021년 9월 3일 오후 4시 아파트 주변으로 산책하러 나갔는데, 앞 동 나무숲 아래에서 반짝이는 금속 조각들이 박힌 납작한 돌을 주웠다.

그 금속 조각이 납이라는 생각이 들었지만 가져가서 비닐 포장을 잘하면 될 것 같아 들고 오다가 옆 동 화단 앞에 있는 공동수도에서 겉에 묻은 흙을 닦아내고 집에 가져와 휴지에 싸서 일단 베란다에 놓아두고 거실로 들어오는데, 양손등이 가려워서 보니 작은 두드러기가 나와 있다.

이것은 조금 전에 주워 온 작은 돌에서 어떤 오염물질이 있어 양손이 오염되고 그 징후가 두드러기와 가려움증으로 나타난 듯하다.

괜히 모험할 필요는 없다고 생각되어 주워온 돌을 화단에 버리고 손을 깨끗이 씻어주니 가려움증이 사그라진다.

2021년 9월 4일 오전 9시 아침 식사 후에 소파에 앉아 오른손에 얼석을 하나 쥐고 왼손으로 오른손 손목을 감싸쥔 채 10여 분이 지나자 팔뚝의 골수를 타고 찡~하는 둔중한 울림이 올라간다. 이것이 아마도 B림프구가 활성화되는 신호일지도 모르겠다.

오후 5시부터는 약 1시간에 걸쳐 며느리의 허리와 무릎 아픈 곳에 '삼지상상' 을 해 주었다. 며느리의 왼쪽 무릎 아픈 부위를 아시상으로 잡아주고 힐상은 왼쪽 손가락 관절 부위에서 사진처럼 잡아주자 중지와 약지 관절에서 어기가 15분 가량 나온다.

반대쪽 오른쪽 무릎도 같은 방법으로 힐링을 약 15분간 해 주었다.

허리는 허리뼈 왼쪽 1치 대퇴골 모서리 부위에서 아시상이 잡히고 힐상은 왼쪽 새끼손가락 라인 손목 바로 아래 손등뼈에서 약 5mm 크기의

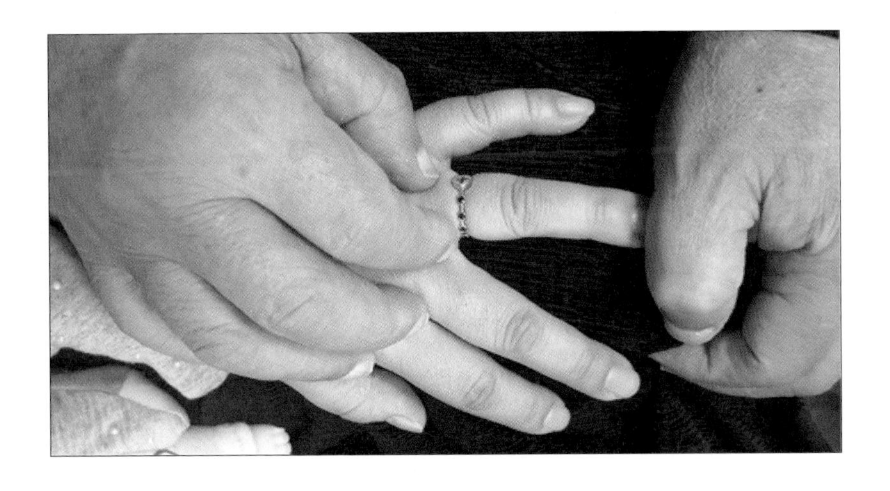

제법 큰 어골이 잡힌다.

여기에서 잡히는 아시상과 힐상에 약 20분간 '삼지상상'을 해 주자 허리에서는 어기가 모두 사라지는데, 손등에 있는 어골은 끄떡도 하지 않고 그대로 버티고 있다.

그래서 허리의 아시상을 잡고 있던 손으로 며느리의 왼쪽 손목 주변을 살펴보니 저골과 요골 하부에서도 아시상이 잡혀 그곳을 10여 분 가량 추가 힐링시키자 그곳이 부드럽게 되면서 어골도 스르륵 무너진다.

며느리가 아픈 원인을 추정해 보면 수개월 전에 왼쪽 허리와 손목 부근에 은하 우주방사선이 피폭된 적이 있었고 그 결과로 허리와 손목 주변을 아프게 했는데, 제대로 된 힐링을 해 주지 못하여 후유증으로 왼쪽 새끼손가락 라인 손목 아래 뼈에 작은 어골이 생겨났다고 판단되며, 그래서 요즈음 수시로 통증을 느끼는 허리와 손목이 아시상이 되고 손등에 있는 어골이 힐상이 된다.

2021년 9월 6일 이번 월요일에도 아침 10시에 HO가 집안일을 돌봐 주러 왔다. 이번 주에는 11시부터 20분간 HO의 쇄골과 오른쪽 귀 주변에 '삼지상상'을 해 주었는데, 15분이 지나자 HO의 얼굴에 평온한 기운이 가득하고 양쪽 손가락 중 검지가 쥐암쥐암거린다.

오늘은 쇄골 힐링은 20분만 하고 그 손을 뒷골로 옮겨 머리 힐링을 추가로 30분간 해 주었다. 그것은 HO가 힐링을 막 시작할 때에 아직도 머리가 몹시 아프다고 했기 때문이다.

머리 힐링에 들어가자 얼마 안 되어 온몸에서 힐링 반응이 나오고 약 15분이 지나면서부터는 죽은 신경세포가 분해되어 빠져 나오는 냄새가 솔솔 풍긴다. 힐링을 마치고 점심을 먹으면서 오늘 머리 힐링을 한 느낌을 물어보자 아직도 양쪽 눈이 아프다고 한다.

언제부터 눈이 아프기 시작했는지를 물어보니 2주쯤 전부터 갑자기 아프기 시작했다고 한다. 좀 전에 힐링을 시작할 때에 머리가 아프다고 하면 눈까지 힐링시켜 줄 거로 생각했다고 한다.

그래서 아까는 귀와 뒷골만 힐링시켰고, 눈은 별도로 해야 한다고 설명해 주고 오후 1시부터 한 시간 가량 추가로 눈 힐링을 해 주었다.

HO가 2주 전에 은하 우주방사선에 피폭된 부위는 오른쪽 눈, 코 등 오른쪽, 오른쪽 턱을 지나가는 궤적인데, 이 궤적은 지난주와 이번 주 오전에 HO에게 힐링을 해 주지 않은 부위들이었다.

신기하게도 2주에 걸쳐 30분씩 머리부위를 힐링해 주면서 얼굴에 맞은 은하 우주방사선 피폭궤적을 모두 피해 갔는데, 이것은 은하 우주방사선 피폭장애 확산 속도가 때에 따라 상당히 느리기도 한 것을 알 수 있다.

2021년 9월 7일 오전 8시경 갑자기 나의 왼쪽 허리가 삐끗거려 살펴보니 며느리 허리 아픈 것과 비슷한 아시상이 잡힌다.

왼손으로 이 아시상을 잡고 왼쪽 손등에서 힐상을 잡으려니 자세가 불편하다. 그래서 오른손으로 왼쪽 발을 살펴보니 무릎뼈에서 약하게 힐상이 잡혀 약 1시간 정도 삼지상상을 해 주니 허리가 어느 정도 풀린다.

아시상을 잡고 있던 오른손을 풀고 왼쪽 손등의 힐상을 탐색해 보니 손등뼈 소지 라인 상부에 아주 작은 겨자씨 크기의 어골이 몇 개 자리를 잡고 있어서 약 30분 가량 추가 힐링을 해 주었다.

사실 그동안 삼지안이나 삼지장상을 할 때 손에 힘을 빼는 것이 요령이어서 장력이 클 필요가 없다고 생각했는데, 요즈음 '삼지상상'을 수련하면서 장력과 온몸의 힘이 강화되자 누구를 힐링시켜 줄 때 훨씬 수월하고 시간도 많이 단축된다.

일반적으로 장력을 강하게 하려면 기공수련이나 근력운동을 하여야 하는데, 여기에서 소개한 '삼지장상'을 해도 원하는 효과가 있는 것 같다.(2021.9.7.)

삼지상상 - 5 : 삼지힐상

2021년 9월 8일 오늘 하루는 시간이 날 때마다 주로 왼손등 새끼손가락 라인 손목 부근에 형성된 어골들을 오른손으로 잡아주어 '삼지힐상'을 해 주었는데, 온몸 여기저기에서 힐링 반응이 산발적으로 나타난다.

2021년 9월 9일 새벽에 일어나서 양손에 적당한 얼석을 쥐고 양손 '삼지힐상'을 하면서 머릿속의 해마로 또 하나의 '삼지힐상'을 만드는 상상을 하자 온몸 여기저기에서 산발적으로 힐링 반응이 나타난다.

아침 9시경에 NS가 유성터미널로 와서 같이 선유도로 자동차 유람을 다녀왔다.

정읍에서 줄포로 가서 새만금방파제를 따라 신지도를 거쳐서 선유도로 가는 코스를 택했는데, 고창 선운사 근처에서 길을 잘못 들어 줄포까지 가면서 30분 가량 헤매었다. 선유도는 처음 가보는데, 요즈음은 차로 쉽게 갈 수 있어서 몇 개의 섬으로 이루어진 멋진 절경을 즐길 수 있지만, 섬에서 섬으로 이어지는 좁은 도로와 작은 몇 개의 모래사장으로 되어 있어서 한 철에는 너무 혼잡스러울 것 같다.

차로 고속도로를 달리는 중에 NS가 림프계에 관한 강의를 해 주었다.

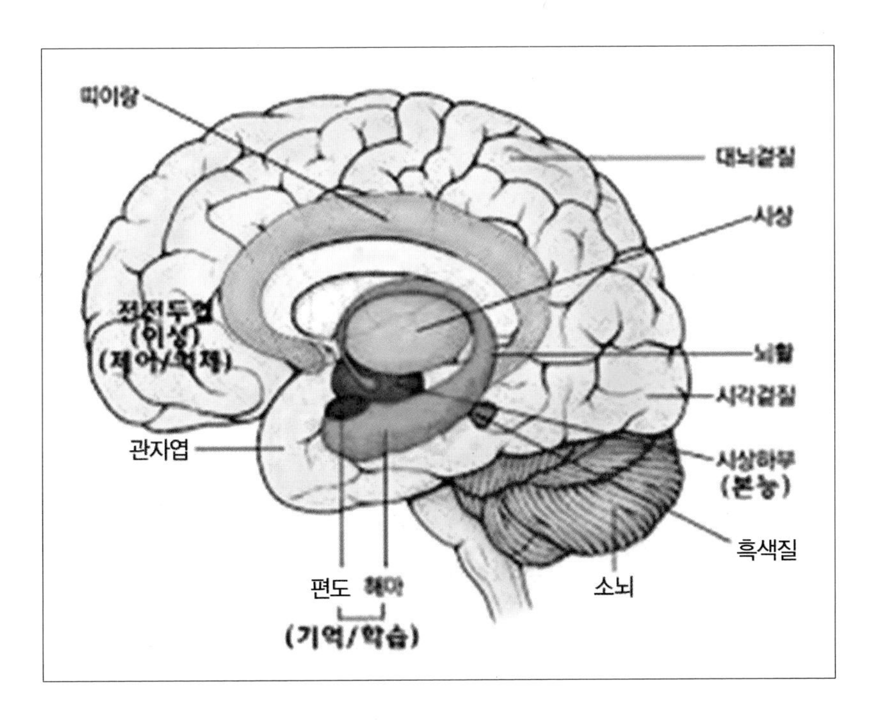

골수에서 5종류의 백혈구가 만들어지고 그중에서 가장 작은 것이 애기 림프구인데, 이것이 자라면서 흉선을 거치는 것은 T림프구가 되고 그렇지 않은 것은 B림프구가 되며 이것들이 지라에서 훈련을 받고 성인 림프구가 되면 외부에서 침입하는 항원들을 다양한 전투기술을 써서 퇴치한다고 하면서 세부적인 설명을 하였지만 이곳에 옮기기에는 너무 복잡하여 생략한다.

NS(73세, 남)는 서울대학교 생물학과를 졸업하고 정년이 될 때까지 고등학교 생물 선생을 하면서 실력 있는 선생님이라는 소리를 들었는데, 정년 후 10여 년이 지났어도 강의 실력이 여전히 훌륭하다.

NS의 강의 중에서 신기한 것은 우리의 몸에 생기는 암세포에 관한 내용이다. 우리가 어렸을 때 성장을 하기 위하여 세포들이 계속 활발하게 분열을 하다가 어른이 되면 세포들의 분열이 정지되고 세포들이 비활

성화되는데, 후에 이들 세포가 어떤 자극을 받으면 다시 활성화가 되어 세포 분열하기 시작한다고 한다.

그런데 이렇게 다시 활성화가 된 세포 중에는 암세포도 있어서 이것이 자라면 해당 조직에 해를 끼친다고 한다.

세포가 다시 활성화되어 암세포로 될 때 받는 자극이 어떤 것인지를 알아보는 것이 중요한데, 보통 발암물질이라고 알려진 것과 은하 우주방사선 피폭 때문에 세포가 활성화되는 것에 유의해야 한다.

암세포를 만드는 원인으로 발암물질 접촉과 은하 우주방사선 피폭은 완전히 다른 현상인데, 이들이 공통으로 만들어내는 결과 중 하나는 우리의 림프계에 큰 혼란을 가져온다는 것이다.

즉, 어떤 원인으로 림프계가 혼란스러워지면 암세포가 발현하거나 다른 여러 가지 문제가 발생할 수 있으므로 이런 림프계의 혼란을 조기 종식하는 것이 바로 '삼지힐상' 의 핵심 요결이 된다.

암이나 은하 우주방사선 피폭장애는 보통 치료에 많은 대가를 치러야 하는데, '삼지힐상' 을 하여 림프계를 건전하게 힐링시키는 것은 자기의 시간과 노력만 있으면 되므로 많은 대가를 치루지 않아도 되는 누구나 할 수 있는 좋은 힐링법이다.

문제는 어느 누가(?) 암이나 은하 우주방사선 피폭장애로 어떤 난치병에 시달리고 있으면서 편히 '삼지힐상' 을 할 수 있는 마음의 여유가 있느냐이다.

그래서 제법 많은 사람이 산속으로 들어가 자연인 노릇을 하는데, 그러다 보면 자연스럽게 '삼지힐상' 을 하는 시간이 많아져서 림프계가 저절로 힐링되기 때문이다.

앞에서 고창 선운사 근처에서 길을 헤매었다고 했는데, 이것은 내가 부안 내소사하고 고창 선운사를 잘못 기억하고 헷갈려서 생긴 일이었다. 즉, 머릿속에서 목표를 잘못 인식하면 엉뚱한 방향으로 가서 길을 헤매게 되는데, 자신이나 누군가를 힐링시켜 줄 때도 아시상을 찾지 못하고 힐상을 보고 방향을 잡을 때도 과거의 틀린 경험이나 허상을 따라가면서 헤맬 수가 있으니 주의해야 한다.

실제로 그날 선유도에서 군산으로 돌아가는 길에 방조제 옆 휴게소 정자 벤치에서 NS의 허리 아픈 것을 힐링해 주었는데, 허리 근방을 열심히 탐색해 보았지만 아시상을 찾지 못했다. 다시 아프다고 했던 곳에 한 손을 짚어주고 다른 손으로는 NS의 왼손등을 더듬었는데 이곳에서도 힐상이 잡히지 않아 전에 잡았던 곳을 짚어주고 30여 분간 '삼지힐상' 을 해 주면서 뜬구름을 잡은 기분이었다. 그래도 다음 날 NS로부터 '도착 후 바로 잠들었고 지금 눈 떴고 몸 상태가 오래간만에 최상이라고 느껴지고, 좋은 새벽이다. 어제 수고 많았다. 감사' 라는 문자를 받아 위로가 된다.

어쩌면 NS의 몸에서 아시상은 거의 힐링되어서 잡히지 않았고, 이날 해 준 '삼지힐상' 이 NS의 맘에 어떤 위로가 된 듯하다.

그것은 아마도 최근에 NS의 가까운 친지가 몇 명 불현듯 하늘나라로 가서 울적한 기분이었기 때문이리라.(2021.09.10.)

삼지상상 - 6 : 삼지공상

'삼지공상' 은 우리의 손가락 3개를 이용하여 허공에 우리 몸과 맘의 힐상을 만들고 그것을 이리저리 힐링시키는 삼지상상 기법의 일종이다.

2021년 9월 13일 월요일 오늘도 오전 10시경에 HO가 집안일을 도와주러 와서 지난주에 한 삼지상상의 효과가 궁금하여 바로 물어보니 그날 하루는 괜찮았는데 다음 날부터 다시 아파서 자기의 손바닥을 눈에 대주곤 했다고 한다.

다음에는 어디가 아프면 참으면서 고생하지 말고 바로 연락하고 집으로 오라고 하면서 바로 얼굴 오른쪽 눈과 턱부위를 양손 삼지상상으로 잡아주니 얼굴에서 통기가 30여 분간 나온다.

오른쪽 눈 부위에서는 통기가 사그라져 나의 왼손으로 잡고 있던 턱부위는 그대로 두고 오른손으로 HO의 머리 정수리부터 가슴 부위까지 '삼지공상' 을 30여 분간 추가로 해서 피폭부위 주변으로 퍼진 후유장해를 힐링시켜 주었다.

오늘 한 것처럼 '삼지공상' 은 직접 손을 대기 곤란한 부위나 넓게 퍼진 부위를 힐링해 줄 때 효과가 있는데, 이것은 '삼지상상' 에서 우리 몸 안의 림프계를 이용하여 힐링하는 것과는 달리 '삼지공상' 에서는 우리 몸 안의 세포 안에 있는 미토콘드리아의 특성을 이용하여 특별한 힐링효과가 나오게 한다.

우리의 몸 안에는 약 80조 개의 세포가 있고 그 세포 안에는 평균 약 500개의 미토콘드리아가 있어서 피를 통해 공급되는 영양분과 산소를 사용하여 생체 에너지인 ATP를 생산하는데, 우리가 하는 모든 생명 활동은 세포 내에서 ATP가 ADP로 변환될 때 나오는 에너지를 사용하여 이루어진다.

그래서 우리 몸 안의 어느 부위에서 어떤 원인으로 어떤 문제가 생겨도 그것을 힐링시키려고 하면 그 주변 세포에서 ATP를 만들어야 하는데, 이러한 일을 세포가 하도록 신호를 보내는 방법이 바로 '삼지공상' 이다.

'삼지공상' 은 우리의 손가락 3개(주로 엄검중지 또는 엄중약지 사용)로 우리 몸(또는 환우의 몸)의 원하는 부위를 가리키고 있으면 잠시 후에 손가락 끝과 가리키고 있는 부위에서 거의 동시에 쩌르르~ 하는 느낌이 나오는데, 이것은 양쪽 부위에 있는 세포들 안에 있는 미토콘드리아가 상호감응 현상으로 활성화되어 ATP를 만들기 시작하였기 때문이다.

미토콘드리아의 상호감응 현상은 미토콘드리아 안에서 이루어지는 생명 현상을 잘 이해하면 알 수 있는데, 여기에서는 자세한 설명은 생략한다.

다만 우리가 '삼지공상' 기법을 사용하면 우리 자신의 몸이나 환우의 몸의 특정 부위에 있는 세포 안의 미토콘드리아를 활성화해서 ATP를 만들게 하고 그것을 이용하여 그 주변에 발생한 어떤 문제를 해결하는데 필요한 생체 에너지를 공급하여 힐링 효과가 나오게 할 수 있다.

예전에는 기공수련을 하여야만 기공이나 '삼지공상' 기법을 쓸 수 있다고 했는데, 이것은 누군가의 손가락에 있는 특별한 능력 때문에 되는 것이 아니고, 그냥 누구나 다 자기의 손가락으로 뭔가를 가리키고 있으면 그 안에 있는 미토콘드리아가 알아서 상호감응 현상을 일으키고 활성화되므로 이것은 미토콘드리아의 특성 때문에 일어나는 것이어서 기공수련하고는 거의 상관이 없다.

다만 이러한 '삼지공상'을 할 때 몇 가지 요령을 알아두면 좀 더 효과적으로 힐링을 할 수가 있다.

첫째, '삼지공상'은 꼭 필요한 경우에만 사용한다.

둘째, '삼지공상'을 하면 힐링 효과와 그것에 비례하는 반탄어기를 받게 되므로 무리한 사용을 금한다.

오후 1시경부터 HO의 2차 힐링에 들어가 나의 왼손으로는 HO의 뒷머리를 대주고 오른손으로는 HO의 어깨를 잡아주는데, 양손에서 식은땀이 감지되어 물어보니 처녀 때부터 식은땀이 많이 나서 잠을 자고 일어나면 이부자리가 흥건히 젖어 그것을 사진으로 찍었다고 보여준다.

이 사진을 보면 뒷머리와 등에서 엄청 많은 식은땀이 나오는 것을 알 수 있는데, 이것은 HO가 20여 년 전에 뒷골과 등을 관통하는 은하 우주 방사선을 맞아서 그 후유증으로 생긴 병증으로 짐작된다.

그렇다면 내가 지금 잡아주고 있는 뒷골이 아시상이 되고 어깨가 힐상으로 작용하는데, 이러기를 몇 분이 지나자 뒷골에서 썩은 냄새를 풍

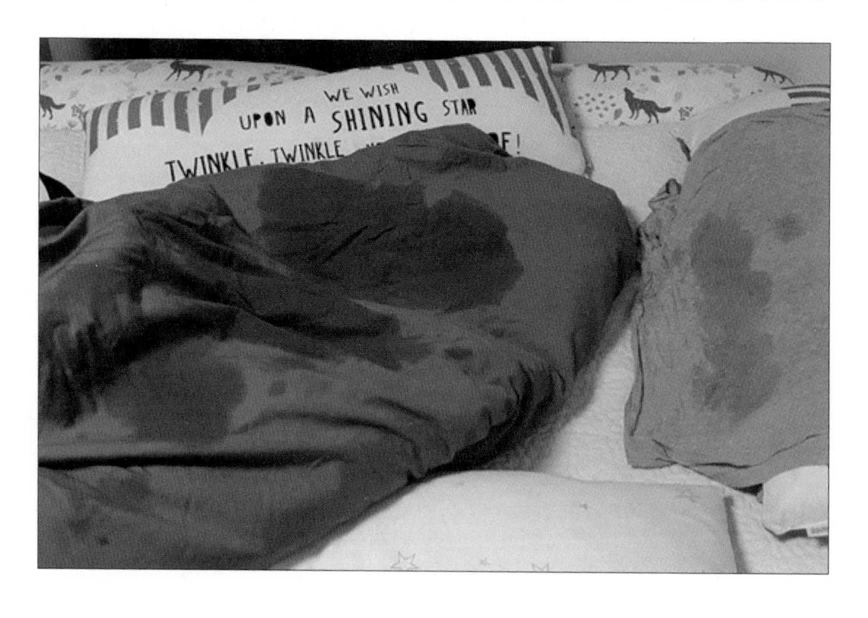

기는 어기가 나오고 가끔 작은 번개가 치는 힐링 효과가 30여 분간 이어지다 정상으로 회복된다.

다른 곳에 불편한 것이 있는지 물어보니 왼쪽 다리가 몇 년 전부터 가렵다고 한다.

그곳도 가장 가려운 부분을 아시상으로 삼아 나의 왼손으로 잡아주고 오른손으로는 무릎 바로 위쪽을 힐상으로 삼아 잡아주니 여기에서도 가끔 번개가 치더니 30여 분이 지나자 가려움증이 사그라지는 느낌이 온다.

오늘 잡아준 HO의 병증들은 피폭 시기는 다르지만 모두 은하 우주방사선 피폭이 근본 원인으로 판단이 되고, 앞으로 몇 번을 더 해 주어야 완전 복구가 될지 귀추가 궁금하다.(2021.9.14.)

삼지상상 - 7 : 우주방사선 피폭장애 힐링 요건

우주방사선은 누구나 평균 3년에 한 번 꼴로 피폭이 되고 피폭궤적에 있는 세포 주변에 미세 손상을 일으키며 이것이 악화하는 부위에서는 잠복기를 거쳐 각종 장애를 유발하는데, 이러한 피폭장애를 정상으로 힐링시키는 요건을 요약하면 다음 그림이 된다.

이 그림은 대전광역시 유성구 도룡동성당 스테인드글라스 제1번 성화 '주님의 기도' 인데, 신기하게도 이 안에 있는 10개의 주요 문양들이 내포하고 있는 숨겨진 의미를 살펴보면 각각의 문양이 우주방사선 피폭장애 힐링 요건을 요약한 것이 된다.

도룡동성당 스테인드글라스 제1번 성화 〈주님의 기도〉

0/1번 문양–삼지묵상

이것은 예수님이 십자가를 지고 걸어간 길을 문양화한 것인데, 꼬부랑길의 끝(0번 위치)에 하늘나라로 들어가는 문이 있다.

우리가 힐링의 한 가지 방법으로 명상이나 묵상을 하는데, 이것은 자기만의 십자가를 지고 자기만의 꼬부랑길을 가서 자기만의 하늘나라 문으로 들어가는 것이다.

은하 우주방사선은 멀고 먼 우주에 있는 어떤 은하에서 별들이 죽을 때 초신성 폭발을 일으켜 그 별에 있던 작은 원자들의 핵이 빛의 속도로 온 우주로 퍼져 나가는데, 그것이 바로 은하 우주방사선이 된다. 이러한 우주방사선 중에서 어떤 것은 우리 지구의 표면까지 도달하여 우리의 몸을 평균 3년에 한 번 꼴로 피폭 관통한다.

우리가 언제 어느 곳에서 은하 우주방사선에 피폭되고 그것이 어떤 장애를 어떻게 일으킬지 아무도 알 수 없으므로 이것이 결국에는 우리가 숙명처럼 지고 가야 할 십자가가 된다.

이 글을 읽고 계시는 분께서는 적어도 자기 나이를 3으로 나눈 횟수만큼 은하 우주방사선이 자기 몸을 관통하고 갔는데, 그러한 사실을 거의 인지하지 못하고 계실 것이다. 그러나 필자의 글들을 읽어보면 자신의 등에도 은하 우주방사선 피폭장애로 인한 십자가가 지워져 있음을 알게 될 것이다.

은하 우주방사선에 피폭되는 것은 누구나 피할 수가 없는 십자가이지만 이러한 십자가를 지고 어떤 길로 어떻게 갈 것인가는 우리 스스로 묵상을 해 보면 어느 정도는 자기가 편한 길을 선택할 수 있다. 즉, 자기 안에서 생긴 모든 문제는 어느 길로 가든 결국에는 스스로 결정하고 푸는 것이 힐링 요건이다.

2/3번 문양—삼지관상

이것은 3개의 손가락으로 만든 눈으로 하느님이 만든 형상들을 보는 것을 문양화한 것인데, 2번의 눈(삼지안)으로 보는 몸 안의 형상(문제점)에 따라 각종 호르몬이 만들어져서 3번의 좁은 샛길(그림의 3-2)을 따라 호르몬이 우리의 온몸으로 퍼져 나간다.

2번 문양의 블랙박스 모양으로 묘사된 삼지안의 눈은 자기의 온몸에서 일어나는 모든 문제점을 인지하고 그것에 따라 그 문제를 해결하는데 필요한 각종 호르몬을 생산하여 3-2번 문양의 오솔길로 내려보낸다.

이 호르몬이 우리 몸 안의 특정 조직에 도달하면 그 주변의 세포를 활성화해 그곳에 생긴 문제점들을 모두 힐링시킨다.

2번 문양의 블랙박스를 잘 보면 검은색 안에 초록색이 섞여 있는데, 이 초록색은 식물에서 만들어지는 비타민을 나타내며 블랙박스 안에서 이 비타민은 호르몬으로 변환이 된다.

그래서 우리가 적정량의 비타민을 먹는 것도 힐링 요건이다. 비타민도 자연식품을 먹는 것으로 섭취하는 것이 좋은데, 필요한 무기질도 보충할 수 있다면, 정제된 비타민을 보조로 먹는 것은 별다른 문제는 없는 것 같다.

그러나 호르몬은 약이나 주사로 보충하지 말고 자기의 몸 안에서 필요한 것을 생산하고 잘 분배되도록 하는 것이 꼭 지켜야 할 중요한 힐링 요건이다.

나한테 와서 힐링을 받는 환우 중에 많은 분이 귀밑부위가 볼록하게 돋아있는데, 이것은 그분의 호르몬이 머리에서는 충분히 만들어지지만, 귀밑에서 내려가지 못하고 뭉쳐서 생긴 현상으로 그곳에 삼지안을 몇 분간 대주고 있으면 뭉친 호르몬이 스르륵 풀어져 몸통으로 내려가고 그 후에 문제가 되는 곳을 조금만 추가로 삼지상상을 해 주면 문제점이 쉽게 힐링된다.

4/5번 문양—삼지힐상

이것은 3개의 손가락으로 만든 눈으로 4번의 코 안에 있는 호흡계와 5번의 순환계(혈관계와 림프계)의 상태를 살펴보는 것을 문양화한 것인데, 이들의 상태를 정상으로 유지하는 것이 모든 힐링의 주요 요건이 된다.

호흡계를 통해 들어온 산소가 폐와 순환계를 거쳐 최종적으로 미토콘드리아에 전달되어 ATP 생산에 이용되고 이것이 세포내의 모든 생명활동에 필요한 생체 에너지로 쓰여 온몸을 힐링시키고 건강한 상태를 유지하게 한다.

4번 문양을 잘 들여다보면 그 안에 3개의 동심원이 희미하게 그려져 있는데, 이것은 호흡을 길게~ 길게~길게~ 하는 것이 힐링의 요건이라는 의미를 문양화한 것이며 이것도 힐링의 주요 요건이다.

호흡은 생기가스인 산소를 몸 안으로 받아들이고, 이것을 폐와 혈관조직을 통해 온몸의 약 80조 개의 세포로 보내고 그들 세포 안에 있는 평균 약 500개의 미토콘드리아 안에서 산소는 ATP를 생산하는 데 사용되고 폐기가스인 탄산가스가 나오면 이것을 몸 밖으로 배출하는데, 이러한 호흡을 잘하는 것이 아주 중요한 힐링 요건이다.

이렇게 생산된 ATP는 ADP와 P, 그리고 생체에너지로 분해되고 이렇게 생산된 생체에너지는 세포가 하는 모든 생명활동에 사용되는데, 산소를 사용하는 모든 생명체가 이 한 종류의 생체에너지만을 사용하여 생명활동을 하는 것은 참 신기하다.

모든 세포는 생체에너지를 사용하여 생명활동을 하고 나면 그 세포 내에는 각종 노폐물이 생겨나는데, 이들 노폐물은 림프계를 통해 수거되어 세포 밖으로 배출된다.

그런데 은하 우주방사선이 피폭된 궤적 주변에 있는 세포들의 경우에는 해당 원자의 핵과 전자들이 갑자기 많은 운동에너지를 받아서 양자화가 되어 양자 혼돈 상태가 되고 그 주변의 세포 조직이 파괴되어 대량으로 노폐물이 발생한다. 그런데 이 혼돈 상태가 시간이 지나면서 안

정화가 되어 원자사슬(그림의 3-1)이 만들어지고, 이때 생긴 노폐물은 림프계가 처리하는데, 대부분은 이것을 림프계가 전부 처리하지를 못하고 그대로 버려두는 곳이 생겨나고, 이러한 방치 노폐물은 시간이 지나면서 주변 세포에 악영향을 끼쳐서 사태를 점점 악화시키다가 결국에는 어떤 병증으로 나타난다.

따라서 은하 우주방사선이 피폭된 지역은 조기에 발견하여 피폭궤적에 만들어진 양자 혼돈이나 원자사슬, 그리고 각종 노폐물을 처리하여 모든 세포를 정상으로 복구시키는 것이 필수 힐링 요건인데, 문제는 은하 우주방사선이 작은 원자의 핵으로 되어 있어서 거의 모든 물질을 그대로 관통하고 그 궤적에 극미한 흔적의 양자 혼돈 또는 원자사슬을 남긴다. 그렇지만 현재의 과학기술로는 거품상자나 안개상자 또는 신틸레이션 계측기를 통과하는 궤적은 감지할 수 있으나 우리의 신체를 관통하는 궤적을 탐지할 수가 없어서 의학계에서는 은하 우주방사선에 의한 피폭장애를 공론화시키지 못하고 있는 상황이다.

그래도 최근에 항공기 승무원들이 은하 우주방사선에 피폭되어 건강에 문제가 생기는 것 때문에 뭔가 대응책을 마련하고 있는데, 이것이 발전하여 은하 우주방사선 피폭장애로 인한 건강문제가 일반인에게도 공론화하기를 기대한다.

현재의 과학 장비로는 은하 우주방사선이 피폭된 궤적에 생긴 문제점을 찾을 수 없지만, 앞에서 언급한 '삼지묵상'과 '삼지관상'을 잘 활용하면 모든 피폭궤적에 있는 양자 혼돈이나 원자사슬을 찾아낼 수 있고 '삼지상상'의 기법을 사용하여 힐링시킬 수 있다.

사실 은하 우주방사선 피폭궤적에 만들어지는 원자사슬은 그것이 양자화한 전자와 원자의 핵으로 만들어지는데, 이 원자사슬은 수십 년의 시간이 지나도 쉽게 소멸되지 않아, 이 원자사슬 주변 세포에서 발생하는 문제점들은 기존의 방법으로는 원자사슬을 소멸시킬 수가 없어서 치료가 잘 안 된다.

게다가 우리 몸 안에 생긴 원자사슬이 쉽게 소멸되지 않는 이유는 이것이 은하 우주방사선이 우리의 몸에 피폭되어 관통할 때에 궤적 주변에 있는 세포의 구성 원자에 소속된 전자들을 고에너지로 튕겨내어 그 전자의 일부는 입자적인 성질을 가지고 원래의 원자에 종속이 되고 일부는 파동의 성질을 가지고 있어 원소속 원자에서 일정 거리가 떨어진 곳을 돌아다니는 양자현상이 일어난다.

그런데 은하 우주방사선이 우리의 몸을 통과하는 궤적에는 평균 약 2만 개의 세포가 있고 각각의 세포에서 수많은 원자가 피폭 관통궤적 안에 있어서 이들 원자의 핵이 양자화되면서 일렬로 직선을 이루고, 이 양자화한 핵의 아주 긴 열 주변으로 양자화한 전자들이 사슬 모양의 공간 안을 돌아다니는 원자사슬이 만들어진다.

이 원자사슬 중심부에 있는 원자의 핵들은 +전하량에 의한 반발로 서로 일정 거리를 유지하고 있으며 사슬 내부를 돌고 있는 전자들은 금속에서와 마찬가지로 모든 원자핵의 공동 소유가 되어 이 원자사슬은 금속처럼 안정된 구조를 유지한다.

따라서 이 원자사슬을 붕괴시키려면 양자화한 전자들을 다시 안정된 전자로 되돌려야 하는데, 이것이 우리 몸 안의 생체에너지만으로는 원위치시키는 데 필요한 에너지를 공급할 수가 없어서 우리의 몸 안에 한 번 생긴 원자사슬은 수십 년이 지나도 그대로 몸 안에 남아 문제를 일으킨다.

1000mg 용량의 비타민C를 하루에 4~6알 정도 복용하면 몸 안의 활성산소를 제거할 수 있다고 하는데, 이것만으로는 몸 안에 생긴 원자사슬들을 소멸시키지 못하는 것 같다.

은하 우주방사선 피폭장애를 치유하는 신약을 개발하는 곳이 있던데, 앞으로 어떤 것이 나올지 궁금하다.

6/7번 문양–삼지허상

이것은 3개의 손가락으로 만든 눈으로 6번 문양의 골수계와 7번 문양의 소화계의 상태를 살펴보는 것을 문양화한 것인데, 이들의 상태를 정상으로 유지하는 것이 모든 힐링의 주요 요건이 된다.

이 요건의 이름을 허상이라고 한 연유는 6번 문양이 언뜻 보면 허수아비를 그려 놓은 것 같아서 허수아비의 상이란 의미로 허상이라고 하였다.

골수계를 건강하게 유지하여야 골수에서 새로운 피와 림프구를 만들고, 소화계를 건강하게 유지하여야 생명 활동에 사용될 영양분과 각종 무기질을 공급받을 수 있다.

6번 문양의 허수아비 다리를 보면 발차기하면서 걷는 모습처럼 보이는데, 이 모습처럼 가끔 발차기하면서 걸으면 골수계와 순환계를 건강하게 유지하는 데 도움이 된다.

이 허수아비 문양을 자세히 보면 온몸 여기저기에 뾰쪽한 가시가 삐져나와 있는데, 이것이 골수계에 문제가 생기면 나타나는 어골들을 그려 놓은 것이다.

이러한 어골이 어디에선가 발견이 되면 이것과 연관된 몸 어디에선가 문제가 생긴 것을 의미하는데, 이들을 원상 복구시키는 것이 힐링의 요건이다.

소화계를 형상화한 7번 문양을 보면 입안에서 잘 씹은 오병이어를 넘기는 목구멍과 비슷하고 어찌 보면 웜홀을 형상화한 느낌이 드는데, 이것은 입안에 있는 오병이어가 웜홀을 통과하면서 우리 안의 모든 문제를 힐링시키는 천상의 음식으로 바뀌기 때문에 이것도 아주 중요한 힐링 요건이다.

8/9번 문양—삼지투상

이것은 3개의 손가락으로 만든 눈으로 8번 문양의 손모양을 통해 힐상을 투사하여 9번 모양의 아시상의 상태를 살펴보고 얼룩을 지우는 것을 문양화한 것인데, 이들 아시상의 상태를 정상으로 유지 · 복원하는 것이 모든 힐링의 주요 요건이 된다.

9번 문양처럼 우리 안에 형성된 얼룩의 원흉인 원자사슬을 소멸시키는 것은 생체에너지를 단순하게 사용하여서는 불가능한데, 자연의 섭리는 묘해서 한 손은 8번 문양처럼 힐상을 만들어 9번 문양의 아시상에 투상을 하면, 이 두 개의 상이 겹쳐 양자 간섭을 일으키면서 어떤 부분은 서로 상쇄되어 소멸이 되고 다른 부분에서는 증폭이 되어 양자화한 전자가 원자에서 벗어나기에 충분한 에너지를 전달하여 양자화한 전자를 자유전자로 바뀌게 하여 원자사슬을 부분적으로 붕괴시키며, 이때 힐러의 양손에서는 작은 번개가 치는 힐링 반응이 나타난다.

이러한 힐링 반응이 나타나기 시작하면 그 위치 주변에 예전에 은하우주방사선이 피폭된 적이 있었다는 것을 알 수 있게 되고 그곳에 삼지상상을 계속하고 있으면 주변의 손상된 세포가 힐링되면서 나오는 각종 힐링 반응과 추가로 원자사슬이 붕괴하면서 나오는 번개 반응이 한동안 지속하다가 양손으로 느껴지는 느낌이 정상으로 회복이 되면 원하는 힐링 결과를 얻게 된다.

우리의 몸에 은하 우주방사선이 피폭되면 그 관통궤적 주변에 원자사슬이 정말로 생기는지는 아직 과학적으로 밝혀지지 않았지만, 필자가 주변 친지들에게 삼지상상을 해 주면서 느낀 경험으로는 이러한 원자사슬이 존재한다고 가정하여야 필자가 경험한 모든 것을 상기와 같이 그럴 듯하게 설명할 수가 있다.

우리가 이 지구상에서 사는 것은 3년에 한 번 꼴로 원자사슬이라는 십자가가 우리 등 아니 온몸 여기저기에 얹어진다는 것이다. 이러한 십자가를 모두 지고 꼬부랑길을 갈 것인지 조금이라도 힐링시키고 가벼운 차림으로 꼬부랑길을 갈 것인지는 우리 스스로 선택하여야 한다.

은하 우주방사선에 피폭되는 궤적에 원자사슬이 생기고 이것이 각종 문제를 일으키는 원인이 된다면 삼지상상만으로 어떻게 이 원자사슬을 소멸시킬 수 있겠는가.

삼지상상은 양손에 있는 3개의 손가락을 이용하여 하나는 아시상을 만들어 원자사슬이 생긴 곳에 대고 다른 하나는 힐상을 만들어 아시상을 향하여 투상을 하는 것이 전부이다. 그런데 이것으로 몸 안의 원자사슬이 부분적으로나마 붕괴가 된다는 것은 그 삼지안에 상상을 뛰어넘는 뭔가가 있을 것인데, 이것은 하느님이 우리의 몸 안에도 양자 파를 만드는 뭔가를 숨겨 놓았기 때문이다.

필자의 소견으로는 아주 먼 옛날 지구의 대기에 산소가 충분히 생기면서 지구상의 생명체는 ATP가 분해되면서 나오는 생체에너지를 주로 사용하게 되었는데, 이것은 무산소운동으로 ATP를 만드는 원시생명체의 세포 안에 먼 과거 어느 날 미토콘드리아라는 별도의 DNA를 가진 작은 생명체가 기생하여 소세포 노릇을 하면서 ATP를 효율적으로 생산할 수 있게 되고, 많은 생체에너지를 쓸 수 있게 된 원시세포들은 아주 다양한 생명활동을 하면서 점점 고등생물로 진화하게 되어, 현재의 지구가 된 것이다.

우리 몸에는 약 80조 개의 세포가 있고 이 세포 안에는 각종 소세포가 있으며 그중의 하나가 별도의 DNA를 가지고 있는 미토콘드리아인데, 이 안에도 원자사슬의 일종인 미토가 있어 그곳에서 각종 영양소와 산소를 사용하여 ATP를 생산한다.

우리가 삼지상상에 사용하는 3개의 손가락과 손 일부분이 약 100g이라면 그 안에 있는 세포의 수는 약 천억 개이고, 각각의 세포에는 약 500개의 미토콘드리아가 있으므로 동원할 수 있는 총수는 약 50조 개가 되는데, 그중에 2% 정도만 힐상이나 아시상을 만드는 데 사용되어도 약 1조 개의 미토콘드리아에 있는 미토에서 나오는 양자파가 사용되어 아시상 또는 힐상이라는 양자빔을 사용할 수 있게 되고 이 두 개의 빔을 중첩해 몸 안에 생긴 원자사슬에 투상을 하면 원자사슬이 서서히 붕괴가 된다.

요즈음 양자를 이용하는 기술이 발달되어 양자빔을 쏘는 장치도 만들 수 있다는데, 이러한 장치가 여기에서 소개한 삼지상상을 능가하는 힐링 효과를 낼 수 있는지 한판 대결을 하는 날이 오기를 기대해 본다.

(2021.9.21.)

삼지상상 - 8 : 원자사슬과 양자혼돈

원자사슬은 은하 우주방사선에 피폭된 사람의 몸 안 피폭궤적에 생기는 양자화한 전자와 원자의 핵이 긴 통관을 형성하면서 만들어지는 피폭 흔적이다.

은하 우주방사선이 관통하는 궤적에 생기는 통관 모양의 흔적은 거품상자나 안개상자를 사용하면 쉽게 관찰할 수 있는데, 사람의 몸 안에 생기는 흔적은 현재로서는 어떠한 정밀측정 장치를 사용해도 어떤 모양의 흔적이 어디에 생겼는지 탐색할 수가 없어서 의사들도 그런 것이 환우의 몸 안에 생겨서 어떤 문제를 일으키고 있다고 말할 수가 없다고 한다.

필자는 지난 추석 전날(2021.9.21)에 조치원에서 사는 YE(남, 64) 집으로 놀러 갔다. 가는 도중에 세종시로 진입하는 터널 입구에 만들어 놓은 방음터널의 격자빔 사이로 강하게 들어오는 햇빛을 보면서 내가 요즈음 쓰기 시작한 은하 우주방사선 피폭궤적이 방음터널처럼 생긴 일종의 '양자터널' 이 아닐까 싶은 생각이 언뜻 떠올랐다.

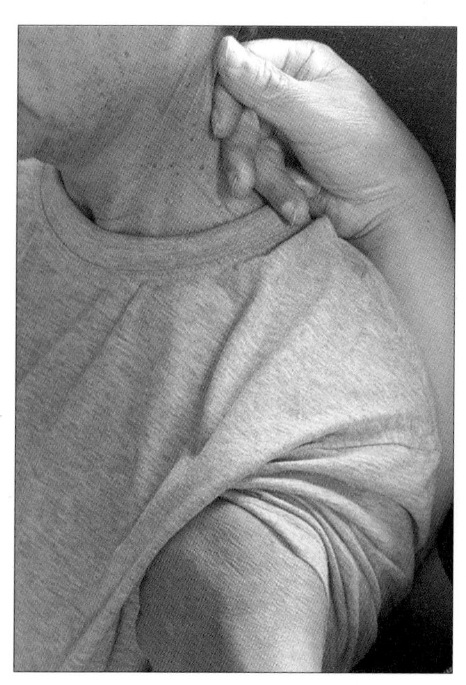

YE 집에서는 온 식구가 만두를 만들고 있었고, 나는 소파에 앉아 차를 타고 오면서 떠오른 '양자터널' 개념을 가미하여 〈은하 우주방사선 피폭장애 힐링 요건〉이라는 글을 보완하였다. 그러나 후에 자료를 조사해 보

니 '양자터널' 이라는 용어는 양자역학에서 다른 의미로 사용하고 있어서 '원자사슬' 이라고 바꾼다.

한 시간쯤 지나서 만두피를 만들던 YE가 소파로 와서 내 옆에 앉는다. 요즈음 건강은 어떠시냐고 물어보니 얼마 전에 건강검진을 했는데, '머리로 가는 혈관이 좁아졌다' 라는 진단이 나왔다고 한다.

그래서 양손으로 목덜미를 살펴보니 왼쪽 목덜미에서 뭔가가 잡혀서 나의 오른손으로는 목덜미 왼쪽에 아시상을 잡아주고 왼손으로는 YE의 왼손을 손가락부터 서서히 위로 올라가면서 살피자, 손목 부위부터 열기가 감지되지만 몇 분이 지나면 사라진다.

그래서 계속 위쪽으로 더듬어가자 거의 한 시간이 지나면서 YE의 왼쪽 겨드랑이에 도달하고 거기에서 사진처럼 힐상이 본격적으로 잡힌다.

이 자세로 30분쯤 지나자 드디어 양손에서 가끔 작은 번개가 치면서 은하 우주방사선이 피폭된 궤적에 생긴 원자사슬이 서서히 붕괴하기 시작하는데, 이러한 힐링 반응이 거의 30분간 지속하다 스러지고 양손에서 느껴지는 열기는 그 후로도 약 30분간 지속된다.

'머리로 가는 혈관이 좁아졌다' 라는 진단이 나온 환우에게 처음으로 '삼지상상' 을 해 주는 것이어서 아시상과 힐상을 잡는 데 시간이 오래 걸렸지만 어쨌든 만족할 만한 힐링 반응이 나와서 다행이다.

2013년 6월 21일 밤 9시 무렵에 있었던 나의 안사람 소피아의 돌연사는 은하 우주방사선이 가슴에 피폭되어 일어난 것인데, 그 순간에 나는 약 5m 거리에 있었다. 뒤로 쓰러진 그녀에게 바로 가서 그녀가 숨을 못 쉬는 것을 보고 오른손 엄지로 인중을 눌러 숨길을 돌려놓았는데, 그녀는 숨을 3번 몰아쉬고 슬픈 눈길로 나를 쳐다보면서 다시 맥을 놓고 축 늘어진다.

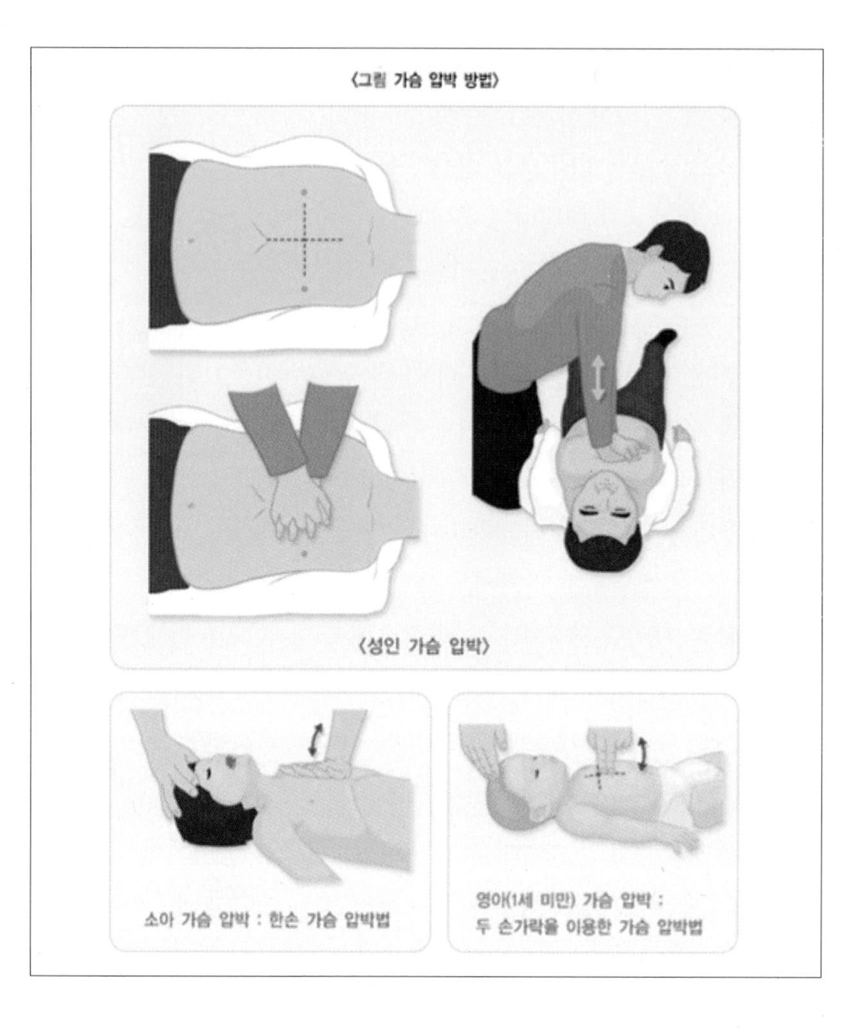

그 순간 뭣을 해야 할지 생각해 보았지만, 머릿속이 멍해져서 잠깐 망연자실해져 있었는데, 119 구급대원이 들어와 바로 심폐소생술을 시작한다.

구급대원들을 몇 분간 심폐소생술을 하다가 자동심장충격기(AED)로 심전도 분석을 했는데, '제세동이 필요하지 않습니다' 라고 나온다.

그 후에 다른 119 대원들이 들것을 가져와 환자를 병원으로 이송하였는데, 병원 도착 후 30분쯤 지나 담당의사가 나에게 와서 최선을 다했으나 소생시키지 못했다고 한다.

이 돌발사태에서 내가 은하 우주방사선을 가슴에 피폭당한 소피아에게 뭔가를 해 줄 수 있는 시간은 약 5분 가량이었는데, 이 시간에 '5분 삼지상상' 을 해 줄 수 있었다면 소피아를 소생시킬 가능성이 조금이라도 있었을까, 궁금하다.

인터넷에서 심폐소생술을 검색하여 보니, "흉부 압박을 제대로 하려면 위의 사진처럼 가슴의 중앙인 흉골의 아래쪽 절반 부위에 한쪽 손꿈치를 대고, 다른 한 손을 그 위에 포개어 깍지를 낀다. 구조자의 팔꿈치를 곧게 펴고, 구조자의 체중이 실리도록 환자의 가슴과 구조자의 팔이 수직이 되도록 한다. 가슴 압박을 효과적으로 하려면 강하게 규칙적으로, 그리고 빠르게 압박해야 한다. 성인 심정지의 경우 가슴 압박의 속도는 적어도 분당 100회 이상을 유지해야 하지만 분당 120회를 넘지 않아야 하며, 압박 깊이는 약 5cm를 유지하고 6cm를 넘지 않도록 한다. 또한 가슴 압박 이후 다음 압박을 위한 혈류가 심장으로 충분히 채워지도록 각각의 압박 이후 가슴의 이완이 충분히 이루어지도록 한다" 고 나와 있다.

은하 우주방사선이 가슴에 피폭되어 심정지가 온 환우에게 '5분 삼지상상' 을 해 줄 때에는 상기한 흉부압박 인공호흡을 해 주는 절차를 적절하게 보완해야 한다.

즉, 심폐소생술에서 흉부압박을 해 주는 부위를 삼지힐상으로 삼아 힐러의 왼손으로 압박하면서 인공호흡을 한 손으로 하고 오른손은 은하 우주방사선이 환우의 몸을 관통한 부위를 더듬어 양자혼돈을 소멸시키고 그곳에 원자사슬이 생성되지 못하게 한다.

이 관통 부위는 환우의 심장 주변일 가능성이 크므로 우선 심장 위치를 탐색하고 그 주변에 동심원을 그리면서 점점 외곽으로 탐색하다가 이상이 감지되는 곳을 삼지아시상으로 삼는다.

삼지아시상이 탐지되면 오른손은 그곳에 계속 대주어 양자혼돈을 수습하고 흉부압박을 하고 있던 왼손으로는 환우의 인중을 눌러 자발호흡을 하게 하고 이것이 안 되면 그 손으로 환우의 코를 잡아서 막고 입 대 입 인공호흡을 약 10초에 한 번 꼴로 해 주고 숨을 불어넣고 즉시 코를 잡고 있던 손을 흉부 중앙에 대주어 힐상을 만든다.

은하 우주방사선이 가슴에 피폭되어 심정지가 온 환우에게 '5분 삼지상상' 을 해 줄 경우는 힐러가 바로 환우 주변에 있어서 사건 발생 몇 분 이내에 필요한 조치를 해야 하는데, 이때의 환우의 몸 안에 방사선이 피폭된 궤적 주변에는 양자화한 전자와 원자핵이 피폭 충격으로 '양자혼돈' 상태에 있으면서 서서히 질서를 잡으며 원자사슬으로 바뀌고 있을 것이다

이러한 혼돈상태의 양자터널에 삼지상상을 바로 해 줄 수 있다면 의외로 5분 만에 '양자혼돈' 을 소멸시킬 수 있다.

시간이 지나 원자사슬이 안정된 상태가 되면 이것을 삼지상상으로 소멸시키는 데 거의 1~3시간이 소요된다.

피폭된 지 1년 이내이면 약 1시간이 소요되고, 10년 이내이면 약 2시간이 소요되며, 그 이상이면 약 3시간이 소요된다.

앞에서 예를 든 YE의 경우 '머리로 가는 혈관이 좁아졌다' 라는 진단이 나온 것은 실제로 피폭을 당한 것이 1년 이상이 되어 안정된 '원자사슬' 이 형성된 것으로 판단된다.

며칠이 지나 다시 YE의 집을 방문할 기회가 생겨 다시 YE의 목덜미와 겨드랑이에 약 30분간 삼지상상을 해 보았는데, 다행스럽게도 별다

른 나쁜 반응이 나오지 않는다.

과거는 되돌릴 수 없지만 앞으로 내 주변에서 소피아와 비슷한 상황의 환우를 만난다면 과연 그분에게 '5분 삼지상상'을 해 드릴 수 있을까, 의문스럽다.(2021.9.24.)

원격삼지반상

2021년 10월 4일 오후 1시 HO의 허리 아픈 것을 힐링시키려고 '원격삼지반상'을 시험 사용하였다.

HO는 오늘도 집안일을 도와주러 와서 여기저기 돌아다니면서 뭔가를 하는데, 나는 거실 소파에 앉아 연속극을 보면서 '원격삼지반상'으로 HO의 몸을 탐색하자 온몸 여기저기에서 통기가 잡히고 가끔 고약한 냄새가 풍겨 나온다.

약 30분이 지날 즈음에 내 오른발 용천혈로 번개가 한 번 번쩍~ 한다. 이것은 HO의 허리가 아픈 것이 은하 우주방사선이 피폭되어 생긴 것이라는 징후이어서 HO에게 언제부터 허리가 아팠냐고 물어보니 20여 년 전부터 아팠다고 한다.

거의 한 시간 가량 HO의 몸 여기저기를 돌아가면서 원격삼지반상을 하고 느낀 것은 HO가 20여 년 전에 은하 우주방사선에 피폭이 된 부위가 왼쪽 머리에서 시작하여 허리뼈를 지나 오른쪽 발바닥으로 비스듬히 관통하는 최장 길이의 원자사슬이 형성되어 있을 것으로 짐작된다.

HO가 집안 정리를 대충 마치고 힐링을 받으러 온다.

머리끝에서 발끝까지 관통한 전장 원자사슬을 삼지상상으로 힐링시키려면 머리, 상반신, 하반신으로 세 차례 나누어 힐링하여야 한다.

그래서 HO를 내 앞에 길게 눕히고 나의 왼손으로는 HO의 머리통을 더듬어 삼지아시상을 잡고 오른손으로는 HO의 오른손목 고골 라인을 더듬어 삼지힐상을 잡아보니 사진에 올린 부위에서 강한 감응이 온다.

이번의 경우에는 원자사슬이 생긴 부위가 몸통 한가운데를 관통하고 허리뼈를 통과한 것이고 20여 년이나 묵은 것이어서 손목 고골 라인에 생긴 어골이 밤톨만큼 커져 있는데, 내 손가락으로 아주 강하게 삼지침을 놓다 보니 사진처럼 깊은 손가락 자국이 생긴다.

이곳에 삼지상상을 거의 한 시간 가량 했는데, 하는 내내 아시상과 힐상에서 간헐적으로 번개가 치고 찌리찌리한 통기와 고약한 냄새와 단내가 풍기고 머리 쪽에서는 몇 번 화한 냄새가 나는 것이 신경 세포도 몇 개는 죽은 것 같다.

거의 끝날 무렵에 아시상을 잡고 있던 머리 주변을 살펴보니 그 주변에 작은 혹들이 여기저기 솟아 있는데, 이것은 다음에 한 번 더 잡아주어야겠다. 오늘은 머리 힐링만 하고 나머지 상반신과 하반신 삼지상상도 다음에 하기로 했다.

오늘 전반부에 사용한 원격삼지반상은 반사식 망원경과 같은 원리로 힐러의 양손을 배열하는데, 환우의 몸을 탐색하는 한 손은 반사경의 역할을 하고 다른 한 손은 손끝이 반사경의 초점 위치를 가리키게 하여 대안렌즈 역할을 하게 한다.

이 원격삼지반상을 사용하면 이리저리 움직이는 환우의 몸을 쉽게 따라가면서 원격으로 몸 상태를 탐색하거나 힐링할 수가 있다.

숨은 나이 찾기

지구상에 사는 우리는 어머니 뱃속에서 새 생명으로 만들어지는 순간부터 죽어서 흙으로 흩어질 때까지 은하 우주방사선에 3년에 한 번 꼴로 피폭이 되고 그 궤적에 원자사슬이 생기므로 거꾸로 우리의 몸 안에 박힌 원자사슬의 개수를 알고 거기에 3을 곱하면 대략 우리의 나이를 알 수가 있다.

이 원자사슬은 일반적인 방법으로는 몸 안에서 사라지지 않는데, 다행스럽게도 우리가 삼지상상을 열심히 하면 원자사슬이 조금씩 무너지면서 온몸에서 번개가 치고 이때 생긴 노폐물이 림프계를 통해 비워지면 몸 안에 박힌 원자사슬을 조금씩 비울 수가 있어서 '숨은 나이 찾기'를 사용한 효과가 나타나고 우리는 언제라도 젊음을 유지할 수 있다.

이 삼지상상 기법은 얼빔힐링 대전수련원장 서금석과 얼빔힐링 인천수련원장 이종보가 그동안 얼빔힐링을 개발하고 보급하면서 체득한 실전 경험을 '다음카페' 를 통해 공유하면서 우리 인류에게 피할 수 없는 십자가를 지워주는 은하 우주방사선 피폭장애를 효과적으로 힐링시킬 수 있는 힐링법들을 도출하고 이것을 모아 실전체험소설 《숨은 나이 찾기》를 저작하는 계기가 되었다.

따라서 제1부와 제2부에서 소개한 〈얼빔힐링〉, 제3부에서 소개한 〈자연숨결명상호흡〉, 제4부에서 소개한 〈얼썸/ 얼키힐링〉, 그리고 제5부에서 소개한 〈숨은 나이 찾기〉의 주무기인 〈자연숨결명상호흡〉과 〈삼지상상〉이 모두 은하 우주방사선 피폭장애로 생기는 원자사슬을 찾고 소멸시켜 우리의 몸과 마음을 나이 들게 만드는 원인을 지워주는 〈숨은 나이 찾기〉가 된다.

우리 주변에 있는 모든 물체는 은하 우주방사선에 피폭되고, 그 안에는 양자혼돈이 일어난 후에 시간이 지나면서 사고 현장이 정돈되면 그 안에 안정된 원자사슬이 만들어지는데, 얼석과 같이 유동성이 적은 고체에 생긴 원자사슬은 한 번 생기면 여간해서는 소멸되지 않고 그 안에 그대로 숨겨져 있다.

그래서 필자는 현재 사는 아파트 주변에서 맘에 드는 얼석을 주워서 손안에서 만지작거리는 것을 좋아하는데, 예전에는 그러고 있으면 손이 심심하지 않아서 좋아했고, 요즈음은 얼석 안에 숨어 있는 원자사슬에서 모종의 양자파가 나오고 이것이 손안의 미토콘드리아에서 나오는 양자파와 공진하면서 미토콘드리아를 활성화하여 생체에너지인 ATP를 만들고는 이것이 세포를 활성화하여 각종 생명활동을 촉진하여서 그런 얼석을 가지고 놀면 기분이 좋아지는 힐링 효과가 생긴다.

손안에서 가지고 놀기에 좋은 크기의 얼석은 비록 크기는 작아도 그 얼석의 모암이 수십~ 수백 만 년 전에 처음 만들어지고 그 후로 작은 크기의 얼석으로 변모하는 동안에 꾸준히 은하 우주방사선에 피폭되고 그 궤적에 극미한 원자사슬이 만들어져서 현재의 얼석 안에는 수많은 원자사슬이 다양한 크기와 모습으로 숨어 있는데, 이것을 손안에 쥐고 있으면 조금 지나서부터 얼석의 원자사슬에서 나오는 양자파와 손안의 미토콘드리아에서 나오는 양자파가 서서히 공진하기 시작하고 이어서 양손의 세포들이 활성화된다.

우리의 양손에 있는 세포들이 양자파 공진으로 활성화되면 아주 특별한 일을 할 수 있는데, 이것이 바로 몸 안에 박힌 원자사슬을 소멸시켜 '숨은 나이 찾기'를 사용한 힐링 효과가 나오는 '삼지상상'이 된다.

'삼지상상'은 힐러의 양손에 있는 세포들을 양자파 공진으로 활성화하고 한 손은 환우의 몸 안에 있는 원자사슬을 탐색하여 그 위에 대주어서 삼지아시상을 만들고 다른 손은 환우의 림프계 주변에 있는 힐혈을 찾아 그 위에 대주어서 삼지힐상을 만들어 준 후에 한 식경 정도 기다리며 삼지아시상과 삼지힐상이 서로 자연스럽게 공진하여 양자빔을 만들면 이것을 환우의 몸 안에 숨어 있는 원자사슬에 투사하여 부분적으로 붕괴하다가 결국에는 완전히 소멸하게 만든다.

'삼지상상'으로 원자사슬을 붕괴시키는 것은 김용의 소설 〈천룡팔부〉에서 '천산육양장'으로 생사부를 해독하는 것과 같은 원리로 은하 우주방사선 피폭으로 우리의 몸 안에 생겨 우리를 못살게 구는 원자사슬을 우리 주변의 다른 원자사슬과 양자파를 적절히 활용하여 소멸시키는데, 다른 점은 '천산육양장'에서는 생사부를 심기도 하고 뽑기도 할 수 있지만 '자연숨결명상호흡'과 '삼지상상'에서는 원자사슬을 다른 사람의 몸 안에서 찾아 소멸하기만 할 수 있고 아쉽게도 심을 수는 없다.

우리가 설날에 떡국을 한 그릇 먹으면 나이를 한 살 더 먹고 우리 몸의 어딘가에 은하 우주방사선이 피폭되어 원자사슬이 하나 더 생기면 나이를 3살 더 먹게 되며 얼굴에 주름이나 검버섯이 생기면 10년은 더 늙었다고 한다.

여기에서 떡국은 먹으나 안 먹으나 설날이 오면 나이를 한 살 더 먹게 되니 이왕이면 설날 떡국은 가족들과 덕담을 나누면서 즐겁게 먹는 것이 현명하다.

한 번에 갑자기 10년을 더 늙어 보이게 하는 얼굴의 주름이나 검버섯은 요즈음 성형미용술이 잘 발달하여 돈과 시간을 조금만 투자하면 바로 10년은 쉽게 젊어지게 할 수 있다.

문제는 한 번에 3년을 더 늙게 하는 원자사슬인데, 이것은 현재의 기술로는 어떠한 장비로도 우리 몸 안에 숨어 있는 것을 검출하거나 소멸할 수가 없으니, 지금처럼 그냥 무시하고 사는 것이 속 편할 수도 있다.

그런데 오지랖이 넓은 누군가가 우리 몸 안에 숨어 있는 원자사슬을 '자연숨결명상호흡'과 '삼지상상'이라는 것을 하면 '숨은 나이 찾기'가 되어 쉽게 찾아서 해소할 수 있다고 주장하는데, 아주 긴 세 개의 발톱을 가진 나무늘보가 그 이야기를 듣고 '삼지 발톱은 내 것이 최고로 길지~' 하고 뻐기면서 '삼지상상'을 아주 열심히 수련한다고 한다.

세 발가락 나무늘보의 발톱을 보면 3개가 유난히 길게 튀어나와 있어서 확실히 '삼지상상' 에 잘 어울려 보이지만 필자의 경우에는 모든 손톱과 발톱이 유난히 짧아 보기는 밉지만 그래서 '삼지상상' 을 특별히 더 잘한다고 한다.

'삼지상상' 은 우리의 몸 안에 숨어 있어 전혀 보이지 않는 숨은 나이에 해당하는 원자사슬을 찾아서 소멸하는 것이어서 손톱이나 발톱의 크기에 상관이 없이 열심히 찾아 없애려고 노력하는 지극정성과 사랑이 가장 중요하다.

'숨은 그림 찾기' 에서는 숨은 그림이 주변의 그림과 거의 유사하여서 찾기 어려운데, '숨은 나이 찾기' 에서는 찾아야 하는 숨은 나이에 해당하는 원자사슬이 너무 작아 원자핵 주변에 맴도는 전자구름 속에 숨어 있어서 현재의 어떤 장비로도 찾을 수가 없지만, 이 책에서 소개한 '자연숨결명상호흡' 과 '삼지상상' 을 조금만 터득해도 자기 안에 숨은 나이를 찾아 좀 더 젊게 살 수 있다.

'숨은 보험금 찾기' 를 하여 뭔가 공돈이 생기면 그것을 쓰는 동안 잠시 즐거우나 '숨은 나이 찾기' 를 하여 성공하면 자기 나이의 삼분의 일은 쉽게 젊어지며 조금 열심히 노력하면 절반까지 되찾을 수 있으니 시간을 내어 이 책을 처음부터 다시 한 번 읽어 보시고 노후를 젊고 즐겁게 보내시기를 부탁드려 본다.

참고로 이 책을 한 번 읽고 '숨은 나이 찾기' 에 성공하시는 분은 열 명에 한두 분 정도이고, 두 번 읽고 성공하시는 분은 서너 분 정도이며, 나머지 분들은 서너 번은 읽으셔야 성공하실 수 있을 거라는 생각이다.
몇 번을 읽어봐도 '숨은 나이 찾기' 가 잘 안 되는 분께서는 대전수련원의 서금석 원장이나 인천수련원의 이종보 원장을 찾아오시면 쉽게 찾을 수 있는 지름길을 안내해 드릴 것이다.(2021.10.10.)

환급 나이 채굴기

'숨은 나이 찾기' 에 성공하여 숨은 나이를 환급받을 수 있는 자격이 생겼는데, 이 환급받은 나이의 삼분의 일은 일시금으로 환급이 되나 나머지 삼분의 이는 몸 안 어딘가에 숨겨져 있어서 이것을 받으려면 '환급 나이 채굴기' 를 한 번 더 사용해야 한다.
'자연숨결명상삼지힐상얼석아시상' 을 하여 채굴형 환급 나이가 숨어 있는 곳에 삼지힐상을 대주고 환급받은 나이를 사용하여 건강해지고 싶은 곳에 얼석아시상을 대준 후에 자연숨결명상을 하고 있으면 어

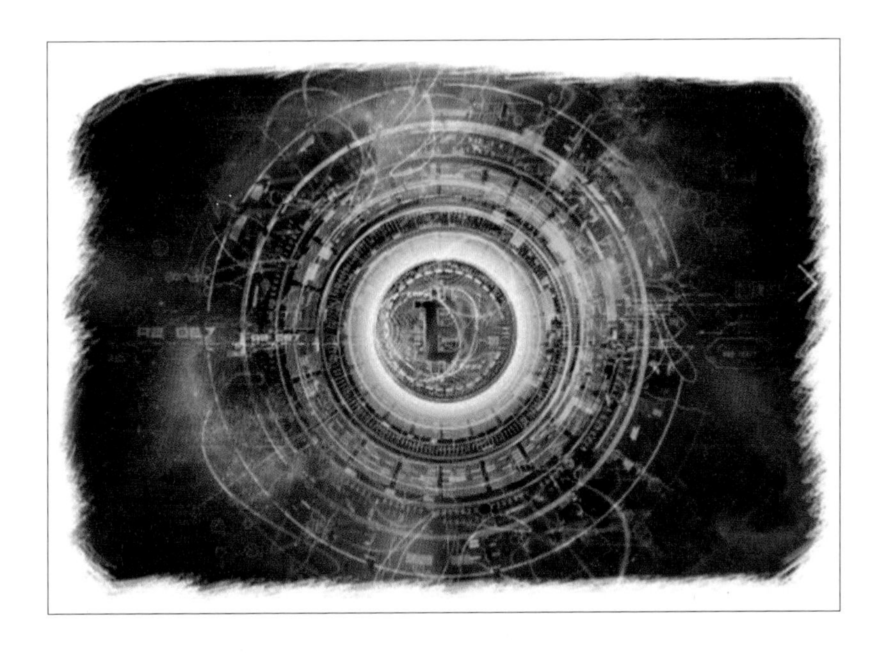

느 순간부터 삼지힐상과 얼석아시상이 공진을 하면서 삼지힐상에 있는 환급 받을 나이가 얼석아시상으로 보내져서 그 부위 주변을 건강하게 힐링하는데, 이것이 바로 '환급 나이 채굴기' 이다.

이 '환급 나이 채굴기' 는 최근 유행하는 '암호화폐 채굴기' 와 유사한데, 암호화폐는 실체가 없는 유령이 주인이어서 누구도 채굴권이 없는데, 그래도 많은 사람이 불법인지 아닌지 모호한 유령 채굴기를 돌린다.

환급 나이는 우리 모두의 몸 안에 숨어 있는 것이어서 우리 자신이 주인이며 이 환급 나이의 채굴권은 자기 자신에게 있으므로 누구라도 자기 자신의 채굴기를 정당하게 돌려서 숨어 있는 나이를 환급받을 수 있다.

우리가 현재 사용할 수 있는 '환급 나이 채굴기' 는 '자연숨결명상삼지힐상얼석아시상' 이라는 조금은 고풍스러운 이름의 장비인데, 우리의 몸 안에 있는 숨결과 양손 그리고 주변에서 쉽게 주울 수 있는 돌멩

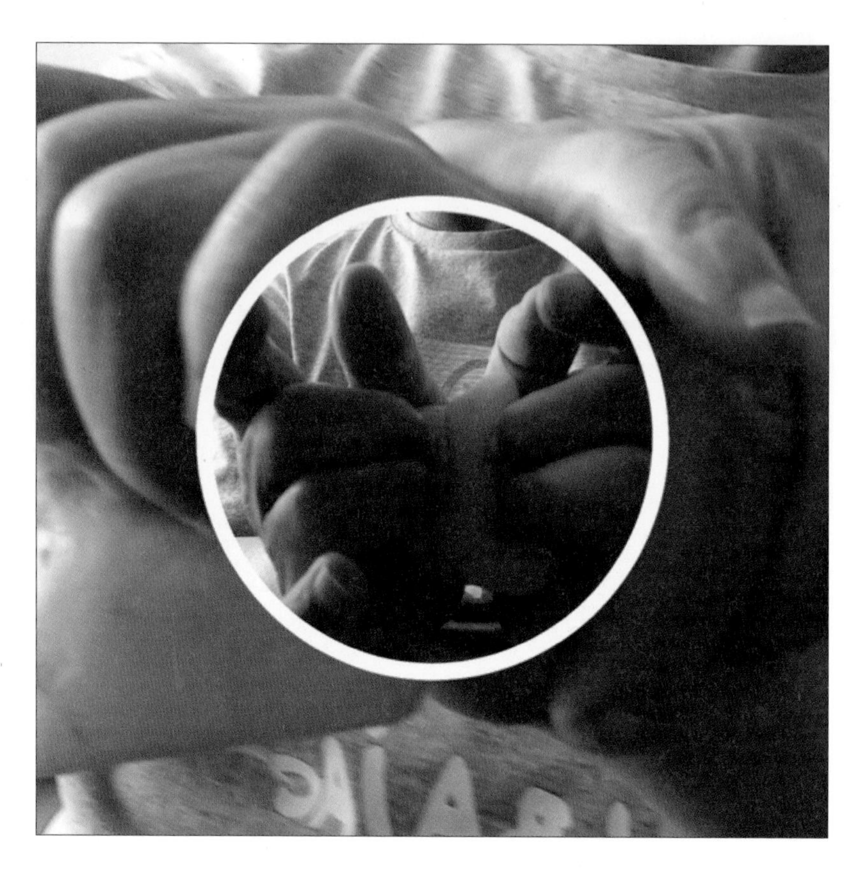

이 하나가 전부이어서 채굴기를 장만하고 가동하는 데 돈이 전혀 들어가지 않고, 친환경적이어서 전혀 환경 공해가 없지만 그렇다고 완전 공짜는 아니다.

그 이유는 환급받을 나이가 그 사람 본인의 것이어서 스스로 채굴하는 것은 공짜인데, 다만 몸속 깊숙한 곳에 숨어 있어서 자기 것을 자기가 채굴하는 데에도 약간은 수고와 정성을 들여야 하고, 스스로 채굴할 수 없는 사정이 있는 분들은 도우미의 도움을 받아 채굴하여야 하는데, 이런 경우에는 비용이 발생한다.

이러한 비용을 절약하려면 조금 위력은 떨어지지만 그래도 장기적으로는 더 효과적인 '자연숨결얼석명상' 을 하면 된다.

이것은 사진처럼 조금 좋은 얼석을 주워서 양손삼지로 받쳐 잡고 자연숨결명상을 하면 온몸의 미수 환급 나이가 자동으로 환수되면서 건강과 젊음이 장기적으로 유지된다.

위 사진에서 두 가지의 서로 다른 파지법을 소개하였는데, 이것을 참조하여 다양한 방법으로 얼석을 쥐어주다 보면 좀 더 효과적인 방법을 스스로 터득할 수 있을 것이다.(2021.10.13.)

환급 나이 채굴과 명현현상

환급 나이를 채굴하는 도중에 과거의 병증이 명현현상으로 나타나는 경우가 가끔 있는데, 그럴 때는 그 병증과 연관된 환급 나이를 먼저 채굴하여 정산하면 된다.

명현현상이 나타나서 관련 환급 나이를 우선 채굴하고 정산을 하려면 되도록 주변을 산책하면서 새로운 얼석을 주워오는 것

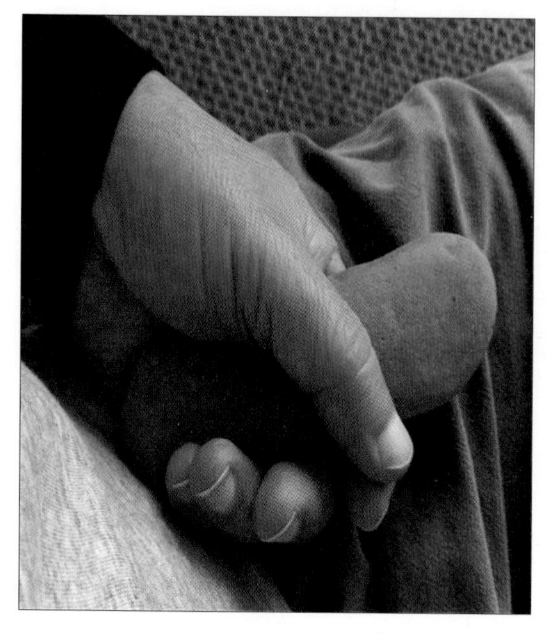

이 효과적이다.

이유는 기존의 얼석은 최근에 주로 사용하였을 터인데, 그 결과로 명현현상이 일어났으므로 새로운 얼석을 주워서 새 기분으로 '자연숨결명상삼지힐상얼석아시상' 을 해 주면 명현현상을 유발한 환급 나이를 효율적으로 채굴하고 정산할 수가 있다.

위에 올린 얼석은 왼쪽 등 뒤에 있는 어깻죽지에서 어제(2021.10.13) 오후에 명현현상이 나타나서 응급처치로 기존의 얼석 중에서 가장 위력이 있는 것을 골라 환급 나이 채굴기를 돌렸는데, 아침에 일어나 보니 아직도 뭔가가 남아 있어서 아파트 주변을 산책하며 새로 주운 얼석이다.

이 얼석 중에서 위의 것은 자연석이고 아랫것은 아마도 신석기시대에 누군가가 열심히 갈아서 만든 것인데, 두 개 다 원재료가 자연석이어서 얼석으로 사용할 수 있다.

아랫것은 손안에 쥐고 명상을 하기에 너무나 안성맞춤인데, 아마도 만년쯤 전의 선사시대에 누군가가 '숨은 나이 찾기' 나 '환급 나이 채굴기' 를 하면서 사용한 것인 듯하다.(2021.10.14.)

자연숨결명상 환급나이 삼지얼썸세수상

자연숨결명상 환급나이 삼지얼썸세수상은 아래 사진처럼 얼썸(얼이 들어 있는 어떤 것, 즉 얼석, 얼목, 얼금, 얼수, 얼화 등)을 한 손에 쥐고 다른 손으로는 얼썸을 쥔 손목을 쥐어주고 자연숨결명상을 하는 것인데, 이것을 하고 있으면 환급받을 나이가 손목을 통해 뼛속으로 들어가 골수를 깨끗하게 하여 나이가 젊어지는 효과가 나타난다.

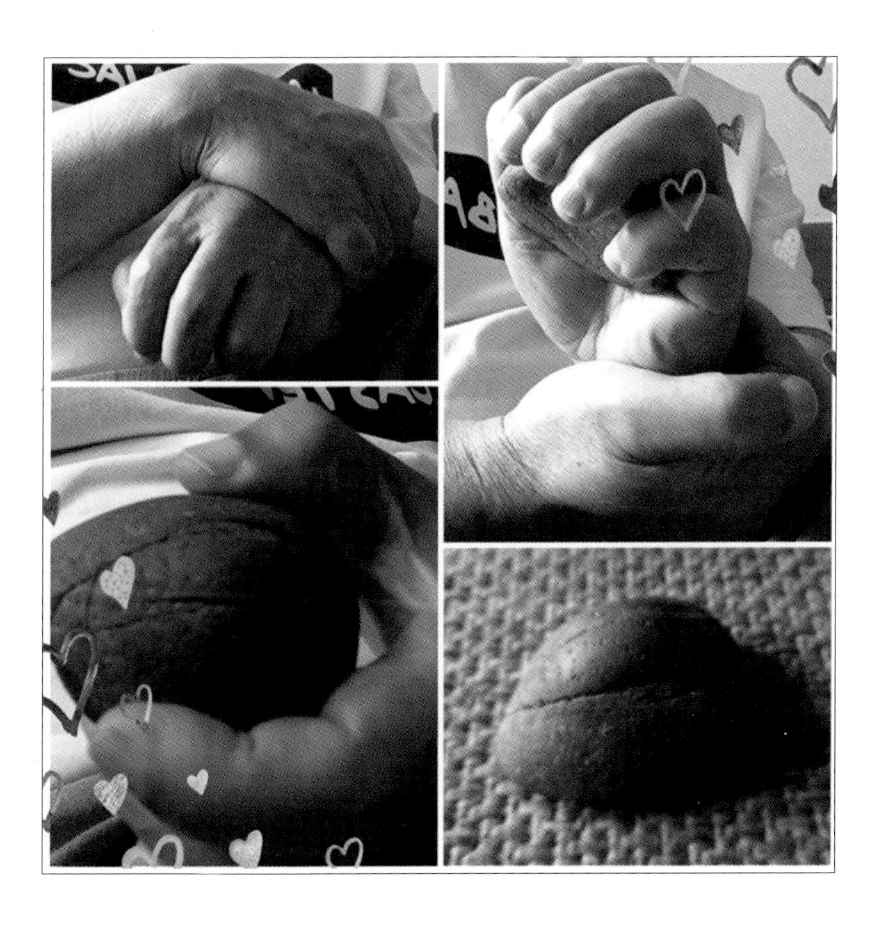

골수를 깨끗하게 하는 세수상은 중국 소림사를 창건한 달마대사가 저술한 역근세수경에 나오는 기공술인데, 역근경은 지금까지 전해져 오지만 안타깝게도 세수경은 실전이 되었다고 한다.

달마대사의 역근세수경 중에서 역근경은 지금까지도 전수되어 소림 무공의 근간이 되고 있는데, 세수경이 실전이 되어 그 실체를 알 수가 없어 필자가 이곳에 소개하는 세수상과 비교 검토해 볼 수 없는 것이 애석하다.

필자의 세수상은 주로 팔목 관절 부위를 통해서 피를 뼛속으로 흘러 들어가게 하여 골수로 변환되게 하는 방법을 사용하는데, 이것은 수년

전부터 필자가 난치병증으로 고생하시는 환우분들을 힐링할 때에 즉효 처방으로 사용하여 효과를 본 방법이다.

이번에 자연숨결명상으로 환급받은 나이를 효율적으로 사용하기 위하여 우리 몸 안의 골수를 모두 깨끗하게 만들어서 장기적으로 젊음과 건강을 유지하는 데 삼지얼썸세수상이 하나의 대안으로 판단되어 시험 사용한다.

필자의 소견이지만 삼지얼썸세수상은 역근세수경의 문제점을 보완하는 한 가지 방법이다.

역근세수경은 역근경과 세수경으로 나누어지는데, 역근경을 터득한 사람이 다음 단계로 세수경을 터득하는 데에는 많은 어려움이 있어서 중도에 포기하게 되고, 그러다 보니까 세수경을 연마하는 사람이 점점 없게 되고 결국에는 세수경이 실전이 된 듯하다.

이것은 무산소운동을 위주로 수련하는 역근경과 유산소운동을 위주로 수련하는 세수경이 서로 이질적인 특성이 있어서 같이 발전할 수 없었을 것이다.

그것에 반하여 삼지얼썸세수상은 역근경을 수련하지 않은 사람도 적당한 얼썸을 손 안에 쥐고 자연숨결명상 환급나이를 하고 있으면 거기에서 나오는 양자파가 손 안의 양자파와 공진을 일으켜서 역근경을 수련한 효과가 나오고 그 상태에서 삼지얼썸세수상을 하면 바로 역근세수경을 수련하는 것과 비슷한 효과가 나온다.

세수상은 우리의 골수를 깨끗하게 하는 4차원의 홀로그램인데, 골수가 깨끗해지면 다음으로 피가 저절로 깨끗하게 되고 면역력과 신진대사가 좋아지며, 온몸의 어기더미를 서서히 소멸시켜 신체 기능이 회복되고 나이를 환급받은 효과가 나타나 누구나 젊음을 누릴 수 있다.

HO의 꼬리뼈

HO의 꼬리뼈는 6년 전 겨울에 엉덩방아를 찧어서 다쳤는데, 그 후로 변형이 심하게 되어 끝 부근이 뭉툭하게 되었고, 이것이 원인이 되어 허리까지 아프게 되었다.

지지난 주에 아픈 허리를 1차 힐링하고 다음 주에 추가 힐링을 하려 했는데, 필자가 아들과 주말농장에서 나뭇가지 치기를 하러 가는 바람에 만나지 못하고 이번 주에 하게 되었다. 오늘은 HO가 얼굴을 찡그리고 집에 들어서는데, 물어보니 허리와 꼬리뼈가 아파서 한의원에서 약침을 며칠 맞았는데 별로 효과가 없었다고 한다.

그래서 바로 거실에 쿠션을 깔고 그 위에 눕게 하고 상기 사진의 위치에 삼지상상을 하는데, 모든 부위가 정상으로 회복되는 데 거의 한 시간이 걸린다.

필자는 엉덩방아를 찧어서 꼬리뼈를 다친 분들을 여러 명 힐링하였는데, HO와 같이 꼬리뼈가 뭉툭하게 변형된 경우는 처음으로 본다. 그 원인이 HO가 뒷머리와 등에서 엄청 많은 식은땀이 나오는 것이 20여 년 전에 뒷골과 등을 관통하는 은하 우주방사선을 맞아서 그 후유증으로 생긴 병증으로 짐작되어 한 달쯤 전에 삼지상상으로 힐링을 해 준 적이 있는데, 이 은하 우주방사선이 뒷골에서 꼬리뼈까지 관통하여 HO의 머리뼈, 척추, 요추, 미추에 나쁜 어기가 생기는 원인이 되고, 머리뼈와 척추에 생긴 어기는 뒷머리와 등에서 식은땀이 나는 병증으로 나타난다. 또 요추와 미골에 생긴 어기는 6년 전에 엉덩방아를 찧어서 꼬리뼈를 다쳤을 때 주변 뼈를 심하게 변형시키는 추가 원인이 된 것 같다.

은하 우주방사선이 피폭되어 원자사슬이 생기고 그 주변에 어기더미

(나쁜 기운이 만들어내는 어부/어혈/어육/어근/어골/어수)가 쌓이는데, 그 주변에 추가로 상처가 생기면 그 주변에 쌓인 어기더미가 몰려들어 사태를 더욱 악화시키는 '엎친 데 덮친다' 가 되고 이러한 다중 변형 때문에 생성되는 어기더미는 모양이 기형으로 되어 이것을 삼지상상으로 힐링하는 데에도 특별한 요령이 요구된다.

HO의 꼬리뼈 변형에 의한 통증을 힐링하려면 먼저 힐상을 잡아야 한다. 이것은 오른손 손등 검지 라인의 최상부 손목 근처에서 어골이 잡히는데, 이것이 기형으로 울퉁불퉁 변형되어 있다.

그리고 오른쪽 발 엄지발가락 관절에도 뭉툭한 어골모양의 2차 힐상이 형성되어 있어서 먼저 양손으로 두 군데의 힐상을 삼지안으로 잡아주자 약 30분쯤 지나서 발가락의 2차 힐상이 정상으로 회복된다.

그래서 그곳을 잡고 있던 오른손으로 꼬리뼈의 아시상을 잡아주고 다시 30분쯤 지나자 아시상과 힐상이 모두 정상으로 힐링이 된다.

이 과정에서 오른손 손등에 생긴 기형의 어골과 꼬리뼈에 생긴 변형을 잡아줄 때 특별한 요령(손가락 마술)이 요구되는데, 변형된 어골들의 골과 마루를 아주 느리게(5분에 1~2mm 정도) 살금살금 더듬어가며 손끝에서 느껴지는 흐름을 따라 예민하게 공진하는 양자빔을 보내 자극(손가락 느끼기)을 하면서 뭉친 어기더미가 어느 순간 스르륵 무너지면 다음 단계로 이동하여야 한다.(2021.10.18.)

원자사슬과 어기더미 느끼기

원자사슬은 원자들 주변의 전자구름에 양자화한 전자실(양전실)로 꿰어서 만든 아주 가느다란 작은 사슬이다.

이 원자사슬은 다음 사진의 양성자가속기로 양성자를 거의 빛의 속도로 올린 후에 원자 표적에 투사시키면 그 궤적에 있는 모든 원자를 하나의 양전실로 꿰어서 하나의 원자사슬이 만들어진다.

그러나 우리는 누구나 이러한 거창한 장비가 없어도 은하 우주방사선을 평균 3년에 한 번씩 맞으면 어딘가에 우리 몸을 관통하는 아주 긴 원자사슬이 하나씩 생긴다.

이 원자사슬에 꿰어진 원자들은 그 원자가 원래 소속된 분자 내의 결

합보다 새로운 사슬 결합에 더 구속되어 움직이므로 이 원자사슬 각각의 원자가 소속된 분자들도 양전실에 꿰어진 커다란 분자사슬과 같은 구속된 행동을 하게 되고 이것이 어느 정도는 그들 분자가 소속된 소세포, 세포, 조직, 생체기관에 구속력을 행사하며, 결국에는 우리 몸의 기능에도 어느 정도 영향을 미치게 된다. 이 영향은 해당 원자사슬이 우리 몸의 어디에서 어디로 관통되면서 어떤 조직과 기관들을 어떻게 속박하고 있느냐에 따라 무수히 많은 아주 다양한 반응이 나타난다.

이들 원자사슬의 특성 중에 우리에게 도움이 되는 것도 있고 해로운 것도 있는데, 도움이 되는 것은 잘 이용하고 해로운 것은 나쁜 영향을 줄일 방법을 찾는 것이 바로 원자사슬 느끼기이다.

원자사슬의 특성 중에 가장 좋은 것은 이것이 우리 몸의 어디에 한 번 만들어지면 여간해서는 자연 소멸되지 않고 수십 년간 그대로 남아서 뭔가를 꾸준히 한다는 것이다.

그래서 우리가 어떤 방법으로 우리 몸의 어디에 원자사슬이 생겼고 그것이 우리 몸에 어떤 영향을 끼치고 있는지를 알게 되면 그것을 이용하여 뭔가 특수한 원자사슬 느끼기를 할 수 있다.

옆의 그림은 도룡동성당 제7번 성화 '묵주기도' 인데, 이 성화를 보면 우리의 몸 안에 몇 개의 원자묵주가 깃들어 있는 것이 보이고, 이것은 묵주기도를 하여서 우리의 몸과 맘에 잘 깃들게 하여 참신앙으로 나아가는 모습이 엿보인다..

우리가 평균 3년에 한 번 꼴로 은하 우주방사선에 피폭되어 우리 몸 어딘가에 원자사슬 또는 원자묵주가 생기는 것은 누구도 피할 수 없는 숙명이다.

우리 몸에 생긴 원자사슬 또는 원자묵주는 어디에 생기든지 주변 원자, 분자, 소세포, 세포, 조직, 생체기관에 어떤 영향을 미치고 그것이 그 사람의 삶을 결정하는 데 그러한 원자묵주를 기도로 다스려 참신앙으로 나아가게 하는 것이 천주교인이 하는 묵주기도이다.

그리고 다른 신앙인이나 일반인은 원자 묵주기도 대신에 원자사슬 느끼기를 하여 자기 안에 생긴 원자사슬이 좋은 작용을 하게 하는 자연숨결명상의 몸 느끼기를 하면 된다.

그러면 우리의 몸 안에 생기는 원자사슬에는 대략 몇 개의 원자가 꿰어져 있을까(?)

모든 원자사슬은 은하 우주방사선이 우리 몸을 관통하는 궤적에 있는 모든 원자를 양전실로 꿰어서 사슬을 만들므로 그 전체 길이는 평균 50cm 정도이고 원자의 개수는 1nm에 대략 2개의 원자가 있다고 가정하면 원자사슬 하나에 약 10억 개의 원자가 꿰어져 있다.

이렇게 많은 원자가 꿰어져 있는 진귀한 원자사슬을 우리는 공짜로 3년에 한 개씩 받을 수 있고 우리 몸 어딘가에 두르고 사는데, 그 원자사슬은 그 안에서 각종 양자파를 만들어 주변 세포로 신호를 보내 그 안에 있는 미토콘드리아를 활성화해 더 많은 ATP를 만들게 하고, 그것으로 생명활동을 더 활발하게 하므로 이것을 잘 이용하면 뭔가 특수한 힐링 효과를 누릴 수 있다.

그러나 이러한 원자사슬에 의한 증강된 생명활동을 이용하여 특수한 힐링에 사용하지 못하면 그 주변세포 안에서 과잉 생산된 물자는 주변에 재고로 쌓이게 되고 이것이 오히려 정상적인 생명활동을 저해하는 결과가 나와서 골칫거리로 바뀌는데, 이것이 바로 어기(나쁜 기운, 즉, 어부, 어육, 어혈, 어근, 어골, 어수, 등) 더미이다.

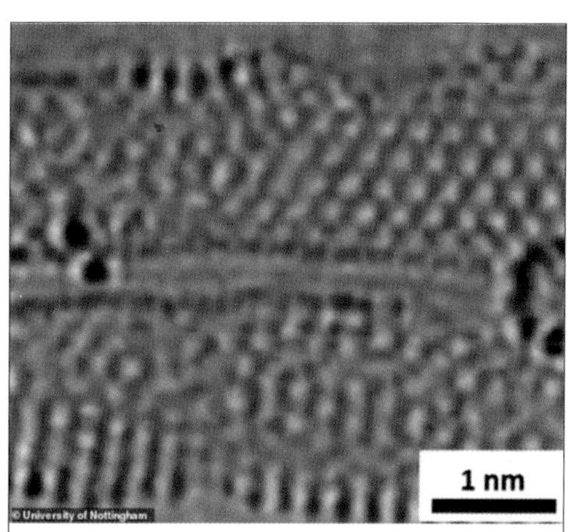

연구진은 지름 1~2nm의 탄소 나노튜브에 한 쌍의 레늄 원자를 표본으로 집어넣고 투과전자현미경(TEM)을 가지고 전자빔을 투과해 그 이미지를 만들어낼 수 있었다.(사진=노팅엄대 제공)

요약하면 우리의 몸 안에 3년에 한 개꼴로 생기는 원자사슬은 잘 이용하여 특수한 힐링 효과를 누리든지, 아니면 생명활동 과잉으로 어기더미를 만들어 큰 골칫거리가 되기 전에 아예 소멸시키는 것이 좋은 힐링법이며, 이것을 가장 손쉽게 할 수 있는 것이 바로 자연숨결명상의 몸 느끼기이다.

우리가 평소에 자연숨결명상을 하고 있으면 어느 날 어느 순간에 우리 몸 어딘가에 원자사슬이 갑자기 생기는 것을 느낄 수 있고, 그 원자사슬이 주변 세포들을 활성화하여 어떠한 생명활동을 하는지 알 수 있어서 그것이 좀 더 좋은 힐링 효과를 가져오도록 유도할 수 있고, 그것이 더 이상의 활용도가 없어 어기더미로 재고가 쌓이면 그 원자사슬을 부분 또는 전체적으로 소멸시키는 삼지상상을 적절하게 하여 주면 된다.

앞에서 소개한 원자사슬은 태초에 이 지구상에 생명체가 태어나는 과정에서 원자들을 묶어서 분자로 바뀌고, 또 이것들을 묶어서 점점 더 복잡한 분자로 바뀌는 과정에서 원자사슬이 묶어주는 역할을 잘하여 복잡한 구조의 생명체가 태어나고 점점 더 복잡한 기능을 갖춘 고등 생명체로 진화하게 하는 데 이바지를 하였다.(2021.10.29.)

— 에필로그 —

'숨은 나이 찾기'

표지 사진의 예쁜 무동은 세 발가락 나무늘보인데, '삼지상상' 을 열심히 수련하여 자기 몸 안에 '숨은 나이 찾기' 로 원자사슬을 모두 깨끗이 찾아 없애고 친구와 같이 '자연숨결명상호흡' 수련을 하여 몸과 맘을 가볍게 한 후에 비눗방울을 타고 둥둥~ 날아다니면서 얼쑤~ 굿거

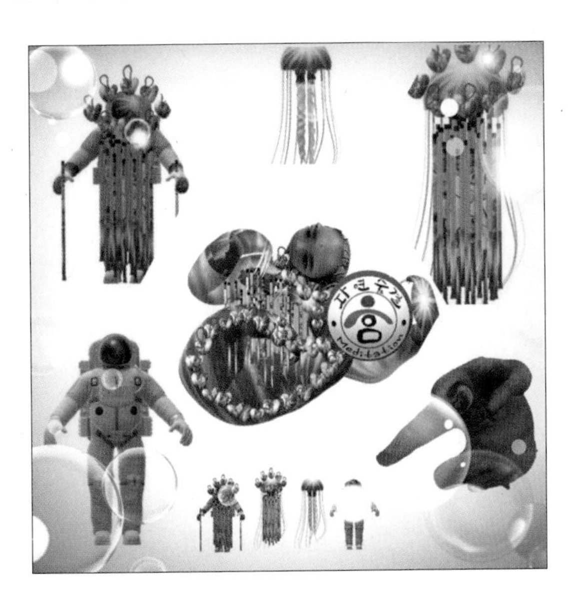

리장단에 맞추어 변신을 축하하는 춤판을 벌인다.

'숨은 나이 찾기'의 속편은 '숨은 나이 연금'인데, 이 작품의 프롤로그에는 이런 글이 들어갈 예정이다.

'삼지상상'과 '자연숨결명상'을 하여 '숨은 나이 찾기'에 성공한 나무늘보가 비눗방울을 타고 둥둥~ 여생을 즐기기 위해 찾은 나이를 한꺼번에 환급받지 않고 '숨은 나이 연금'을 들어 매년 조금씩 나누어 받는다고 한다.

나무늘보는 '숨은 나이 연금'을 오래오래 받기 위하여 '자연숨결얼석명상'을 수련한다고 하는데, 다음 사진처럼 적당한 얼석을 양손에 쥐고 '자연숨결명상'을 하면 된다고 한다.

숨은 나이를 어렵게 찾아 이것을 나이 연금식으로 조금씩 나누어 쓰려면 자기가 나무늘보가 되어 느릿느릿 살든지, 아니면 '자연숨결명상'

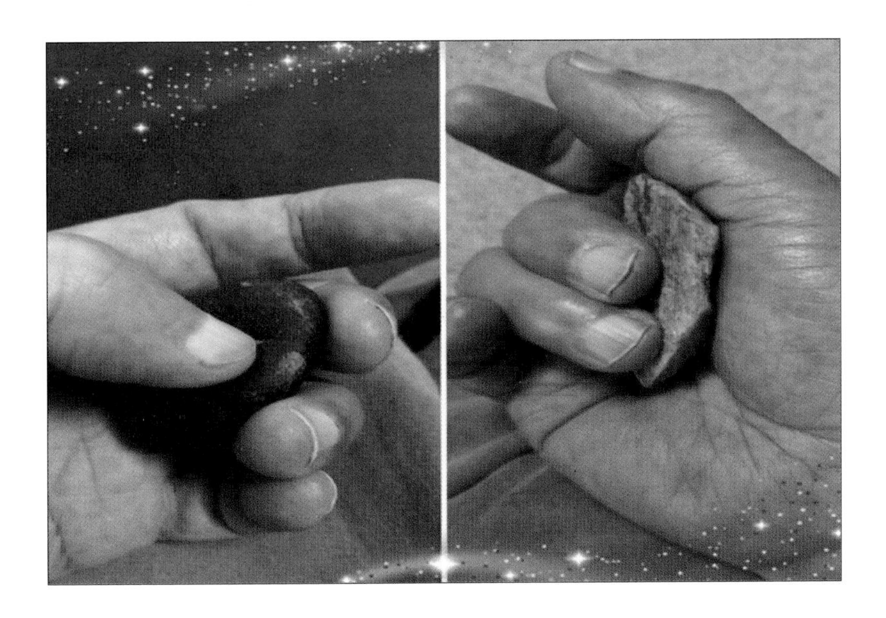

을 터득하여 자기의 마음을 잘 다스릴 수 있어야 하는데, 이것을 짧은 시간에 흉내라도 내려면 필자처럼 '자연숨결얼석명상'을 하면 된다.

얼석은 우리 주변에서 흔하게 굴러다니는 작은 돌멩이이다. 이 안에 아주 많은 원자사슬이 숨어 있고, 여기에서 나오는 양자파가 손안에 있는 미토콘드리아에서 나오는 양자파와 공진을 일으켜 활성화하여 많은 ATP를 생산하고 이것이 손 안의 세포들이 활동하는 데 필요한 생체에너지를 공급하여 자연숨결명상이 순조롭게 이루어지도록 한다. 이러한 일련의 행동이 결국에는 연금으로 환급받은 숨은 나이를 지워서 깨끗한 몸으로 거듭나게 한다.

2021년 10월 10일

서금석 · 이종보 올림

숨은 나이 찾기

•

지은이 / 서금석 · 이종보
발행인 / 김영란
발행처 / 한누리미디어
디자인 / 지선숙

•

08303, 서울시 구로구 구로중앙로18길 40, 2층(구로동)
전화 / (02)379-4514, 379-4519
Fax / (02)379-4516
E-mail/hannury2003@hanmail.net

•

신고번호 / 제 25100-2016-000025호
신고연월일 / 2016. 4. 11
등록일 / 1993. 11. 4

•

초판발행일 / 2021년 12월 1일

•

•

값 **18,000원**

•

•

ISBN 978-89-7969-845-9 03810